ALIEN

Copyright © 2014 by James A. Moore
Alien™ Copyright © 2016 Twentieth Century Fox Film Corporation
Copyright © 2016 Casa da Palavra/ LeYa
© 2019 Casa dos Mundos/ LeYa Brasil

A tradução de *Alien*™ – *Mar de Angústia*, publicada originalmente em 2014, é comercializada sob acordo com a Titan Publishing Group Ltd. – 144 Southwark Street, Londres SE1 0UP, Inglaterra.

Todos os direitos reservados e protegidos pela Lei 9.610, de 19.2.1998.
É proibida a reprodução total ou parcial sem a expressa anuência da editora.

Título original
Alien™ – Sea of Sorrows

Preparação
Pedro Gabriel Lima
Mariana Oliveira

Revisão
Rachel Rimas

Capa
Leandro Dittz

Projeto gráfico
Victor Mayrinck

Criação de lettering de capa
Adilson Gonsalez de Oliveira Junior

Ilustração de capa e miolo
Ralph Damiani

Diagramação
Filigrana

Curadoria
Affonso Solano

Dados Internacionais de Catalogação na Publicação (CIP)
Angélica Ilacqua CRB-8/7057

Moore, James A.
    Alien™ : Mar de Angústia / James A. Moore; tradução de Camila Fernandes. – São Paulo: LeYa Brasil, 2019.
352 p.
ISBN: 978-85-441-0490-3

Título original: Alien – Sea of Sorrows

1. Literatura norte-americana 2. Ficção científica I. Título II. Fernandes, Camila

16-1216   CDD 813

Índices para catálogo sistemático:
1. Literatura norte-americana

LeYa Brasil é um selo editorial da empresa Casa dos Mundos.

Todos os direitos reservados à
CASA DOS MUNDOS PRODUÇÃO EDITORIAL E GAMES LTDA.
Rua Frei Caneca, 91 | Sala 11 – Consolação
01307-001 – São Paulo – SP
www.leyabrasil.com.br

ALIEN
MAR DE ANGÚSTIA

JAMES A. MOORE

TRADUÇÃO DE
CAMILA FERNANDES

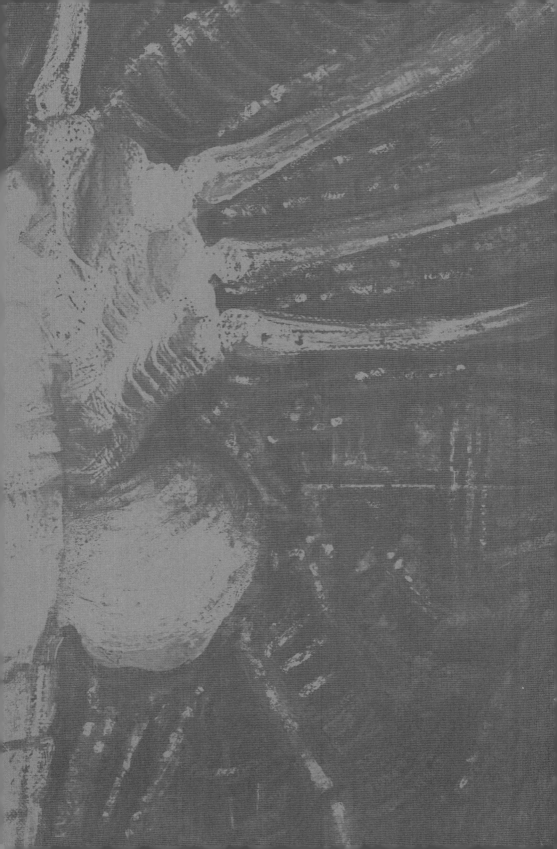

PRÓLOGO

Ele sabia o que eles eram.

Em sua mente, as formas pareciam não se encaixar; pareciam inchadas e desproporcionais, distorcidas por informações sensoriais que não faziam muito sentido. Mas ele reconheceu os trajes espaciais antiquados.

Olhe como correm.
Eles se dispersam quando nos aproximamos, escondidos sob a pele artificial.
Para eles, os túneis são escuros; não enxergam tão bem quanto deveriam. Não conseguem sentir as correntes de ar nem saborear o medo de sua presa. São incapazes de entender as coisas mais simples, como a importância de encontrar os espécimes certos para o desenvolvimento da raça.
Fogem sem se preocupar com nada além da sobrevivência individual. Não há noção de comunidade entre eles. São fracos. É fácil fazer com que sigam as direções certas.
Aquele ali.
A respiração ofegante, um chiado constante. Os batimentos cardíacos são uma corrida selvagem e desesperada pela sobrevivência. Há medo, sim, mas também força, e uma poderosa agressividade.

As sensações invadiram sua mente, indesejadas.

Ele tentou abrir os olhos. As pálpebras não se moveram. Tentou balançar a cabeça. Nada aconteceu.

Sentiu o corpo embaixo de si lutar, sentiu repulsa por aqueles movimentos, o cheiro e o toque daquele corpo sob a própria couraça rígida e soube que aquilo não estava certo. Nenhum aspecto daquelas sensações fazia sentido.

Não eram dele.

✳ ✳ ✳

Ele tenta escapar. Empurra o ser da própria espécie para tirá-lo do caminho, derruba-o e rasteja por cima dele, se balança e se livra da barreira formada pelos destroços, poeira caindo de seu corpo. É forte. É rápido. Quer viver.

Vai conseguir.

Ele grita quando é derrubado e preso ao chão. Luta, golpeando a carne dura, e chega ao ponto de arreganhar os dentes num gesto de ameaça... depois continua lutando. Debaixo da carapaça sintética há outro rosto com olhos insanos e a boca escancarada, silenciosa. Se fosse capaz de dilacerar o couro com as mãos, representaria perigo. No entanto, tudo o que consegue fazer é soltar mais um grito quando um de seus membros é abocanhado pelo inimigo.

O sangue é quente e fede a fraqueza, mas bastará. Suprirá a necessidade que deve suprir. Rompemos a couraça em torno do rosto macio e ele arqueja, incapaz de respirar a atmosfera.

O doador de vida se aproxima, pronto para plantar a semente. Dedos fortes seguram o rosto macio que engasga e solta o ar, desesperado.

Ele vai...

✳ ✳ ✳

Alan Decker acordou agitado e se deparou com o próprio reflexo distorcido, que o encarava com olhos ensandecidos.

Reflexo?

Havia uma superfície de vidro translúcida a centímetros do seu rosto. Luzes piscavam, e sua respiração se condensava na tampa da cápsula apertada.

Devia ter percebido que havia acordado dentro de uma câmara de hipersono, considerando quantas vezes já tinha viajado entre mundos. Mas os sonhos — *malditos sonhos* — o deixavam em pânico. Não conseguia se controlar. Eram sensações muito vívidas, muito primitivas.

Em breve não conseguiria se lembrar de como a vida era *antes*.

Empurrou a tampa da câmara com as mãos, tateando em busca dos controles manuais que o libertariam. Ainda conseguia sentir os túneis, o peso do que parecia uma montanha, aproximando-se enquanto perseguia o...

Não. Não era eu. Não persegui ninguém. Eu não caço...

Não caço o quê?

Afastou esse pensamento. Os malditos sonhos eram tão reais e incisivos que às vezes ele entendia por que os psiquiatras se esbaldavam tanto com ele lá na Terra.

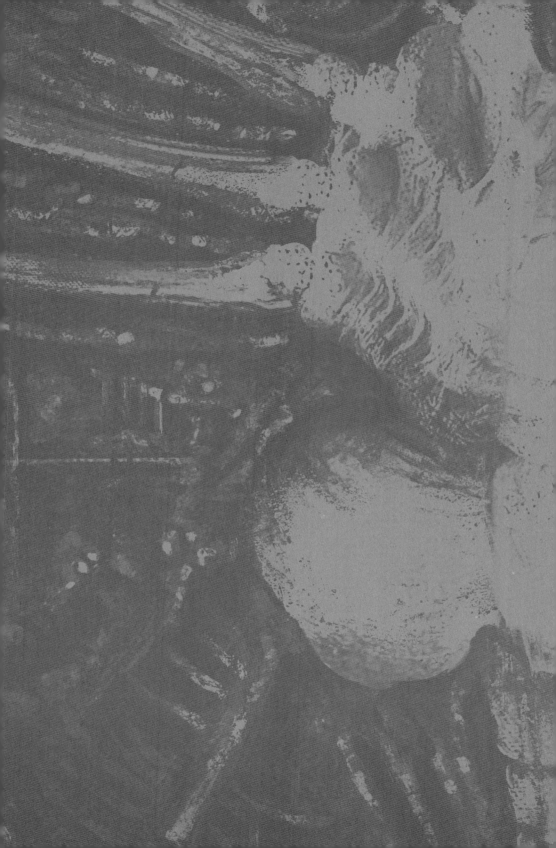

1
AREIA NEGRA

O ar estava quase perfeito. A temperatura tinha acabado de chegar aos vinte e três graus Celsius, com umidade moderada e uma brisa leve que vinha do sudoeste. Naquela direção, a terra era fértil, com grama verde e viçosa, e havia um riacho cujo brilho dizia que a paisagem permaneceria daquele jeito por um tempo. O cheiro do vento anunciava vida nova.

As pessoas que pagaram pelo projeto de terraformação investiram o suficiente para garantir que a colônia fosse perfeita, mas bastava olhar para o norte daquela cena pitoresca que a perfeição ia direto para o ralo.

A alguns hectares de distância, a grama amarelava e morria, dando lugar a quase cem quilômetros de areia negra e a um mau cheiro que certamente faria o valor da propriedade cair. Na verdade, o uso de um traje de proteção não era necessário, mas, pelo aspecto e pelo cheiro do lugar, qualquer um acharia aconselhável.

Por outro lado, tinha chovido na noite anterior, e a umidade havia transformado a areia numa crosta. Os pés costumavam afundar quando se pisava ali, mas naquele dia era possível caminhar sem ter a sensação de estar sendo engolido pela areia.

Decker observou a tela do seu computador de mão, revisando relatórios das amostras mais recentes da área. Franziu a testa. Para todos os efeitos, fosse lá o que estivesse acontecendo, não era natural. E, na maior parte das vezes, em situações como aquela, qualquer coisa *não natural* significava negligência. A Comissão de Comércio Interestelar era encarregada de cumprir certas diretrizes de segurança e equidade comercial na Terra, nas Colônias crescentes e ao longo da Orla Exterior. Como comissário assistente na CCI, Decker precisava se certificar de que todos os procedimentos fossem seguidos corretamente. Isso significava lidar com uma papelada de tal magnitude que lhe garantia tanto estabilidade profissional quanto dores de cabeça colossais — sob a forma de uma longa lista de contra-argumentos das empresas que deveriam ser as responsáveis pelo processo.

Lucas Rand estava de pé ao seu lado, lendo os mesmos resultados, mas com um sorriso no rosto — o que não era muito frequente. A diferença era que, embora Rand conseguisse entender os resultados, não era ele quem preenchia os intermináveis formulários. Rand era engenheiro da CCI. Recebia para resolver os problemas que Decker encontrava. Depois outra pessoa — só Deus sabia quem — mandava a conta para as empresas cujos problemas eram resolvidos. A burocracia em ação.

Era um jeito de levar a vida.

Decker olhou para Rand, franziu a testa e disse:

— Não vá se animando, achando que sua vida é fácil. Posso até cuidar da burocracia, mas é você quem vai ter que dar um jeito nesta bagunça.

O sorriso de Rand vacilou um pouco.

— Não sei se tem como *dar um jeito*.

Ele fez uma careta ao olhar para a areia. Quando não estava sorrindo, ficava carrancudo, mas seu rosto era assim mesmo. Luke Rand era um dos caras mais legais que Decker conhecia. Só que tinha aquela cara de quem chupou limão azedo. Era um homem grande, embora nem tudo ali fossem músculos.

— É, mas eu não pago o pato pelas suas falhas — retrucou Decker, e dessa vez foi ele quem sorriu. — É você quem paga.

Rand coçou a nuca peluda e olhou para o Mar de Angústia. Era esse o nome que os desenvolvedores de terra usavam havia séculos para descrever um lugar como aquele — onde os construtores deram sangue, suor, lágrimas e dinheiro em vão. Onde o próprio chão parecia determinado a frustrar seus esforços e mandá-los de volta para casa.

O Mar de Angústia em questão nem deveria existir. O planeta LV178, ou Nova Galveston, havia sido terraformado por pessoas que sabiam o que estavam fazendo. Bastava olhar em praticamente qualquer direção para ver como elas eram competentes. O lugar começara como o cenário de um pesadelo, com tempestades furiosas e uma atmosfera irrespirável. Não havia água potável, e, antes do início do projeto em curso, a única coisa que crescera ali foi a dívida feita pelas tentativas fracassadas de estabelecer uma base viável.

Até a chegada da Weyland-Yutani.

Anos haviam se passado desde que os primeiros colonos aterrissaram ali e iniciaram o projeto, e em quase todos os aspectos Nova Galveston era um exemplo do que acontecia quando as coisas davam certo. Já havia três cidades grandes, todas ligadas por uma malha ferroviária de alta velocidade, e cada uma com campos cultiváveis o bastante para garantir que as colônias fossem autossuficientes, sem precisarem recorrer a remessas intermináveis de comida enlatada e outros produtos importados.

Tudo valia ouro, como Rick Pierce gostava de dizer. Pierce, o homem que fundou a colônia, ficou encantado com Nova Galveston. Então surgiu o Mar de Angústia.

Ele não estava lá quando a Weyland-Yutani terminou as obras. Os processadores atmosféricos cumpriram o trabalho, todos ficaram felizes, e ia tudo bem com LV178. Até que os empreiteiros começaram a instalar as fundações do que deveria ser a quarta cidade grande. No meio do processo descobriram alguns hectares de solo arenoso.

Começou a crescer imediatamente, devagar no começo, depois mais rápido. Logo se tornou um obstáculo e, em seguida, uma praga. Para onde a areia avançava, nada nascia. Havia toxinas nela, e, por onde se espalhasse, a terra não seria capaz de sustentar uma colônia viável.

Então a única coisa que nasceu ali foram nódulos de silício. As formações escuras, ocas e vítreas de areia fundida brotaram de algum lugar lá embaixo. Além de irritantes, eram difíceis de detectar e perigosas. Quatro estruturas pré-fabricadas começaram a ser montadas, e todas desabaram, porque o silício não era resistente o bastante, para suportar o peso.

Já que os edifícios pré-fabricados eram essenciais aos investimentos em urbanização da Cooperativa Nova Galveston, aquela estranha espécie de vegetação representava um sério problema.

Não, a próxima cidade do planeta simplesmente não seria erguida enquanto Decker e sua equipe não descobrissem o que tinha dado errado. Se falhassem e a areia continuasse avançando — chegando a alcançar os centros populacionais já estabelecidos —, todo o projeto LV178 estaria ameaçado.

A CCI não gostava de situações de risco, e a Weyland-Yutani — uma corporação que se esforçava para *parecer* ter um currículo impecável — não gostava de falhas, especialmente a um custo tão alto.

Decker e Rand seguiam orientações bem específicas. O comissário estava ali para monitorar cada aspecto do processo e relatar cada detalhe excruciante aos diretores da corporação.

Rand e sua equipe estavam ali para reparar os danos.

※ ※ ※

Não muito longe dali, dois homens que supostamente faziam parte da equipe de Decker passavam por um aperto com uma sonda que parecia não querer se firmar na superfície instável. Outros trabalhadores estavam por ali à toa, um pouco afastados, provavelmente aproveitando o intervalo.

No total, havia trinta e sete pessoas usando tecnologia de ponta em espectroscopia e química geoforense para descobrir o que tinha dado errado. O maquinário não era tão impressionante quanto os motores de terraformação que haviam remodelado o mundo, mas custava quase o mesmo.

Era difícil distribuir o peso, e, embora fosse úmida, a areia estava longe de ser ideal. A base da plataforma que usavam para sustentar o verificador de amostras era pequena demais — deveriam ter acrescentado extensões para compensar. Mas Decker segurou a língua. Aqueles caras eram teimosos e sabiam que Decker não era chefe deles. Ele só tinha sido enviado para trabalhar no projeto, mas os homens não davam a mínima. Os ânimos se exaltariam se achassem que Decker estava se metendo no trabalho alheio, e eles eram do tipo que batia primeiro e conversava depois.

Decker não era de fugir da briga, mas, por vários motivos, estava dispensando esse tipo de aborrecimento. Ainda assim, era preciso extrair as amostras do núcleo para dar um jeito naquele aglomerado de merda.

Ele observou a tela outra vez e cerrou os dentes. Havia algo ali que gritava *catástrofe*. Ele lidou com situações parecidas em dezenas de mundos diferentes. Não era possível reformular a biosfera de um planeta inteiro sem flertar com o desastre. Ainda assim, na maior parte do tempo era fácil fazer os ajustes, desde que a abordagem fosse certeira.

Mas daquela vez?

Nem tanto. Não se ele tivesse razão.

O solo se tornou improdutivo, e a experiência de Decker dizia que isso era causado por um fator humano. Bastava cavar fundo o suficiente, examinar registros antigos, e a verdade apareceria. Alguém tinha dado uma mancada federal ali, mas não havia registro.

Aquilo cheirava a armação.

Só de pensar, Decker rangeu os dentes. Não importava por que ângulo olhasse, ia ter que apontar o dedo para algum figurão, uma das maiores feras da selva empresarial.

Mas não seria a primeira vez. Por melhor que fosse, a Weyland-Yutani tinha um histórico. Esse seria seu terceiro conflito com eles, e, baseando-se nos dois anteriores, sua vida estava prestes a ficar, digamos, "interessante". A empresa não gostava desse tipo de exposição, e seus advogados fariam de tudo para livrar a cara da corporação.

Bando de filhos da mãe.

Rand apontou para uma linha na tela.

— Trimonita? Sério? — Tirou os olhos do aparelho. — Isso explicaria muita coisa. — Sua cara habitual amarrada estava de volta, e era das grandes.

— É — respondeu Decker. — Pode ser.

A trimonita era um mineral especialmente denso usado na fabricação de muitos equipamentos pesados. Extraí-la saía caro, por isso o preço de venda era salgado.

Mas o problema não devia ser só a trimonita. Antes de ser usada para propósitos industriais, ela precisava ser refinada, e era esse processo que muitas vezes gerava toxicidade. Então, por que a trimonita embaixo do Mar de Angústia estaria envenenando o solo? E onde o silício entrava na história?

Decker olhou de novo para a tela e assentiu.

— Precisamos ir mais fundo. Literalmente. Você acha que pode já ter existido uma colônia de mineração por aqui?

Rand fez que não.

— Isso estaria de acordo com os informes de toxicidade — respondeu —, mas verificamos os registros da CCI trezentas vezes. *Nadinha*. E se *tivesse existido* uma colônia de mineração aqui, por que diabos alguém ia querer construir algo depois? Isso é procurar sarna para se coçar, fundar uma colônia num depósito de lixo tóxico. Tem que ser muito burro, ou não dar a mínima.

Verdade, pensou Decker. No caso da Weyland-Yutani, ele tinha certeza de qual era a opção.

— Precisamos investigar — declarou. — Não estou dizendo que isso explicaria tudo, mas é um ponto de partida.

Rand fungou, fez outra careta e cuspiu na areia preta.

— Mesmo que houvesse uma mina, não seria suficiente para explicar esta merda. — Ele esfregou o pé no chão, cavando a areia até revelar uma das protuberâncias vítreas. — Nunca vi nada assim.

Pisou com força até que ela começasse a rachar. Aquelas coisas cresciam feito raízes respiratórias da Terra, brotavam do solo e muitas vezes eram ocas. Algumas eram frágeis e quebravam com facilidade, revelando uma abertura que se prolongava pela escuridão abaixo.

— Essas coisas podem ser um problema pior que a trimonita. — Decker balançou a cabeça. — Que raio de resíduo industrial faz tubos e nódulos brotarem do nada, da noite para o dia?

Ele olhou para o toco vítreo como se a qualquer momento fosse levar uma mordida.

— Bom, como você disse — Rand tinha voltado a sorrir —, minha função não é explicar. Isso é com você, amigão. Eu só tenho que consertar.

Sorrindo, Decker respondeu com um gesto obsceno. Ele até poderia ter dado uma resposta adequada, mas foi atingido por uma onda repentina de náusea que quase o derrubou no chão.

2
UMA POSIÇÃO INSEGURA

A alguns metros de distância, dois técnicos começaram a discutir. Embora Decker não pudesse ouvi-los, ele ficou sabendo.
Sentiu.
Não fazia ideia de qual era o problema. Não funcionava assim. Mas percebia que os homens estavam ficando cada vez mais nervosos. Então olhou na direção deles e franziu a testa, tentando recuperar o equilíbrio.

Bronson e Badejo. Os dois nunca gostaram um do outro, mas conseguiam trabalhar juntos sem grandes problemas. Ao que parecia, daquela vez seria diferente. Bronson apontava repetidas vezes para Badejo, e o engenheiro de pele escura olhava, com uma expressão de desprezo e zombaria, para o dedo do colega como se aquilo fosse uma cobra prestes a picá-lo.

Perto deles estava o que só podia ser a origem do conflito. O verificador de amostras estava num ângulo ridículo, inclinado demais para permitir que extraíssem uma amostra decente. A broca nunca perfuraria mais de trinta metros, a não ser que eles ancorassem a plataforma na areia. Aquilo exigia delicadeza.

Mas delicadeza seria a última coisa que teriam. A discussão estava cada vez mais acalorada.

Decker se recompôs e se preparou para o que certamente viria a seguir. Apesar da distância, pôde sentir as fortes emoções emanando dos dois com a mesma facilidade com que seus olhos viam e os ouvidos escutavam. Lidava com aquilo havia anos. Quando mais jovem, essa característica o encheu de dúvidas, mas seu pai o ajudou a compreender o significado daquilo:

"Não há nada de errado em ser capaz de saber o que os outros sentem", disse ele, certa vez. "Mas algumas pessoas não vão entender. Vão achar que você está invadindo a privacidade delas. Vão ficar irritadas e fazer de tudo para te machucar. O melhor é não contar para ninguém, guardar isso para você."

Uma das primeiras coisas que Decker aprendeu na vida era que seu pai tinha razão. Nunca teve motivos para contrariar aquele conselho, e assim seu pequeno "talento", como pai e filho chamavam, permaneceu em segredo.

— Ei, Decker, tudo bem aí? — perguntou Rand. — Deixa pra lá. Eles só estão...

Mas, antes que pudesse terminar a frase, o conflito virou uma disputa de gritos, e ele voltou a atenção para Badejo e Bronson.

— Tira esse dedo da minha cara, moleque, se não quiser que eu arranque! — vociferou Badejo, peitando o colega de trabalho.

— Quem você está chamando de moleque?

Embora fosse teimoso, Bronson geralmente não era agressivo, mas partia para cima do outro homem, maior que ele, o rosto corando de raiva.

Decker avançou pela areia na direção dos dois com uma inquietação crescente. Aquela briga não ajudaria em nada. Só criaria mais burocracia, e seria ele quem teria que preencher os relatórios de ocorrências. Enquanto se aproximava, a cabeça começou a latejar, e ele gritou para Bronson e Badejo:

— Sério, rapazes, dá para vocês se acalmarem e terminarem o trabalho?

Decker forçou um tom conciliatório que não correspondia ao que sentia; no entanto, se os dois ouviram, não demonstraram. Enquanto ele se aproximava, a dor só piorava. A raiva dos homens era como um ser vivo, crescendo tanto que a violência era inevitável.

Rand foi atrás dele sem questionar o que estava acontecendo. Percebeu o que se passava. Até mesmo os outros notaram e se aproximaram — provavelmente para ver melhor. Uma briga estava prestes a começar.

E foi Bronson quem deu o primeiro golpe. Decker jurava que seria Badejo, mas Bronson, menor do que o outro, o surpreendeu e mandou um gancho de esquerda na mandíbula do engenheiro.

Badejo não caiu. Em vez disso, abriu um sorriso malicioso. Agarrou os braços de Bronson e o prendeu com força suficiente para machucá-lo de verdade.

Enquanto brigavam, atrás deles a plataforma começou a ceder na areia. Não afundou muito, até onde Decker pôde ver, mas acabaria virando um problema se eles não se acalmassem.

— Gente! Presta atenção! — gritou Rand, apressando-se.

Decker correu na direção deles. As coisas estavam ficando sérias de verdade.

Alcançaram a dupla mais ou menos ao mesmo tempo. Rand segurou o braço de Badejo, que se desvencilhou e deu um soco no rosto de Bronson, fazendo-o cambalear para trás. Se o golpe tivesse sido mais forte, provavelmente teria rachado o crânio dele. Mesmo assim, foi um soco bem dado que poderia ter acabado com a briga. Mas Bronson se recuperou e, tomando impulso com os pés na plataforma do verificador de amostras, avançou.

A máquina se inclinou ainda mais.

— Parem com isso, vocês dois!

Decker segurou Bronson antes que ele conseguisse revidar. O desgraçado podia ser magrinho, mas era resistente e estava enfurecido, as emoções fervilhando até se transformarem num ódio cego que parecia gritar dentro da cabeça de Decker. Ele queria se afastar das ondas súbitas de emoção, mas não podia ceder ao impulso — não se quisesse impedir que a situação piorasse.

Ele se firmou no chão e empurrou Bronson para trás. Era mais forte que o engenheiro, pois havia trabalhado em planetas com gravidade cinquenta por cento maior que a da Terra. Nova Galveston era um planeta rochoso de tamanho considerável, mas com uma densidade próxima à terráquea, então seus músculos superdesenvolvidos lhe davam alguma vantagem.

Bastou o homenzinho tomar um novo impulso na plataforma para a areia ceder e fazer toda a estrutura pesada se inclinar ainda mais.

— Eu mandei *parar*! — berrou Decker.

Badejo empurrou Rand de novo, que caiu para trás, batendo em Decker. Não foi tão forte, mas bastou. Alguma coisa mexeu sob seus pés.

Merda!

Decker começou a afundar depressa.

Um dos tubos de silício, percebeu. Tinha que ser.

— Merda! Luke, traz ajuda! — conseguiu dizer, assim que o tubo se quebrou.

A perna afundou vários centímetros, e instintivamente ele tentou se segurar à plataforma.

Um grande erro. Soube disso na mesma hora. *Droga, que merda que eu fiz.*

A plataforma se inclinou de vez, e toda a engenhoca caiu na direção dele. Decker sentiu a areia cedendo, a plataforma se inclinando, e então já era tarde demais.

3
O CHEIRO

Decker gritou quando a plataforma caiu em cima dele, o peso afundando-o ainda mais na areia fofa.

O medo também não poderia ser ignorado, pois a possibilidade de ser esmagado pelo maquinário era aterrorizante, mas o verdadeiro problema foi a dor inesperada. Algo sob o solo — tinha que ser um dos malditos tubos — espetou sua perna, e ele sentiu uma fisgada agonizante.

Na mesma hora, um fluxo quente e úmido escorreu para dentro de sua bota. E não era urina.

Estou sangrando. Enquanto o restante da equipe gritava seu nome, Decker se obrigou a ficar calmo. O pânico não ajudaria em nada, poderia até tornar a situação fatal.

— Badejo, preciso que você vá para o outro lado da plataforma e dê um jeito de ancorar esta coisa. Senão ela vai me esmagar.

Badejo não perdeu tempo. Assentiu e correu, chamando outros dois homens. Todos sabiam o que estava em jogo. Totalmente carregada, a plataforma pesava cerca de quatrocentos e cinquenta quilos. Se ela se inclinasse um pouco mais, ele teria sorte se só perdesse a perna. O mais provável era que fosse esmagado.

Precisava estabilizar a maldita plataforma.

Bronson saiu correndo em direção ao acampamento principal e aos médicos, esquecendo a raiva. Rand ficou perto de Decker.

— Fala comigo — pediu ele. — O que está acontecendo aí embaixo?

— Estou sangrando. Muito. — Decker estremeceu e se esforçou para respirar fundo algumas vezes. — Vai me mandar cuidar da minha vida de novo?

— Desta vez, não. — O homem balançou a cabeça e olhou para Decker. — Será que tento puxar você?

— Não! — A simples ideia lhe causava arrepios. — Não. Estou muito preso. Acho que, se eu me mexer muito, vou rasgar alguma coisa.

— Certo. — Luke empalideceu um pouco ao ouvir isso. — Nada de mexer. — Olhou ao redor e gritou: — Anda! Prendam essa porcaria!

Badejo e mais alguém gritaram em resposta, mas a pulsação nos ouvidos impediu que Decker distinguisse as palavras. Ele não sentia o chão abaixo de si, não sentia pressão alguma onde o pé deveria estar apoiado, o que significava ou que estava pisando em falso ou que a perna tinha ficado dormente. Nenhuma das opções lhe agradava muito. Sem ter onde sustentar o peso, a situação era pior do que ele imaginava. Se os tubos de silício se rompessem ainda mais, toda a plataforma poderia cair e esmagá-lo.

Por outro lado, se o pé estivesse dormente, poderia significar um dano irreparável no sistema nervoso ou, pior, que a perna já havia sido decepada.

Não, achava que não. Embora não sentisse nada debaixo dela, a perna doía demais para não estar mais lá. Era a primeira vez na vida que agradecia pela dor.

A plataforma rangeu e balançou acima dele, e o verificador de amostras estremeceu, sacudindo-se mais do que um equipamento industrial deveria.

— Merda — disse ele numa voz rouca. — Que jeito mais idiota de morrer, Luke.

— Você não vai morrer. Você me deve muita grana. — Rand se levantou e olhou para o outro lado da plataforma. — Eles estão tentando estabilizar essa coisa.

Você perde umas partidinhas de pôquer e o cara nunca mais te deixa esquecer.

A plataforma oscilou novamente, mas dessa vez ela se afastou dele. Decker soltou a respiração num longo suspiro, esperando que tudo desse certo. Ainda havia uma pulsação nos ouvidos, mas tinha diminuído. Então percebeu uma movimentação à esquerda.

Markowitz e Herschel vinham em sua direção. Markowitz trazia um kit médico e tinha a expressão preocupada de quase sempre. Herschel estava calmo como nunca. Sem dúvida nenhuma o sujeito era impassível, mas, pela experiência de Decker, isso parecia ser uma característica da profissão.

Herschel apontou para Rand.

— Acha que consegue levantá-lo quando eu pedir?

Rand fez que sim e se ajoelhou. Herschel gritou para Badejo:

— Tudo pronto aí?

— Tudo! Vamos lá!

Badejo está mentindo. Provavelmente era o estresse de Decker que dizia isso, ou talvez não. Todos pareciam nervosos demais, e ele imaginou que fosse porque estava começando a parecer meio morto. Podia ver as próprias mãos, e estavam mais pálidas do que nunca, de um tom branco-

-acinzentado. *Quanto sangue já perdi?* Não saberia dizer, mas se sentia extremamente zonzo.

Era como se o corpo todo, e não só a perna, estivesse flutuando.

— Acho que vou entrar em estado de choque aqui, gente. — Sua voz soou fraca.

Markowitz meneou a cabeça e mexeu no kit médico. Herschel se ajoelhou ao lado de Rand e aproximou o rosto, parando a centímetros de Decker. Teria sido muito mais agradável ficar cara a cara com Markowitz, mas não se pode pedir muito quando se está à beira da morte.

O nervosismo emanava de Herschel em ondas, mas seu rosto estava tranquilo enquanto mentia.

— Você está bem, Decker. Para de choramingar. Eu cuido de você.

Decker assentiu. Não conseguia mais falar.

※ ※ ※

O ar estava rançoso, morto. Não que se importassem com isso na escuridão. Dormiam, embora, vez ou outra, um ou dois acordassem apenas para dar uma olhada nos arredores antes de mergulhar novamente no sono.

O sono gastava menos energia. Podia deixá-los fracos, mas os mantinha vivos. Era só isso que importava. A vida. A vida da colônia.

As vibrações acima deles eram frequentes. Os batedores se aventuravam lá em cima e viam as tempestades que rasgavam o ambiente na superfície, golpeando o mundo e moldando-o em novas formas. Essa violência era uma das razões pelas quais dormiam.

O que os batedores sabiam, todos sabiam.

Criaram o ninho para que soubessem quando chegasse a hora. Quando as novas fontes de alimento e vida surgissem.

※ ※ ※

De repente, o ar estagnado passou a fluir. A leve sugestão de ar fresco não foi suficiente para acordá-los. Foi o que veio a seguir que fez a diferença.

Sangue.

O odor de sangue chegou, evocando promessas. Ainda assim, aquele rastro de sangue poderia não ter bastado para tirá-los da hibernação. Não, havia algo mais. A faixa de silício que lhes ofereceu ar fresco e cheiro de sangue também trouxe uma coisa à qual não poderiam resistir sob nenhuma circunstância — a marca do inimigo.

Nas câmaras ocultas e nas passagens que criaram ao longo de décadas de lenta atividade, o fedor adentrou suas consciências em ondas, trazendo a necessidade de acordar e se defender.
Eles se mexeram e, no movimento, despertaram.
Enquanto despertavam, sentiram a presença.
O ódio floresceu.
Se o fogo da sua ira produzisse calor, teria incendiado o mundo inteiro.

Decker observava as mãos hábeis de Herschel cortando sua calça para revelar a ferida aberta e sangrenta na parte superior da coxa. Por um milésimo de segundo sentiu um pavor irracional ao pensar em Markowitz vendo-o nesse estado. Não havia nada menos atraente que um homem completamente vulnerável, e naquele momento Decker estava exposto de diversas formas.

Mas não tinha o que fazer quanto a isso. Markowitz levou as mãos à ferida, anestesiando o local rapidamente com um medicamento tópico, depois com três injeções velozes. A pele ficou fria, depois, insensível. Era melhor assim. Decker podia sentir a preocupação dos dois enquanto olhavam sua perna estraçalhada. Ele se imaginava em péssimas condições, o que parecia coincidir com a opinião dos médicos.

Mesmo assim, ambos trabalharam rápido e com a eficiência que vinha de uma longa parceria. Comunicavam-se com palavras e gestos, e, sempre que as mãos alcançavam a vista de Decker, as luvas pareciam estar cobertas de mais sangue.

Rand também estava lá, sussurrando bobagens, dizendo a Decker que ele ficaria bem e que tudo ficaria "uma belezinha" — seja lá o que ele quisesse dizer com aquilo —, mas Decker sentia que era mentira.

Aos poucos, no entanto, ele notou que as expressões ao redor começaram a mudar. Decker não tinha a menor ideia do que faziam enquanto ele olhava para o céu, mas estavam ficando mais relaxados. *Devia ser um bom sinal, certo?* Talvez indicasse que haviam encontrado uma forma de reparar o dano. Decker esperava que sim. Não sentia dor, mas a sensação de estar flutuando persistia. Passou a língua pelos lábios. Ela parecia estar grudada nos dentes e no céu da boca.

A cabeça pendeu para a esquerda, e, no lugar do céu, passou a olhar para Markowitz. As mãos dela o tocaram, o corpo meio inclinado sobre ele, permitindo uma bela vista do decote. Mas as mangas da blusa estavam vermelhas até o cotovelo, e havia uma montanha desconcertante de gaze coberta de sangue ao lado dela. Sua expressão estava mais séria do que nunca.

— Consegui. Pronto!

A voz de Herschel parecia animada — e incrivelmente distante. O homem estava bem ali. Decker sabia disso, mas era como se ele falasse do outro lado do município de Rutledge, a cento e sessenta quilômetros.

— Graças a Deus — entoou um Rand igualmente distante.

Markowitz não disse nada, mas suspirou num gesto muito dramático. Ele meio que quis fazer um comentário malicioso — tinham esse tipo de relacionamento —, mas não conseguia botar a boca para trabalhar nem pensar em nada minimamente sagaz.

Ela se afastou e olhou para ele, a expressão nos olhos castanho-escuros suavizada. Seu alívio era imenso, e Decker sentiu uma onda de afeição vinda dela. Não era amor, e definitivamente não era desejo, só afeto. *Que pena, de verdade.* Markowitz sorriu e disse alguma coisa que ele não conseguiu entender.

Gostava do jeito que os lábios dela se mexiam.

Relaxou e se sentiu desvanecer na escuridão. De vez em quando, era bom relaxar e se deixar à deriva.

O ódio o atingiu como um maremoto.

O inimigo!

A coisa vil que queimava e matava e roubava. Era tudo o que havia de mau no mundo deles, destilado e personificado. Era a morte.

O rosto era suave, tão pálido e fraco quanto o dos novos hospedeiros, as novas coisas vivas que foram sacrificadas para dar vida ao enxame.

Mas este era diferente. Estava marcado.

Este...

Mas o que é isso? A cabeça de Decker deu um tranco, e ele estremeceu. Algo estava acontecendo, e o que quer que fosse soava como uma explosão nas profundezas da sua mente. Ele sentia, via, experimentava, mas não com os sentidos.

Sentiu o rugido se aproximando, uma onda de sensações que simplesmente não se associavam, não correspondiam a sua capacidade de compreensão. Exceto por uma mensagem que chegou com muita clareza.

🕷 🕷 🕷

Este tem que morrer.

🕷 🕷 🕷

Era uma sensação assoladora de maldade. Era pior do que se afogar, pois ele não conseguia respirar, nem se mexer, nem avisar a ninguém o que estava acontecendo. Sentia apenas o ninho de cobras serpenteando pelo cérebro, um enxame de aversão misturado a medo e... a mais alguma coisa.

Era algo oleoso em sua mente e que deixou um gosto na alma. O ódio o atacava, tentando esmagá-lo. Decker estremeceu e tentou gritar, mas nada aconteceu. O corpo continuou paralisado. Os olhos se mexeram sob pálpebras que ele não conseguia abrir. Havia um zumbido nos ouvidos, nítido como um dedo percorrendo a borda de uma taça de cristal, que sufocava tudo, menos o som deturpado de Markowitz gritando, alarmada.

E o ódio ainda investia contra ele, o atacava como um relâmpago, abrindo caminho pela mente, pelo corpo.

Decker tentou falar, mas os dentes cerraram.

Tentou respirar mais uma vez, inspirar uma quantidade decente de ar, mas foi inútil. Não conseguia inspirar nem expirar, e em vez disso o peito estremecia e travava.

Os pés se agitaram, e a dor na perna, que estava distante como o som de um trovão vindo do extremo de um vale, retornou com força total. Voltou a ouvir ruídos, sons de alarme, e percebeu a perna ser segurada por mãos de um mundo tão remoto que pôde apenas sentir a pressão, mas não a origem dela.

Suas mãos agarraram a areia, arranhando o chão em busca de apoio, numa tentativa desesperada de se arrastar para fora do poço de ira, vasto e cada vez mais profundo, que rasgava tudo e o devorava. Teria algum dia existido um ódio assim tão forte? Não que ele soubesse. Não que pudesse imaginar.

Decker tentou gritar de novo, mas seu corpo se contorceu, vítima de uma convulsão que o fez arquear as costas e revirar os olhos. A mandíbula afrouxou, depois voltou a travar, fazendo com que ele mordesse a língua e engasgasse com o sangue quente que jorrou de sua boca. Sentiu um medo miserável.

Era impossível emitir palavras, mas um gemido baixo saiu dos lábios sujos de sangue. Os músculos se retesaram, quase se rompendo, e ele desabou e se contorceu enquanto a emoção fervia em sua alma.

Por fim, a escuridão rumo à qual flutuava colidiu com ele, ofuscando-o e lançando-o num silêncio repleto de nada além de mais ódio — e de uma certeza concreta de que alguma coisa lá fora queria matá-lo.

4
À DERIVA

Ele acordou no lugar errado.

Esperava abrir os olhos e ver o teto familiar do seu dormitório apertado. Em vez disso, encarava uma superfície polida de aço inoxidável acima de uma cama pequena e, sem dúvida, desconfortável. Conhecia o ambiente, é claro. Estava a bordo de uma nave, e não era de jeito nenhum onde deveria estar.

— Bom dia.

Ele se sobressaltou. A voz suave tinha vindo da esquerda.

Conhecia as palavras, mas por um breve instante elas pareceram incompreensíveis — sons exóticos cuja origem não fazia sentido. Onde estava o restante da...

— Como está se sentindo?

Decker se virou e deu de cara com uma mulher robusta, de uns quarenta anos. Estava sentada, e por isso não era fácil estimar sua altura, mas usava um jaleco branco, e o cabelo castanho, um tanto grisalho, estava preso num coque.

— Estou numa nave? — perguntou num tom ríspido. A boca parecia inchada, e sentia uma dor dos diabos na garganta.

A mulher assentiu. Tinha olhos azuis por trás das grossas lentes dos óculos, e analisou o rosto dele com cuidado.

— Você está a bordo da *Carlyle*, rumo à Terra.

Então começou a se lembrar aos poucos, mas com clareza.

— Como cheguei aqui?

Devia estar mais ferido do que imaginava. Olhou ao redor e, de fato, usava uma camisola hospitalar. Mesmo nesta posição conseguiu ver a perna e a linha grossa de tecido cicatrizado que agora a adornava. Alguém havia chegado até a depilar a parte de cima da coxa, e o contraste fazia aquela área parecer uma floresta desmatada.

— Você se lembra do acidente? — perguntou ela, tentando sem sucesso usar um tom neutro.

Decker percebeu a apreensão. Pensou na última coisa de que conseguia se lembrar e pôde ver aonde ela queria chegar. O acidente, o sangue, os espasmos. O ódio.

Nada estava muito claro. No entanto, mais forte do que a lembrança da dor era a lembrança da fúria que o havia engolido.

Expirou por um longo tempo, estremecendo.

— É, acho que sim — respondeu. — Minha perna foi mutilada. E tive uma espécie de ataque.

A mulher deu um sorriso muito seco e um tanto condescendente.

— Você teve uma convulsão. — Olhou para a folha impressa que levava no colo amplo. — Na verdade, teve várias, mas, de acordo com este prontuário, as primeiras foram as piores. — Ela o encarou e depois desviou o olhar, parecendo pouco à vontade com o modo como ele a fitava. — Você se debateu e quase decepou a própria língua com os dentes. Desde então, estamos monitorando você com todo o cuidado e, é claro, trabalhando para que se cure totalmente.

Quase decepei a língua. Não admira estar inchada. As palavras pareceram sair de Decker muito lentamente.

— Se estou me curando, por que estou indo para a Terra?

— As convulsões são... um problema — explicou ela. — Não conseguimos encontrar uma razão para elas.

A escuridão, e as coisas despertando e olhando para ele, e aquele lampejo súbito de emoção crua, vulcânica.

— Não há instalações em Nova Galveston onde eu poderia ser examinado?

— Claro, mas há instalações melhores na Terra.

Ela estava mentindo. Decker teria percebido isso mesmo sem suas habilidades empáticas. O rosto dessa mulher não tinha sido feito para mentir. Mesmo assim, ele não podia confrontá-la.

— Alguém arrumou as minhas coisas? — perguntou.

— Sim, um homem chamado... — Ela deu uma olhada nos documentos da prancheta. — Lucas Rand. Ele fez suas malas e pediu a nós que avisássemos que ele mandaria as informações mais recentes para você usar quando fosse preparar os relatórios.

Decker assentiu. Isso era bom. Havia muito a relatar.

Sem aviso, um tremor percorreu seu corpo. Ele fechou os olhos por um instante, e a respiração se acelerou. Era como se fosse observado por algo além dos limites da percepção. Nunca tinha sido exatamente paranoico... Seria essa a sensação? Com certeza sentia que *alguma coisa* queria pegá-lo.

E deve ter demonstrado.

— Você está bem?

Decker abriu os olhos. A mulher o observava, franzindo a testa.

Ele não respondeu de imediato, só olhou para o braço e para os pelos arrepiados. Como alguma coisa podia fazê-lo sentir tanto frio? Tanto pavor?

— Não — respondeu. — Acho que não.

Ela assentiu com a cabeça, como se as palavras dele justificassem o que quer que viesse a seguir.

— Bom, vamos descobrir o que é muito em breve. — Ela se levantou e o encarou com aquele sorriso indulgente que nunca chegava aos olhos. — É um longo caminho de volta à Terra, e vamos entrar em estase daqui a pouco.

Essa ideia não o fez se sentir melhor. Nunca havia gostado muito do sono forçado das câmaras de estase. Entendia muito bem os motivos, mas não gostava da sensação de estar preso. Em vez de acalmar os ânimos, sentiu as emoções se intensificarem. Por mais que tentasse, não conseguia tranquilizar a respiração.

— Você está suando — comentou a mulher.

— Acho que estou tendo uma crise de pânico. — O pulso batia desenfreadamente e, sim, estava suando. Começou a tremer.

— Você costuma ter crises de pânico? — perguntou ela, tocando a testa dele com a palma da mão.

— Não. — Decker tremia incontrolavelmente, e se sentiu um idiota.

— Vou te dar um sedativo leve.

Ele balançou a cabeça, recusando, e deu a primeira desculpa que lhe ocorreu.

— Preciso terminar meus relatórios. Preciso ser capaz de me concentrar.

— Foi por isso que eu disse que era *leve* — retrucou ela. — Só para ajudar a te acalmar. Ainda faltam algumas horas para entrarmos nas câmaras, então você deve ter tempo suficiente para terminar qualquer trabalho que não envolva levantamento de peso.

Isso o fez sorrir, e, para sua surpresa, foi recompensado com um sorriso verdadeiro da médica.

Mas não ajudou — na verdade, o pânico aumentou. Decker tentou contê-lo, mas nada funcionava. A respiração estava ofegante, a garganta estava seca, e era difícil engolir. O suor porejava sobre os lábios trêmulos e sobre a testa.

Vendo isso, a mulher se virou sem dizer nada, saiu e voltou pouco depois com um copo de plástico com água e um copo menor contendo duas pílulas brancas.

— Engula — instruiu ela de forma brusca. — Vai ajudar.

Decker anuiu e obedeceu.

Pareceu levar uma eternidade, mas depois de um tempo as pílulas funcionaram. Primeiro, o tremor diminuiu; depois, o suadouro parou. E, finalmente, a sensação de que havia algo o ameaçando cedeu. Não sumiu, mas ele sentia que conseguiria lidar com ela.

🕷 🕷 🕷

Após cerca de meia hora, pelos seus cálculos, a mulher vasculhou as coisas dele e tirou o computador de mão que Decker usava para analisar os resultados dos testes. Ajustou a cama para que ele pudesse ficar sentado e o deixou sozinho para trabalhar na papelada.

Sempre a papelada. Na verdade, era burrice chamar de "papelada", já que não havia papel nenhum. Na verdade, o único papel que viu em muito tempo foi aquele que a médica segurava. Pelo menos, *presumia* que ela fosse médica.

Será que uma cópia impressa torna mais fácil esconder os fatos?, perguntou-se. *Ou mais difícil?* Riu sozinho. *Talvez eu esteja mesmo ficando paranoico.*

Às vezes, achava o trabalho monótono, mas neste momento foi um grande conforto ter que examinar os detalhes e analisar a pesquisa mais de uma vez. Quanto mais trabalhava, menos tinha dúvidas: a Weyland-Yutani era responsável pelo que havia de errado em Nova Galveston. Procurou a fundo no passado e confirmou que de fato houvera lá uma unidade de mineração da empresa. Não, não exatamente da empresa, mas ou a Weyland-Yutani tinha sido parceira comercial na empreitada ou havia fornecido boa parte do equipamento. "Mineradora Kelland" era o nome nos documentos, mas, pelo que podia perceber, a W-Y tinha ações da Kelland, ou a havia comprado em algum momento.

De um jeito ou de outro, deveriam ter sido informados sobre a ocupação anterior do planeta. Na sua opinião, isso significava que a Weyland-Yutani era culpada. Seu relatório para a Comissão de Comércio Interestelar informaria isso.

Terminou o relatório e o enviou com pouco mais de uma hora de folga — seria direcionado pelos sistemas de comunicação da nave e chegaria à Terra antes dele. Em seguida a médica voltou e o levou para o núcleo de câmaras de hipersono. Os procedimentos-padrão ainda se aplicavam. Decker tirou a roupa e ficou só de cueca — não que isso tenha exigido muito esforço, dadas as circunstâncias — e entrou no cilindro de vidro que parecia mais um caixão que qualquer outra coisa.

Sentiu uma pontada de pânico voltando, mas a reprimiu. Não demorou para o sono reivindicá-lo.

E, com o sono, vieram os pesadelos.

Quarenta e sete dias de pesadelos enquanto ele rumava de Nova Galveston para a Terra.

Quando você dorme, ninguém pode ouvir seus gritos.

5
DE VOLTA PARA CASA

Parando para pensar, talvez tivesse sido um erro.

Ele se curou completamente durante a viagem de volta para casa. Porém, assim que aterrissaram e desembarcaram em Chicago, Walter Harriman, o diretor do departamento, lhe enviou uma mensagem de vídeo. O rosto do homem apareceu na tela do link e informou a ele que precisava ir ao escritório o quanto antes para discutir suas conclusões.

Duas horas depois, estava sentado numa cadeira ouvindo aquele homem, que ele julgava conhecer, explicar de forma bem evasiva que o relatório não era bom o suficiente. Decker poderia ter acreditado nas palavras, se não fosse um empático. Afinal, Walt era um excelente mentiroso. Era assumidamente cara de pau, mas não gostava de mentir para sua equipe, e Decker *sentiu* mais do que percebeu a mentira.

O diretor lhe pediu que "reconsiderasse" suas conclusões.

Decker engoliu a resposta que lhe veio à cabeça, disse que faria isso e levou consigo as anotações de Walt.

Ele tentou. Tentou mesmo.

Examinou cada prova várias vezes, e chegou à mesma conclusão. Ou a Weyland-Yutani sabia da colônia mineradora e do potencial para envenenamento que ela havia deixado para trás ou era um caso de burrice criminosa. Reformulou as frases para que soassem menos incriminatórias, mas no fim das contas tinha um trabalho a fazer, e o fez.

Walt disse que estava satisfeito com as mudanças, mas sua atitude não condizia com o discurso. A voz do homem era gélida quando sugeriu a Decker que tirasse uns dias de folga "para se recuperar do acidente". Isso, na língua de Walt, queria dizer "dá o fora daqui enquanto penso em como cuidar disso".

Pelo visto ele quer cuidar da situação de qualquer jeito.

Não. Decker afastou esse pensamento. Em última análise, era mais complicado do que parecia, e ele sabia disso. Envolvia questões políticas, e, pior ainda, envolvia a Weyland-Yutani. A corporação era gigantesca, e tinha influência em campos que Decker tentou não levar em consideração. A W-Y era podre de rica, dava duro para preservar a reputação impecável e não gostava de provocação.

Ele teve problemas com a empresa no passado, mas sempre existiram provas suficientes para sustentar as alegações. A Weyland-Yutani sempre soube quando era mais fácil se conformar, em vez de entrar numa batalha perdida. Então mais uma vez Decker só precisava esperar o fim da turbulência, exatamente como tinha feito no passado.

***

As coisas haviam mudado.

A natureza do seu trabalho sempre havia garantido a Decker certo grau de poder e autoridade, do qual burocratas de todo o mundo desfrutavam. Era só preencher os formulários adequados, colocar os pingos nos is e os pontos finais, e tudo se alinhava. Isso era reconfortante, estar isolado e em segurança dentro da rede do *status quo*.

Mas isso tinha sido antes das convulsões. Mesmo depois que começaram, Decker manteve o segredo. Ficando longe de encrenca, evitava dar às pessoas qualquer tipo de vantagem sobre ele e mantinha um nível conveniente de anonimato.

Entretanto, não era mais anônimo.

***

Voltou à Terra a tempo de comemorar o Ano-Novo. O novo milênio se aproximava, e ele esperava que 2497 fosse mais tranquilo que o ano anterior.

Seus filhos estavam com a ex-esposa, e ele não se sentia pronto para encontrá-los. Ficava de coração partido toda vez que via as crianças e percebia o quanto elas haviam crescido. Esse era o triste efeito colateral de trabalhar extramundo. Por isso, em vez de passar a virada do ano com a família, Decker foi a uns pubs e curtiu ficar um pouco bêbado enquanto o ano terminava.

Como acontecia com frequência quando ficava um pouco zonzo, decidiu caminhar até passar, e, ao som das comemorações por todos os lados, contemplou seu dilema.

A Weyland-Yutani tinha feito sua cota de boas ações com o passar dos anos. Mais de um século antes, as Forças Armadas Unidas tomaram quase tudo, esmagando as megacorporações. A maioria das pessoas achou que isso fosse bom... no começo. Mas, ao longo das décadas, começaram a perceber que serviam ao Exército, quer tivessem se alistado, quer não. Quem não seguisse as regras se dava muito mal.

Na época, seu avô vivia em Chicago, e Decker cresceu ouvindo as histórias. Uma das naves de pesquisa da FAU, a *Auriga*, foi tomada por terroristas e caiu na França, que até então era um importante país do continente europeu. A nave era grande e causara bastante estrago. A devastação havia deixado o planeta literalmente à beira de uma nova era do gelo, e não foi a FAU quem salvou o dia — foi a Weyland-Yutani.

Na época, o mundo era um pouco diferente. Entre outras coisas, a Weyland-Yutani era a principal fabricante de robôs, e, no auge da sua influência, as pessoas sintéticas faziam parte da tripulação de quase todas as naves. Mas, quando as patentes da empresa expiraram, outras começaram a oferecer produtos por preços mais baixos e abriu-se um mar de possibilidades.

A Weyland-Yutani usava sistemas estritamente à prova de falha desde o começo. No entanto, com a produção em massa, cada vez mais o mercado foi dominado por sintéticos, que depois de um tempo se rebelaram contra a forma como vinham sendo tratados.

Uma revolta atrás da outra e diversos ataques terroristas resultaram no quê? Cidadania garantida aos sintéticos. As máquinas passaram a ter os mesmos direitos que as pessoas — porque em algum momento o fato de parecerem e se comportarem como seres humanos confundiu totalmente a cabeça de muitas pessoas.

Decker nunca teria concordado com a decisão. Era tão tolo quanto dar direitos a uma nave espacial. Uma ferramenta é uma ferramenta, mesmo que pareça humana. A Weyland-Yutani conseguiu reverter a mancada que deu em seu retorno triunfal, mas isso levou tempo.

Quanto à Terra, a abordagem era simples: eles a terraformaram. A Weyland-Yutani tinha criado os primeiros motores de terraformação, e pela segunda vez na história o estavam usando para eliminar os poluentes da atmosfera.

Ao salvar o planeta, salvou a si mesma. A W-Y e várias outras empresas conseguiram destronar a FAU, substituindo-a por um governo colonial que supervisionava todos os planetas conhecidos.

Mas isso abriu as portas para que todos os antigos abusos voltassem a ser cometidos. O trabalho de Decker era garantir que continuassem na linha. E ele o levava a sério.

✾ ✾ ✾

No entanto, menos de quatro semanas depois, viu-se numa sala de espera, preparando-se para mais uma rodada de exames médicos, considerados "necessários antes que a Comissão cogite permitir ao senhor Decker que volte ao trabalho".

Bobagem. Teria dito isso, se alguém estivesse ali para ouvir. *Isso é bobagem, pura e simplesmente.* A paranoia tinha dado lugar à convicção. Sua intuição lhe dizia que ele havia se tornado um alvo, mas esta nova certeza o deixava desequilibrado — nunca havia tido que lidar com nada parecido.

Por fim, convenceu-se de que estava sendo ridículo. Nem mesmo a Weyland-Yutani, por maior que fosse, poderia simplesmente reescrever as regras. E, se não tentaram prejudicá-lo no passado, o que havia em LV178 para fazê-los começar agora? Não, por mais que odiasse os exames intermináveis, eram necessários. Eram só parte do processo.

A intuição dele tinha que estar errada.

✾ ✾ ✾

O doutor Japtesh parecia perfeitamente amigável, mas só estava ali para fazer seu trabalho. Ele não sorria nem fazia graça. Em vez disso, disparava uma infinidade de perguntas.

— O senhor se lembra de alguma coisa relacionada ao seu primeiro ataque?

Decker deu de ombros.

— Não. Quando aconteceu, eu tinha me ferido e havia um maquinário pesado prestes a me esmagar. — Tentou rir disso, mas só de pensar na cena teve calafrios e se sentiu claustrofóbico. — Eu estava com muita coisa na cabeça naquela hora.

— Fascinante — comentou o médico numa voz quase monótona. — Pode me dizer como se sentiu?

Decker olhou para ele por um longo tempo — *Ele está ouvindo alguma coisa do que eu digo?* — e respirou fundo.

— Eu *senti* que tinha sido ferido e estava prestes a ser esmagado.

Nenhuma reação.

— Isso já aconteceu com o senhor antes? Isto é, as convulsões, não o acidente.

Isso poderia ter sido uma piada, mas Decker duvidava.

— Não — respondeu, sem muita certeza.

— Quem causou o acidente? — perguntou Japtesh.

Estavam procurando alguém em quem botar a culpa.

Decker fez que não.

— Ninguém. Foi um acidente.

Os olhos escuros de Japtesh não deram a menor pista sobre o que ele estava pensando.

— Mas com certeza *alguém* foi responsável, não?

Decker sustentou o olhar dele e refletiu sobre a resposta antes de falar.

— Bom, havia uns problemas com a areia lá no Mar de Angústia.

O médico franziu a testa.

— O que é o Mar de Angústia? — perguntou ele, e olhou para a tela do seu bloco de notas digital. — Não vejo nenhuma menção a isso. — Pareceu vasculhar todos os documentos, e depois voltou a olhar para Decker. — Não há nenhum relato sobre água.

Decker reprimiu uma risada.

— É só um apelido... Acho que tem alguma coisa a ver com a Bíblia. Estávamos numa região arenosa, a areia se moveu, o equipamento escorregou e eu fiquei preso.

De jeito nenhum ia apontar o dedo para alguém da sua equipe. Alguns mereciam? Sim, mas ele ainda precisaria trabalhar com aquelas pessoas. Se vazasse a notícia de que tinha delatado alguém, nunca mais confiariam nele.

Japtesh o encarou, ainda implacável.

— Ah, sim, o verificador de amostras — declarou o médico, observando a tela outra vez. — Acredito que o senhor não esteja autorizado a operar um desses, ou está? Por que estava perto da máquina, afinal?

Decker não gostava do rumo que a conversa estava tomando. Estava acostumado a enrolar burocratas, mas era para esse cara ser seu *médico*.

— Bom, uma briga estava prestes a começar e, assim que senti isso, interferi para impedir que a coisa ficasse séria.

No momento em que contou isso, soube que se arrependeria. *Não há nada de errado em ser capaz de saber o que os outros sentem, mas algumas pessoas não vão entender.*

Japtesh quase *irradiava* entusiasmo, embora seu rosto redondo nada demonstrasse.

— Os homens envolvidos na briga eram Badejo e Bronson?

— Sim. Está tudo no relatório.

— Mas como o senhor sabia que eles estavam prestes a brigar? — insistiu o médico. — O que quis dizer ao afirmar que "sentiu" isso?

— Bom, como eu poderia não sentir? — Talvez ainda pudesse escapar da emboscada. — Eles estavam discutindo, e Bronson agia com mais agressividade que o normal.

— Por que diz isso? O senhor conhece esse homem tão bem assim?

Paranoia. Tinha que ser. Estava interpretando alguma coisa de forma errada. Podia jurar que o homem parecia animado ao fazer aquelas perguntas. Decker balançou a cabeça para afastar a ideia.

— Deu para perceber... porque ele deu o primeiro soco.

— Sim, mas, antes de isso acontecer, o que fez o senhor pensar que ele tendia a ser mais violento que o normal?

— Um pressentimento, acho.

Japtesh o encarou por um tempo muito longo, depois assentiu.

— Entendo... Um pressentimento — repetiu ele. Logo voltou a atenção para a tela. — Esse parece ter sido o começo das convulsões que o senhor teve... Pode descrevê-las em detalhes?

Quando Decker pensou nisso seu estômago se revirou.

— Hã... não — respondeu. — Acho que estava ocupado demais tendo as convulsões para prestar atenção ao que acontecia naquela hora.

O médico o olhou por mais um tempo, depois fez outra anotação na tela.

— Obrigado pelo seu tempo, senhor Decker. — Ele ergueu o olhar e forçou um sorriso. — Acho que é só isso.

Decker deixou o consultório médico se sentindo inquieto. Aquela sensação agoniante — de que alguém atirava facas em sua direção — não passava.

※ ※ ※

Era inverno, mas o ar nas ruas fedia a ozônio e coisa pior. Chicago era assim desde que ele se entendia por gente. Parecia melhor do que quando era criança, mas não muito. Espalhavam-se notícias de que, segundo os informes, a poluição chegava a níveis alarmantes. Decker duvidava que um dia isso fosse mudar.

De tempos em tempos alguém sugeria um processo de terraformação mais agressivo para reparar ainda mais os danos à Terra. O problema era o clima. Num planeta com pouca atmosfera, ou onde uma nova atmosfera estivesse sendo gerada, os motores de terraformação seriam instalados para moldar lenta e continuamente o ambiente. Às vezes, isso gerava tempestades violentas que devastavam regiões inteiras do planeta, regiões inabitadas.

Na Terra, estas tempestades causariam uma quantidade inimaginável de mortes e destruição, e por isso as obras deviam ser executadas com extremo cuidado.

Formavam-se subcomitês para debater os prós e os contras, mas nada jamais acontecia. *A burocracia em sua melhor forma, minha gente.* Considerando o governo da época, ele duvidava que alguma coisa fosse realizada.

A cidade abrigava mais de trinta milhões de pessoas, incluindo os subúrbios, e, embora houvesse alguns parques, a maior parte da paisagem era formada por uma infinidade de prédios e ruas — vidro, concreto e asfalto. Não dava para dizer que a personalidade do lugar tinha sido eliminada por completo, mas também não era possível afirmar que era a mesma cidade onde ele havia crescido. Contudo, ele permanecia em Chicago. Não passava tanto tempo assim no planeta, e pelo menos podia ver os filhos de vez em quando.

Quando Decker voltou à sua quitinete, a notícia o aguardava. Uma mensagem de áudio, impessoal e inexpressiva, com uma voz homogênea e vagamente feminina.

"Lamentamos informá-lo de que, até que a investigação das suas ações em Nova Galveston esteja completa, o senhor estará suspenso e sem salário", dizia, insensível. "Caso queira registrar uma queixa ao seu representante sindical, deve ligar para o seguinte número entre as nove da manhã e as três e meia da tarde, de segunda a quinta-feira..."

Vai se foder, pensou ele, desligando. Conhecia o procedimento. De fato, ia mesmo registrar uma queixa, mas já sabia que não faria diferença. O caso estava saindo do controle. Na verdade, sabia que isso aconteceria desde o começo, só não quis admitir. Walt não era exatamente um amigo, mas Decker sempre havia pensado que ele o apoiaria.

Ficou ali sentado por um tempo, com as cortinas fechadas e sob a luz tênue, depois decidiu que precisava *agir*. Então foi até a porta e de lá direto para o metrô, onde pegou o trem até Nova Cabrini.

Sua ex-esposa estaria lá, mas quanto a isso não podia fazer nada. Ela trabalhava à noite e deixava as crianças com a irmã enquanto estava fora. Decker tinha o direito de visitá-las e pretendia usá-lo, com ou sem Linda.

O casamento tinha desmoronado havia alguns anos. Isso era comum em relacionamentos em que um dos cônjuges passava tempo demais extramundo. Todos diziam isso, e as estatísticas comprovavam, e não era ele quem ia discutir.

Não precisava ser um empático para saber que estava mentindo para si mesmo.

Quando Linda o traiu, ele sentiu a verdade muito antes de os fatos virem à tona. Não sabia os detalhes, mas sentiu a culpa dela, e assim que a confrontou vieram as acusações. As brigas, os gritos, a insistência de que a culpa era dele, apesar de Decker ter sido fiel durante todo o casamento.

Para Linda, ele não lhe deu apoio nem valor. Decker pensou que conseguiria reconquistá-la se tentasse. Seriam tempos difíceis, mas estava certo de que poderiam ter continuado juntos. Se ao menos ele tivesse desejado isso de verdade.

Ao que parecia, não desejou.

Quando saiu do túnel, parou rapidamente para se conectar a uma cabine de vídeo e ligar para Linda, avisando que estava a caminho. Foi sua filha Bethany quem atendeu. Bethany, que parecia ter dois anos a mais do que devia.

— Papai!

— Oi, querida. Nossa, olha só pra você. — O nó na garganta aliviou um pouco quando olhou nos olhos dela. — Pensei em passar aí para ver vocês. O que acha?

— Vai ser legal! — respondeu ela, e, apesar da distância, Decker soube que estava sendo sincera. Aos sete, ela era jovem demais para mentir bem. Jovem demais até para ter *motivo* para mentir bem, felizmente.

— Posso falar com a sua mãe?

— Vou chamar! Mamãããã!

Bethany sabia que não devia carregar o link de vídeo pela casa. Da última vez havia entrado correndo no banheiro, onde a mãe respondia ao chamado da natureza. Linda e Decker ficaram horrorizados naquela hora, mas depois isso virou motivo de risos.

Linda apareceu na tela um instante depois com uma expressão neutra cuidadosamente colada ao rosto. Eles se tratavam de forma amigável, mas muita coisa havia acontecido, e muitas feridas não cicatrizaram por completo.

— Oi, Alan. Bom te ver. — Parecia em parte estar sendo sincera. — Não sabia que você já tinha voltado.

— É, já faz uns dias. Estava pensando se podia passar aí para ver as crianças, talvez levá-las para comer fora ou ver um filme.

— Elas vão gostar. Faz tanto tempo que acho que Josh está começando a esquecer como você é. — Um leve exagero, mas que doeu dentro dele.

Decker falava com os filhos pelo menos uma vez por semana, a não ser que estivesse numa câmara de hipersono. Porém, era verdade que tinha passado muito tempo longe. E desde que havia voltado não entrou em contato de propósito, pois estava tentando pôr suas pendências em ordem.

— Eu sei, eu sei. Foi por isso que quis vir. Achei que você podia querer um tempo sozinha, e quero ter certeza de que Josh e as meninas vão se lembrar de mim como mais que uma videochamada.

Abriu seu melhor sorriso. Funcionou. Talvez não fosse o cara mais bonito do planeta, mas Linda ainda gostava um bocado daquele sorriso.

Em resposta, ela deu um sorrisinho discreto.

— Então venha buscar as crianças. Vou deixá-las prontas.

Bethany tinha sete anos. Ella, cinco. Josh, quatro. Eram a melhor parte do seu mundo. Quando a porta se abriu e as crianças correram para ele, a vida quase pareceu voltar a fazer sentido. Se pudesse, ficaria abraçado a elas para sempre.

Contudo, as coisas nunca funcionavam assim. Nunca. Sempre havia algo a resolver. Era assim que o universo operava. Mas, por um momento — só o tempo de ele levar as crianças para almoçar e ver um filme com personagens excêntricos, radiantes e amigáveis demais para o mundo real —, tudo fez sentido outra vez. As emoções dos filhos eram como um sopro de ar fresco.

Depois de deixá-los em casa, ficou mais uns minutos conversando com Linda. Da última vez que os visitou, os dois acabaram na cama, embora isso não tivesse levado a nada. Naquele momento, porém, Linda se sentia culpada, e Decker sabia que isso significava que ela estava saindo com alguém. Podia ver até que era um relacionamento sério.

Mas isso não o incomodou. Linda estava feliz, as crianças estavam felizes, e, enquanto voltava para sua quitinete, Decker se sentiu revigorado. O clima estava bastante agradável, então resolveu caminhar pelos longos quarteirões de volta para casa, usando o tempo para organizar os pensamentos.

Durante a caminhada, no entanto, foi acometido pela sensação de estar sendo observado. Passou mais tempo espiando por cima do ombro do que atento ao caminho. Mesmo depois de chegar em casa e trancar a porta, sentiu-se transtornado. Não era assim que queria levar a vida, agindo feito um fugitivo.

6
PARANOIA

A noite não trouxe descanso, apenas mais pesadelos. Embora não pudesse ter certeza, ao acordar tudo levava a crer que havia sofrido outra convulsão. Estava ensopado de suor, e as roupas de cama, jogadas no chão. Os músculos doíam, e na boca havia um gosto de sangue. Uma rápida olhada no espelho do banheiro mostrou que tinha mordido a língua. Conseguia sentir, é claro, mas ao olhar viu as marcas dos dentes.

Depois de uma ducha, Decker aproveitou-se dos benefícios que recebia com ou sem o salário — *valeu, Walt*. Marcou uma consulta para tratar a paranoia. Dessa vez, teve sorte. A clínica aprovada pelo sindicato tinha um horário para aquela mesma tarde.

A recepcionista era simpática e atraente, mas jovem demais para ir além de uma simples paquera. Já Jacoby tinha um rosto que só a mãe poderia amar, mas Decker o conhecia, e o médico costumava ser bom em ajudar os pacientes a resolver os problemas sem deixá-los melindrosos e sentimentais.

Porém, Decker teve aquela maldita sensação peculiar de *déjà-vu*. A conversa com Jacoby foi tão parecida com a consulta com Japtesh que chegou a ser assustador. Mas ele considerou isso um sintoma da paranoia. E, quando mencionou os sonhos, o médico pareceu especialmente interessado.

Então falou das coisas que conseguia se lembrar dos sonhos. Os pesadelos tão frequentes, que o levavam a lugares sombrios e o faziam ver coisas sinistras. Pessoas morrendo em suas...

Garras?

— De onde vem isso, doutor? — perguntou ele. — Há muita coisa que não consigo lembrar, mas sempre tenho a sensação de que as pessoas são *presas*, e de outras que estão implorando para a dor acabar. — Teve calafrios só de pensar nisso. — Que saco, nunca matei ninguém na minha vida. E as pessoas sempre têm uma aparência *estranha*, errada. São humanos, eu acho, mas...

— Errada como, Alan? — indagou Jacoby, e sua caneta percorreu o bloco enquanto tomava notas cuidadosas e detalhadas.

Decker se esforçou para encontrar as palavras certas.

— É como se eu as estivesse vendo, mas não de um jeito que fizesse sentido. — Balançou a cabeça. — Tá, é como se... Você já olhou para as estrelas usando um visor topográfico?

O rosto de Jacoby se enrugou num breve sorriso.

— Creio que não.

— Eu já — continuou Decker. — Só para ver como era. Você enxerga as estrelas que já conhece, mas tudo o que vê são as linhas do mapa topográfico. É esquisito, e é um desperdício enorme de tecnologia, pois o que você vê não é o que está lá.

Droga. Péssima explicação. Ele continuou:

— Um mapa topográfico mostra a altura e a dimensão como uma série de linhas concêntricas. Então, se estiver olhando para uma montanha, por exemplo, vê uns círculos que mostram a forma da coisa da base até o topo. Quanto menores e mais juntos são os círculos, menor é o objeto, e mais próximo ele está. Bom, quando se faz isso com as estrelas, acontece a mesma coisa. Você vê as estrelas, certo? Mas o que está vendo na verdade são as linhas que ficam cada vez mais próximas quando convergem numa estrela, e ficam cada vez mais distantes umas das outras quando não há nada para ver.

— Acho que entendi. — Pelo menos o médico estava tentando.

— Tudo bem. Digamos que você enxergue dessa forma, e aí você *sente o cheiro* dos sons. Sei que não faz sentido. É essa a questão. Eu estava vendo as pessoas de jeitos que não faziam sentido. Pareciam totalmente erradas, completa e absolutamente... alienígenas.

Jacoby assentiu.

— É como se você estivesse vendo além do espectro ao qual está acostumado.

— Exato! Vi cores que não sei descrever, ouvi coisas que não deveria ser capaz de ouvir, e consegui sentir todo tipo de cheiro. Putz, todos os cheiros tinham textura.

— Então como sabe que eram seres humanos?

— Nos sonhos, não sabia — explicou Decker. — Eu entendia quando acordava, mas, durante os sonhos, eram só coisas que precisava caçar. Esperava que isso não tivesse soado tão ruim para o médico quanto soou para ele.

O doutor Jacoby se retesou, depois se recompôs e assentiu bem devagar. Continuou a pedir mais detalhes, mas nada do que Decker contava parecia ajudar muito. Ao fim da consulta, Jacoby deu a ele umas pílulas verdes que o ajudariam a dormir e insistiu para que marcassem uma sessão na próxima semana, no mesmo horário.

Desabafar lhe proporcionou certo alívio, mas, quando Decker chegou ao apartamento, a sensação de que em breve receberia sua sentença já o dominava outra vez. A cabeça doía, e o cansaço pesava nos olhos. Estava exausto, mas também elétrico.

Apesar de ter dito a si mesmo que não tinha a intenção de tomar nenhum remédio, engoliu uma das pílulas verdes. O efeito foi quase imediato.

Sentiu a própria essência se esvair e observar do alto o corpo adormecido. Tinha o rosto exausto, tenso, e os músculos estavam retesados. Embora estivesse dormindo, as mãos estavam bem cerradas e as pernas se debatiam como as de um cão sonhando caçar coelhos.

Ele desviou o olhar e observou aquele apartamento conhecido. Alguma coisa estava diferente. Algo estava errado. Levou um momento para perceber que as paredes haviam se tornado quase translúcidas, como camadas rígidas de névoa em vez de gesso e concreto reforçado.

Talvez não tivesse notado mais nada se as sombras dentro daquelas paredes tivessem ficado paradas. Mas elas se moveram, saindo e rastejando pelo interior dos dutos de aquecimento e entre os suportes de madeira e gesso. Mal podia vê-las, mas conseguia senti-las, *assim como a fome e a necessidade.*

Mais que fome.

Elas estavam irritadas — motivadas, para além do pensamento consciente, pela necessidade de causar danos à fonte do seu ódio. Mas, antes que pudessem fazê-lo, teriam que localizar a presa.

Decker olhou para seu corpo lá embaixo, e nesse instante percebeu que as formas sombrias faziam a mesma coisa, que o notaram naquela paralisia induzida pelo sono.

Tentou tocar o corpo, mas suas mãos e seus braços não eram longos o bastante. Os pés não conseguiam cobrir a distância. Tentou gritar um aviso, mas a garganta estava presa, trancada no silêncio.

Irritadas? Não. Tendo-o encontrado, as formas sombrias estavam furiosas, enlouquecidas pela necessidade de alcançá-lo, de cortá-lo e rasgá-lo em pe-

daços, corpo e alma. Seu ódio era um veneno prateado que saía na forma de espuma por entre os dentes brilhantes e queimava tudo o que tocasse. Sua aversão irradiava de forma tão intensa que ardia. Estavam em silêncio, mas gritavam alto o bastante para ofuscar as estrelas.

 As silhuetas se aproximaram, abrindo caminho devagar pelo material denso das paredes. Não eram translúcidas, não exatamente, mas também não eram como deveriam ser. Não, estas paredes eram de material fibroso. A mão guarnecida de garras afiadas atravessou os filamentos pesados e revelou que eram teias de aranha. Os fios se romperam de repente, e, ao fazerem isso, permitiram ao restante daquele braço preto e luzidio que o alcançasse.

E Decker acordou com um grito preso na garganta. A testa estava pontilhada de suor, e a boca, escancarada numa máscara de medo. Percebeu que não estava respirando e arfou, tomando fôlego.

 A cabeça estava tomada por imagens caóticas que se esvaíam aos poucos. Mas não conseguia fugir da sensação de que havia coisas rastejando pelas paredes do prédio, abrindo caminho até ele em meio à estrutura e aos cabos, arranhando com as garras os canos de água e os dutos de ar. Tentou silenciar a respiração, ouvir algo no escuro.

 Nada.

 No entanto, ainda conseguia sentir o ódio, a necessidade quase física de acabar com sua vida. Acendeu todas as luzes do apartamento e olhou debaixo de cada móvel e dentro dos armários. O simples ato de procurar o ajudou a se acalmar, mas só até certo ponto. Se tivesse uma arma de fogo, a teria colocado debaixo do travesseiro.

Passou a manhã seguinte fazendo uma série de ligações, e por fim pegou o trem para o escritório em que havia trabalhado por mais de dez anos.

 Tá, então Walt não quer me ver, pensou. *Bom, ele que se dane. Quem precisa de hora marcada, porra?* Apenas ficou na sala de espera aguardando seu supervisor sair para almoçar.

 Walt olhou para ele e suspirou.

 — Alan.

 Ele não era um homem grande, e tendia mais a olhar para o chão do que para as pessoas. Havia conseguido sabe-se lá como alcançar uma posição de autoridade, e agarrou-se a ela com unhas e dentes, justamente tratando de nunca chamar atenção para si.

— Walt — disse Decker. — Então... que merda é essa?

Walt caminhou mais rápido, e Decker o acompanhou com facilidade. Assim que saíram e estavam longe dos ouvidos alheios, ele finalmente respondeu.

— Olhe, estou tentando resolver tudo, Alan.

Olhou de modo diligente para o chão. O que quer que estivesse pensando ou sentindo não era forte o bastante para Decker captar.

— Walt, eu não fiz nada de errado. Só fiz meu trabalho.

— Você teve convulsões, Alan. — Ele baixou a voz e se aproximou. — Mais importante ainda, você apontou o dedo para a Weyland-Yutani. Eles não gostaram muito disso.

Então era isso, evidente.

— Esse é o meu trabalho, Walt. Foi o que você me mandou fazer.

— Eu sei disso, e estou tentando dar um jeito, acredite, mas não está dando certo. — Por um momento, Decker sentiu o medo e a frustração do homem. Os sentimentos ficaram muito nítidos antes de desaparecerem novamente. — Você irritou as pessoas erradas com seu relatório, Alan. Estou fazendo o que posso. Por enquanto, é só o que posso dizer.

Walt saiu apressado e sumiu no fluxo de pedestres em horário de almoço. Decker poderia ter ido atrás dele, mas já tinha sua resposta. Não havia sido esquecido, até certo ponto, e ainda tinha um defensor ao seu lado. Era só uma questão de ser paciente.

Só que ser paciente não era o seu forte.

O sentimento voltou, o peso súbito de um olhar maligno. Quase distendeu os músculos do pescoço ao olhar ao redor, vasculhando a multidão. Mas ninguém pareceu estar prestando a menor atenção a ele.

Isso já está enchendo o saco, e muito depressa, pensou. Porém, continuou a esquadrinhar o tropel de pessoas.

Por fim, foi para casa, fazendo diversos desvios no caminho, para o caso de a sensação ser mais que uma simples paranoia. No apartamento, manteve as cortinas fechadas e mais de uma vez se pegou espiando o lado de fora. Depois de passar algumas horas num estresse infernal, cedeu e tomou outra pílula.

7
A CAÇA

Decker acordou na escuridão do quarto com a certeza absoluta de que estava em perigo. Nos sonhos podia ser o caçador, mas ali era a caça.

Em alguns aspectos, era melhor assim. Mas no geral era pior.

Sentou-se num segundo, grunhindo, e tentou acalmar a respiração para poder ouvir melhor.

Nada.

De repente, quatro figuras invadiram o quarto. Primeiro ele se perguntou se aquilo não era outro sonho, mas logo percebeu que não. Tentou falar, mas tudo o que saiu da boca foi outro grunhido.

Decker bateu com o calcanhar no estômago da figura mais próxima e ouviu uma voz masculina arfar. O homem recuou até a parede e derrubou uma luminária da mesinha onde Decker deixava o despertador e um copo d'água.

Alguma coisa se estilhaçou ao cair no chão, e o homem que ele havia chutado rastejou pelo piso, com ânsia de vômito. Decker sentiu uma centelha de satisfação ao ver isso, mas a sensação foi superada pela maré de adrenalina. Tentou se ajoelhar na cama, e o segundo intruso deu um golpe com algo pesado na lateral da sua cabeça com força suficiente para fazê-lo deitar outra vez.

— Cuidado, Piotrowicz — disse uma voz na penumbra. — Precisamos dele vivo.

— Ninguém disse que precisava estar ileso — resmungou o agressor.

A cabeça de Decker zunia por causa do golpe, mas ele a sacudiu, recuperando-se como pôde, e avançou na direção do homem que havia resmungado.

— Vem, pode vir, seu otário.

O homem era menor que ele e musculoso. Também sabia lutar. Bloqueou os melhores golpes de Decker e o empurrou para trás.

Outro quis entrar na briga, tentando segurar Decker por trás e prender seus braços. Foi um erro. Decker sentiu as intenções e reagiu, dando uma cotovelada para trás que atingiu o rosto do homem.

O agressor caiu com tudo, e Decker se voltou para aquele que havia acertado sua cabeça, apostando que era a maior ameaça.

— Ei, olha!

A voz do homem ainda parecia um rosnado, e, apesar de sua mente lhe mandar fechar os olhos, Decker olhou.

Uma luz explodiu no quarto, e o clarão foi suficiente para cegá-lo.

O mesmo homem o atingiu de novo antes que Decker pudesse se recuperar, e em seguida as outras silhuetas avançaram nele e o golpearam. Os punhos que o acertavam usavam luvas, mas isso não suavizava as pancadas. Decker fez o que pôde para bloquear os ataques, mas foi em vão. Eram muitos. Tentou revidar, e talvez tenha acertado um soco, quem sabe dois.

Mas eles estavam em maior número e levaram vantagem.

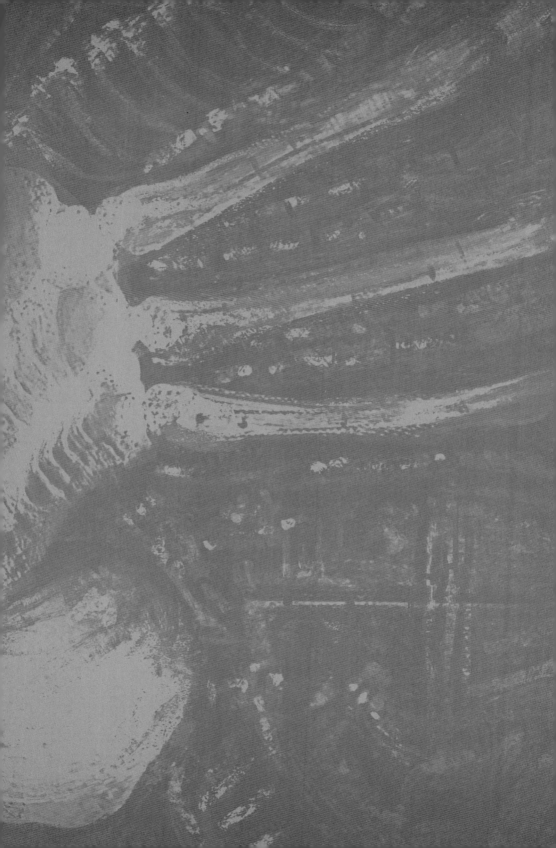

8
DESPERTAR

Dessa vez a liberação manual o confundiu apenas por um instante, e logo Decker saía da câmara de confinamento e tentava se apoiar nos joelhos enfraquecidos. Falhou e caiu no chão, os membros no trêmulos.

A cabeça doía.

A mandíbula doía.

Tudo estava difuso. Sentia-se ao mesmo tempo nauseado e faminto.

Enquanto começava a organizar os pensamentos, a vibração baixa que sentia indicou que algo estava errado. Ele estava a bordo de uma nave outra vez, e em movimento. Imaginou se seria outro pesadelo.

Não, disse a si mesmo. *Se fosse um sonho, eu não me sentiria essa merda.* Só havia uma resposta, por mais absurda que fosse.

Havia sido sequestrado.

Isso é loucura. Balançou a cabeça. *Esse tipo de coisa só acontece em filme.*

Enquanto a visão clareava, notou que havia mais câmaras à sua volta e viu que as pessoas dentro delas começavam a se espreguiçar. Olhou para baixo e percebeu que estava só de cueca, assim como os outros ali.

Por fim conseguiu firmar os pés e se levantar, aprumando-se enquanto olhava ao redor. Não era uma nave de luxo, mas isso já era de se esperar. Definitivamente era uma nave de transporte, um veículo de trabalho. Uma olhada rápida pela sala e ele viu o plano de evacuação de emergência mostrando o caminho para os módulos de fuga. De acordo com o plano, estava a bordo da *Kiangya*. Guardou o nome. Alguém, em algum lugar, ia pagar por tê-lo abduzido, e precisava saber os detalhes quando fosse prestar queixa.

Passou por uma porta e entrou numa área ampla, onde encontrou armários. Havia uma etiqueta de papel velha em cada um e um nome escrito à mão. Uma delas dizia "Piotrowicz", e Decker tinha quase certeza de que esse era o nome de um dos desgraçados que o espancou.

A surpresa é que havia um armário com "Decker" escrito na etiqueta. Abriu a porta e encontrou roupas familiares. Ao terminar de se vestir, ouviu sons vindo da área de onde havia saído.

Por um momento, pensou em sair correndo. No fim, contudo, não havia para onde ir. Não era piloto nem membro da tripulação. Não tinha a menor ideia de onde estava nem de para onde ia. Por mais que a ideia de fugir fosse tentadora, não serviria para nada.

Provavelmente, só bateriam nele de novo.

Então esperou, e fez alguns alongamentos para que o sangue voltasse a fluir pelos membros. Enquanto fazia isso, as pessoas começaram a entrar na área e a se vestir, homens e mulheres de diversas idades. Ninguém prestou a menor atenção nele.

Um homem de pele escura e cabelo muito loiro resmungou alguma coisa no que pareceu sueco e passou por ele em direção a um armário com o nome "Hunsucker". Como alguém conseguia se mover com tanta facilidade depois do hipersono era um mistério, mas teve inveja do desgraçado.

A maioria deles estava em ótima forma. Muitos tinham tatuagens militares e cicatrizes, sinal de que foram feridos mais de uma vez. Decker olhou para a própria perna e viu a cicatriz de onde o maquinário o havia atingido, quase pondo um fim em sua vida. Estava sumindo, mas era recente em comparação a de muitas das pessoas ao redor.

Um homem cujo corpo lembrava o de um gorila depilado passou olhando feio para ele. O rosto tinha um bronzeado intenso e era anguloso. O cabelo era uma juba espessa e grisalha. Apesar da expressão maldosa, ele sorriu ao notar Decker.

— Murphy! Diga para Rollins que a aquisição dela acordou.

Um homem negro de rosto fino balançou a cabeça.

— Diga você, babaca. Ela está logo atrás de mim.

E, de fato, quando Murphy se mexeu, outra pessoa entrou na sala. A mulher era atraente e — ao contrário da maioria deles — já estava vestida. Seu traje era funcional, o cabelo preso num coque apertado. Ela olhou para o brutamontes por um instante, e Decker percebeu a dureza em sua atitude. Tudo era apenas negócios.

Ele já havia esbarrado com esse tipo de pessoa. De alguma forma, duvidava que a mulher tivesse algum amigo a bordo. Não parecia o tipo de pessoa que pensaria em confraternizar com alguém. Jamais.

— O que posso fazer pelo senhor? — perguntou Rollins, com um ar gélido.

— Seu homem está aqui, e acordado — respondeu o gorila, parecendo menos arrogante dessa vez. — Só achei que gostaria de saber.

Ela olhou para Decker e assentiu para Manning.

— Quando estiver pronto, pode escoltar o senhor Decker até o refeitório, e depois levá-lo para a ala médica. Vamos verificar se você não o quebrou na viagem para cá.

Manning fez cara de quem tinha acabado de pisar em algo nojento, mas ficou de boca fechada.

Enquanto Rollins se virava e saía, Decker olhou para ela e tentou captar mais alguma coisa. Nada. Mas também não conseguia extrair nada de ninguém ali. Mas isso não era tão incomum. As emoções tinham que ser fortes para ele obter qualquer impressão relevante.

O único que parecia interessado nele era um sujeito ruivo que olhava fixamente em sua direção. Era mais jovem que os outros... talvez fosse até adolescente.

Às vezes, era melhor estabelecer uma hierarquia social desde o princípio. Ele encarou o garoto também.

— Perdeu alguma coisa, ruivo?

O jovem não respondeu, mas desviou o olhar primeiro. Isso era bom.

Manning vestiu rápido um macacão e apontou o queixo para uma porta do outro lado da sala.

— O rango é pra lá, Decker. Vem comer alguma coisa, e aí vamos aprontar você para sua reunião.

Em vez de responder, Decker apenas assentiu. Não estava com vontade de falar. Queria mesmo era comer. Não havia como saber quando tinha alguma coisa pela última vez.

Havia um estoque de comida desidratada e leite em pó na cozinha, e o néctar dos deuses: café. Enquanto bebia e comia, observou as pessoas ao redor. Havia camaradagem entre elas. Ficou evidente que várias ali estavam juntas havia um bom tempo. Ele sabia como era isso. Antes de ser mandado para casa, estava se tornando muito próximo de diversos colegas de trabalho. Lembrou-se de Luke Rand e sentiu uma breve pontada de culpa.

Tinha pensado em ligar para ele, mas nunca chegou a fazer isso. Foi Luke quem salvou sua vida quando estava preso pela máquina. Decker devia mesmo ter mantido contato. Talvez quando chegassem ao destino, seja lá qual fosse, ele teria uma chance de procurá-lo.

Mas por algum motivo achava isso pouco provável.

Engoliu a segunda xícara de café e o resto da comida, depois olhou para seu acompanhante. Manning indicava a próxima parada.

— O que é isso tudo? — perguntou Decker enquanto seguiam por um corredor austero.

As feições rudes de Manning se abriram numa amostra agressiva de sorriso.

— Só estou aqui para acompanhar você, colega — respondeu ele, parecendo se divertir com a confusão de Decker. — É Rollins quem vai te explicar tudo.

— Vocês são mercenários?

O homem assentiu.

— Temos cara de fuzileiros coloniais?

— Estão mais para ex-fuzileiros.

Os ombros largos de Manning se moveram no que pode ter sido um gesto de indiferença — ou talvez ele estivesse apenas se alongando.

— A maioria é. Alguns decidiram se alistar sem experiência prévia.

Antes que Decker pudesse fazer mais perguntas, chegaram ao destino. A ala médica estava dentro do padrão, com duas mesas de exames e uma bancada com telas mostrando informações que só faziam sentido para quem tivesse estudado medicina. Rollins estava parada ali, olhando para uma das telas.

— Senhor Decker — disse ela, mal olhando em sua direção. — Não fomos devidamente apresentados. Sou Andrea Rollins. Serei sua supervisora nesta viagem. — Ela fez um gesto para que ele se sentasse na mesa mais próxima. — Vamos fazer um exame completo.

Supervisora? Ficou incomodado com a palavra, mas fez o que pôde para não demonstrar. Ao se aproximar da mesa, viu que Manning permaneceu perto da porta, numa posição relaxada mas que ainda assim deixava claro que estava pronto — e talvez ansioso — para reagir se Decker tentasse qualquer coisa. Ele emanava certa impaciência, e cada uma das suas mãos parecia grande o bastante para envolver a cabeça de Decker.

— Tenho certeza de que tem perguntas, senhor Decker. Fique à vontade para fazê-las.

Rollins indicou a ele que se deitasse, e Decker o fez, inclinando a cabeça para olhá-la.

— Que tal: por que fui sequestrado no meu apartamento?

— Essa é fácil — respondeu ela. — Nós precisávamos do senhor aqui.

— "Nós" quem?

Rollins enfim fez contato visual.

— A Weyland-Yutani.

Os monitores ao redor se acenderam quando ela apertou um interruptor. Rollins desviou o olhar e observou as informações nas telas.

— É mesmo? — disse Decker. — Ninguém pensou em me perguntar antes de mandar uma cambada de brutamontes me trazer para cá à força?

— O consenso era de que sua resposta seria negativa. No momento, essa não é uma opção.

Ela continuou avaliando os diagnósticos, e ele balançou a cabeça.

— Tudo isso por causa de uma merda de relatório? Porra, vocês ficaram malucos?

Decker se sentou depressa, e Manning olhou para ele, retesando o corpo. Rollins desligou os monitores e meneou a cabeça.

— Não, e não — respondeu. — Seu relatório sobre Nova Galveston foi irritante, admito, mas não seria motivo suficiente para sequestrar o senhor ou qualquer outra pessoa.

— Bom, então o que diabos está acontecendo? — insistiu ele. — Que tal dar uma resposta objetiva?

Sua irritação se inflamou, e ele desceu da mesa de exames. Manning deu um passo à frente.

Rollins ergueu a mão, e o mercenário se deteve. Ela se virou para Decker.

— É por isso que estamos aqui — disse ela. — Respostas. E a primeira pergunta está relacionada à sua condição. Fiquei com medo de que o senhor tivesse sido lesionado quando o senhor Manning e sua equipe o pegaram, mas, a não ser por alguns hematomas, está bem de saúde.

Ela foi até uma tela e apertou alguns botões.

— Pelo menos fisicamente. Mentalmente, porém, mostra sinais consideráveis de transtorno de estresse pós-traumático, o que é bastante curioso, levando em consideração que seu único trauma de verdade foi uma ferida no mínimo intrusiva na perna.

Decker a encarou com firmeza, mas não disse nada.

— Francamente, não há nada no seu perfil psicológico que indique que o ferimento o perturbaria tanto a ponto de causar esse tipo de reação. Não só os médicos concordam como também os três psicólogos que o examinaram desde o seu retorno.

Três? Decker franziu a testa.

— Os exames que o senhor realizou foram solicitados e pagos pela empresa. A princípio, pensamos que poderíamos precisar de um bode expiatório, caso seu relatório levasse a um processo judicial. Mas então algo mais importante surgiu. O senhor agiu de modo muito estranho ao ser ferido, senhor Decker. Estranho o bastante para chamar nossa atenção.

— Mas você acabou de dizer que a empresa não deu a mínima para o meu relatório.

— Sim, eu disse, e não damos. — Rollins sorriu. A expressão dançou nos lábios finos. — Mas, antes disso, quando foi ferido, o senhor fez alguns comentários; comentários que foram gravados e registrados. — Ela se aproximou, e Decker pôde sentir o leve aroma de madressilva do perfume que usava. — Quando apresentou suas alegações contra a Weyland-Yutani, adquirimos os registros, para o caso de se tornarem vantajosos, o que era improvável. Pode imaginar o que eles nos informaram?

Ele balançou a cabeça.

— Não faço ideia.

— Estavam cheios de divagações psicóticas. Havia o bastante para colocá-lo facilmente sob custódia psiquiátrica. O TEPT é uma condição perigosa quando se passa muito tempo no extramundo quanto o senhor. Algumas ligações, uns formulários a mais, e *voilà*, está de licença médica.

— Aonde você quer chegar exatamente?

Rollins voltou a sorrir.

— O senhor falou, e nós ouvimos, e então filtramos esses registros em busca de palavras específicas. É um procedimento-padrão nosso. Há muitas... investigações que iniciamos ao longo dos anos. No seu caso, as palavras que o senhor usou e a ordem em que foram usadas acenderam um alerta vermelho. — Ela parou, e prosseguiu: — Já ouviu falar da *Nostromo*?

O nome lhe causou um arrepio, embora não imaginasse por quê.

— Não — respondeu. — Deveria?

— De forma alguma, e é exatamente essa a questão. O senhor jamais deveria ter ouvido falar da *Nostromo* porque os registros desse incidente em particular foram lacrados há muito tempo.

— Do que você está falando?

— O nome Ellen Ripley significa algo para o senhor? Ou Amanda Ripley-McLaren?

— Não.

Aquele leve sorriso outra vez.

— Na verdade, eu não ficaria tão surpresa se o senhor conhecesse os nomes. De acordo com a pesquisa que realizamos, é muito provável que o senhor seja descendente delas. Os registros são um tanto vagos, com a crise na Terra e os... obstáculos que a empresa enfrentou há algum tempo. Mas a genética não mente.

Decker balançou a cabeça.

— Mas o que é que *isso* tem a ver *comigo*? — exigiu saber.

— Bom, depois de nossas investigações, concluímos que o senhor terá muito mais utilidade para a Weyland-Yutani do que um simples bode expiatório. — Rollins parou para examinar outra tela, e ele esperou que ela continuasse. Depois de alguns instantes, foi recompensado. — Veja, sua ancestral teve uma longa história conosco. Ela trabalhava a bordo de uma nave chamada *Nostromo*, quando captou um sinal de socorro e respondeu. A origem do sinal era de natureza alienígena.

Isso chamou a atenção de Decker.

— E daí? — perguntou. — Já encontramos várias raças alienígenas.

— Ellen Ripley e o restante da tripulação descobriram algo... diferente. O xenomorfo XX121, para ser precisa.

Rollins estendeu a mão e ativou uma gravação em vídeo. Logo depois, Decker viu uma imagem ligeiramente granulada de si mesmo, inconsciente e amarrado a um leito hospitalar. Seu sósia no vídeo estava deitado de barriga para cima e preso, quando, de repente, todo o corpo dele ficou rígido.

Os olhos se arregalaram, e ele começou a gritar.

9
TESTEMUNHA

Decker ficou arrepiado enquanto observava. A princípio não havia som, mas os lábios se mexiam, e, quando a imagem gravada dele voltou a se deitar na cama, Rollins ajustou um controle.

"Como uma coisa pode ser tão perversa? N... aranhas? *Aranhas!*" Por instinto, Decker ficou tenso ao escutar a própria voz crepitar e se arrastar, e Rollins adiantou o vídeo. "O sangue queima... e atravessa o aço... Não, eu, não. *Outra pessoa!*"

A voz irrompeu em soluços, e ele continuou:

"Você acha mesmo? Já viu um deles de perto?"

As palavras vacilaram, tornando-se agudas. Então o tom de voz baixou, e havia um sotaque que Decker não conseguiu identificar. "Não. Nenhum de nós viu." E, mais uma vez, aguda, quase feminina.

"Não, é claro que não. Vocês ainda estão vivos."

As divagações se dissiparam até se resumirem a resmungos e um gemido ou outro. Decker ficou arrepiado. Era como ouvir escondido uma conversa, que na verdade estava mais para um monólogo. Aquelas palavras o faziam sentir um frio na espinha, mas ele não sabia por quê. Cerrou os punhos, tentando se manter firme.

Rollins desligou o vídeo.

— Continua dessa forma por algumas horas. Isso foi gravado durante sua segunda convulsão, enquanto o senhor era tratado no planeta. A primeira foi no campo, imediatamente após o ferimento.

— Quanto tempo passei assim?

— Como eu disse, algumas horas. Os melhores médicos que consultamos disseram a mesma coisa, na verdade. Pânico extremo, divagações delirantes, paranoia e sinais de completo colapso emocional. — Rollins balançou a cabeça. — Poderíamos tê-lo descartado naquele momento, senhor Decker, mas o senhor nos deu uma razão para mantê-lo conosco. — Ela sorriu de novo.

Ele estava começando a odiar aquele sorriso.

— Algumas das frases e dos nomes que o senhor disse foram marcados e arquivados muito tempo atrás. Relacionados a incidentes que ocorreram há bem mais de cem anos, na verdade. Essas suas frases reativaram arquivos adormecidos que então foram baixados para o meu computador.

— Que tipo de incidentes?

— Como eu disse, sua ancestral foi designada para a *Nostromo*. O que eu não contei ao senhor foi que, há trezentos e dezoito anos, Ellen Ripley *destruiu* aquela nave, um veículo de mineração totalmente abastecido de minérios que estava a caminho de casa. Ela alegou ter feito isso para eliminar uma ameaça alienígena. — Rollins parou, e sua expressão endureceu. — Esse poderia ter sido o fim da carreira dela, mas fomos generosos. Nós a contratamos como consultora e a mandamos de volta ao planeta onde a forma de vida alienígena tinha sido encontrada pela primeira vez.

"Veja, ela alegava que a criatura era extremamente perigosa. Mas era muito mais que isso: era um recurso. Um recurso que a Weyland-Yutani deveria ter controlado. *Teria* controlado, não fossem pelas ações de Ripley."

Ela ligou o monitor outra vez, e apareceu o rosto de uma mulher bonita, de cabelos escuros.

— Esta era Ellen Ripley. Sua ancestral.

Decker olhou para a imagem e sentiu o estômago se revirar. *Isso não está certo*. Era um rosto familiar, mas...

Ela parecia *humana* demais.

Ele se voltou para Rollins.

— Ela encontrou os alienígenas?

— Encontrou alguma coisa. Só o que sabemos com certeza é que a colônia em LV426 se perdeu quando um motor de terraformação foi gravemente danificado e sofreu uma sobrecarga. — Decker havia trabalhado com motores de terraformação. Ele sabia que a explosão de uma daquelas máquinas gigantescas podia ser devastadora. — Ela escapou a bordo de uma belonave chamada *Sulaco* e transmitiu uma última mensagem, que chegou adulterada. O que ela disse ou deixou de dizer jamais pôde ser totalmente recuperado. Acreditamos que o reator tenha entrado em estado crítico e distorcido o sinal.

"Tanto Ellen Ripley quanto sua filha tentaram capturar e estudar os xenomorfos. O mais importante é que o fizeram custando à Weyland-Yutani uma grande soma em dinheiro e recursos consideráveis.

"Já faz muito tempo desde que tivemos um traço mínimo da forma de vida alienígena. Já havíamos abandonado as esperanças de um dia obter um espécime. Isto é, até o senhor aparecer."

— Desculpe, mas vou repetir a pergunta: o que isso tem a ver comigo?

Aquele sorriso outra vez. Era verdade que Rollins era uma mulher atraente, mas não havia nada de belo naquela expressão.

— Suas convulsões e o que o senhor disse quando elas aconteceram nos dão motivo para presumir que, de alguma forma, e, acredite, estamos investigando as possibilidades, o senhor parece ter estabelecido uma conexão com essas criaturas. O senhor descreveu coisas que não pode ter visto, aspectos da fisiologia que, quando avaliados por nossos computadores, se aproximaram da descrição da forma de vida que Ellen Ripley alegou ter encontrado.

— Não... É impossível...

Sua voz foi sumindo enquanto falava. À menção das aranhas, ficou apavorado. E a sensação permanecia... parecia estar sufocando, incapaz de tomar fôlego, e suas entranhas se contraíam.

Fechou os olhos, tentando conter o surto, sem sucesso. O cheiro do metal queimando percorria sua mente e superava seus sentidos. Sentiu a bile pulsar, tentando abrir caminho à força para fora do estômago, ao pensar em algo atravessando sua faringe, algo quente, úmido e violento. Podia muito bem sentir os membros aracnoides envolvendo a cabeça.

Outro tremor convulsivo percorreu seu corpo. Mas por quê? Nunca antes tinha ficado incomodado com aranhas. Por que agora, do nada?

À porta, Manning cruzou os braços e fungou. Decker lhe lançou um olhar contrariado.

Rollins o observou com frieza.

— Nada mais é impossível, senhor Decker. O que quer que esteja acontecendo ao senhor, é o bastante para fazer com que meus contratantes o queiram nesta viagem. E eles sempre conseguem o que querem.

— Você vai voltar àquele lugar? A LV426?

Por alguma razão, a ideia o deixava à beira do pânico. Ele resistiu ao impulso de passar os dedos pela cabeça à procura de teias.

— Não exatamente — respondeu ela, e aquela atitude evasiva começou a incomodá-lo de verdade. Estava perdendo a paciência.

— Se está tentando fazer um anúncio dramático, nem se dê ao trabalho — disse ele. — Você já conseguiu minha atenção, e não posso sair daqui sem a sua permissão, não é mesmo? Então o *que diabos* quer comigo?

— É justo — afirmou ela, inclinando-se na direção de Decker. — Você é um empático.

— Como é que é?

— Acabamos de fazer os exames. — A voz dela estava fria e profissional dessa vez. Toda a falsa emoção havia sumido. — Quer saiba disso, quer não, senhor Decker, o senhor tem o que pode ser classificado como uma habilidade telepática de baixo nível. Isso não é tão incomum, já contratamos outros como o senhor no passado, mas, no seu caso, esta capacidade o colocou numa situação muito infeliz. Se o senhor de fato desenvolveu uma conexão com as formas de vida alienígenas de Nova Galveston, talvez seja a única pessoa que possa nos levar até elas.

A voz de Rollins se esvaiu, desaparecendo atrás do tinido agudo nos ouvidos de Decker quando o planeta foi mencionado. O peito se travou, e ele tentou se livrar da sensação. Balançou a cabeça para clarear as ideias.

— Então é para *lá* que estamos indo — disse ele. — O que faz com que vocês pensem que seus aliens estão lá? — E em seguida pensou no Mar de Angústia, e tudo começou a fazer sentido. A toxicidade tinha que vir de algum lugar.

"O sangue queima..."

— Acho que o senhor sabe, senhor Decker. — Ela não sorria mais. — E, se essas criaturas forem tão mortíferas quanto Ripley afirmou, precisaremos de toda vantagem de que possamos dispor. Alguém que esteja diretamente ligado a elas poderia ser de valor inestimável.

Decker fez que não.

— Nem ferrando — disse ele, ao mesmo tempo que reprimia o medo. — Mesmo que você tenha razão, não pode me forçar a ajudar. O que vocês estão fazendo é...

— *Errado!* — A voz de Rollins fustigou o ar como um chicote, e até Manning se sobressaltou com o brado. Ela se aproximou mais, olhando-o nos olhos. — O senhor pertence *a nós*. Vai voltar a Nova Galveston e vai nos ajudar, porque deve isso à empresa. Há uma dívida a ser paga, e, se espera ter algo parecido com uma *vida* de volta, tem que começar a seguir nossas ordens.

Mas ele ainda não estava convencido.

— Que merda de "dívida" é essa? — retrucou. — Eu nem trabalho para a Weyland-Yutani. Não devo porcaria nenhuma a vocês. — Ele se levantou e olhou para ela com desprezo, recusando-se a ser intimidado. Apesar de todos os sorrisos e da autoconfiança, ela era só uma burocrata, como ele. — Para mim, vocês são culpados de sequestro, e isso ainda é crime, mesmo quando cometido pela sua preciosa empresa. Continue assim, e vou encontrar outras acusações para fazer depois que isso acabar. — Ele se aproximou de Rollins, tentando se impor.

Manning se retesou, mas ficou onde estava.

— Receio que não esteja entendendo, senhor Decker. — Rollins nem se mexeu. Havia hostilidade nas palavras dela. — E *não* gosto de receber ameaças.

Com isso, ela ergueu a mão e fez um gesto. No momento seguinte, Manning estava com a mão no ombro de Decker, apertando-o num aviso austero e silencioso.

Decker decidiu ignorá-lo. Com um tapa, afastou a mão do homem.

— Não toque em mim.

A expressão de Manning mal se alterou, mas o mercenário meneou a cabeça. Aproximou-se mais, chocando o corpo ao de Decker. Talvez não tivesse funcionado num planeta, mas em naves a gravidade era sempre um pouco menor do que parecia, e Decker cambaleou para trás.

Manning avançou novamente, enfiando o cotovelo no peito dele. O impacto foi forte o bastante para doer, mas não para detê-lo.

Em resposta, Decker o empurrou e lhe deu um soco no queixo com o punho direito. O impacto o jogou para a frente, e os dois tropeçaram pela sala de exames, derrubando uma das mesas.

Rollins observava a briga e parecia sentir um leve prazer.

O mercenário acertou um gancho no estômago de Decker com tanta rapidez que não houve como o outro se defender. O soco foi perfeito, acabando completamente com o fôlego de Decker, deixando-o de quatro no chão, com ânsia de vômito. Ele sabia se virar numa briga, mas, ao que parecia, Manning era muito melhor nisso.

Rollins interveio.

— Agora que sabemos que o senhor goza de boa saúde física — disse ela, olhando-o com frieza —, não precisamos ser gentis.

Depois de alguns minutos, suas entranhas pararam de se revirar e ele recuperou o fôlego. Levantou-se e olhou com raiva para Manning, que apenas balançou um pouco a cabeça. Um fino rastro de sangue escorria do lado esquerdo da boca do mercenário, e manchou a pele quando ele tentou limpá-lo.

Pelo menos tinha conseguido alguma coisa. Havia chamado a atenção do sujeito.

— Não — rosnou Manning. — Nem tenta.

Rollins gesticulou para que ele ficasse quieto, voltou-se para Decker e disse:

— Vamos deixar uma coisa bem clara. Ellen Ripley trabalhou para a Corporação Weyland-Yutani e assinou contratos. Ela nos devia uma alta soma em dinheiro e nunca retornou, nunca pagou a dívida. Além de derrubar não uma, mas duas naves, e custar à empresa o que atualmente chega a bilhões de dólares em danos à propriedade, ela também destruiu uma refinaria. Isso é sabotagem deliberada.

"Então, tecnicamente, ela e seus descendentes *ainda* têm uma dívida gigantesca com a empresa. Os contratos ainda existem, e o texto é deliciosamente preciso. Mesmo que você conseguisse encontrar um tribunal que quisesse nos desafiar, acredite, a Weyland-Yutani está perfeitamente disposta a investir o tempo e o dinheiro necessários para deixar o senhor em pedacinhos na frente de um juiz."

— Mas vocês me sequestraram!

— Prove.

— Como é?

— Prove — repetiu Rollins, e o sorriso voltou. — Chame a polícia. Ah, espere... não há polícia aqui. Só as empresas e as Leis Coloniais, a maior parte das quais é executada pelos fuzileiros coloniais... além das forças de segurança particular como as que contratamos para escoltá-lo de volta a Nova Galveston.

Ela se virou para Manning.

— Senhor Manning, qual é sua tarefa hoje?

O homem respondeu sem pestanejar.

— Escoltar o senhor Decker em segurança de volta a Nova Galveston e recuperar as amostras biológicas necessárias para pagar o que ele e sua família devem à Weyland-Yutani.

— E quem o contratou?

— Você. Em nome da Weyland-Yutani.

— Em algum momento o senhor viu alguém forçar o senhor Decker a participar desta viagem conosco?

— Não, senhora — respondeu o mercenário, sem emoção. — Ele veio por livre e espontânea vontade. — E sorriu.

— Por que ele veio?

— Disse alguma coisa sobre provar que era capaz de voltar a trabalhar. — Deu de ombros. — Eu não estava prestando atenção. Ele é chorão demais.

Rollins voltou a olhar para Decker.

— Tenho mais de trinta pessoas a bordo desta nave que ficarão felizes em confirmar essa história. Tenho documentos com sua assinatura para comprovar que se ofereceu para este trabalho em troca de uma recompensa considerável e para evitar um processo judicial que seria aberto contra o senhor pela tentativa de chantagear oficiais da Weyland-Yutani.

— Não brinca! — Decker fez menção de avançar para ela, mas hesitou quando Manning deu um passo em sua direção. — Vocês cuidaram de todos os detalhes, não foi?

— Só um instante — pediu ela. — Estamos quase acabando. Tenho documentos assinados por três testemunhas do seu primeiro ataque convulsivo, e todas declararam que o acidente foi causado por negligência sua. Elas concordaram em depor diante do júri, se chegássemos a esse ponto.

Ela se aproximou até que seu rosto estivesse a poucos centímetros do dele. Decker a olhou nos olhos e não viu o menor sinal de emoção humana.

— E, por fim, senhor Decker, tenho o endereço exato da sua ex-mulher e dos seus três filhos. Na verdade, posso dizer ao senhor onde eles estão neste exato momento.

— Meus filhos?

— Bethany. Ella. Joshua. — Rollins suavizou o tom, mas Decker sabia que era só encenação. — São crianças adoráveis. E sabe o que mais? Pertencem a nós do mesmo modo que o senhor. Me irrite, senhor Decker, e posso tornar a vida delas muito desconfortável até o fim dos seus dias. Cada dívida que Ellen Ripley acumulou será sua, e, se não cooperar, será delas.

"E, na chance improvável de o senhor não funcionar como ferramenta para encontrar o que estamos procurando, sempre podemos verificar se alguma das suas características mais interessantes foi herdada por elas."

A suavidade havia desaparecido.

— O senhor me entende?

A sala pareceu mais fria. Ele se apoiou na mesa de exames, quase sem se dar conta de seus movimentos. Fitou a mulher diante de si e notou...

Nada. Decker se perguntou que tipo de megera psicopata seria capaz de ameaçar seus filhos de forma tão despreocupada sem transmitir o menor sinal de culpa.

Até mesmo Manning tinha perdido qualquer vestígio da presunção anterior. Ele também olhava para Rollins com um pouco de medo.

— *O senhor me entende, senhor Decker?* — repetiu ela enquanto o olhava nos olhos com firmeza. — Siga as regras e tudo será resolvido.

O senhor vai para casa e segue com sua vida. Oponha-se a mim, falhe comigo, faça qualquer coisa para arruinar esta missão e moverei Deus e o mundo, ou coisa pior, contra o senhor e sua família. Entendeu?

Decker precisou de um minuto para lembrar como respirar. Para lembrar como responder.

— Sim. Sim, entendi.

— Excelente. — Ela sorriu. — Faremos uma reunião em breve. Enquanto isso, relaxe. Chegaremos a Nova Galveston nas próximas horas.

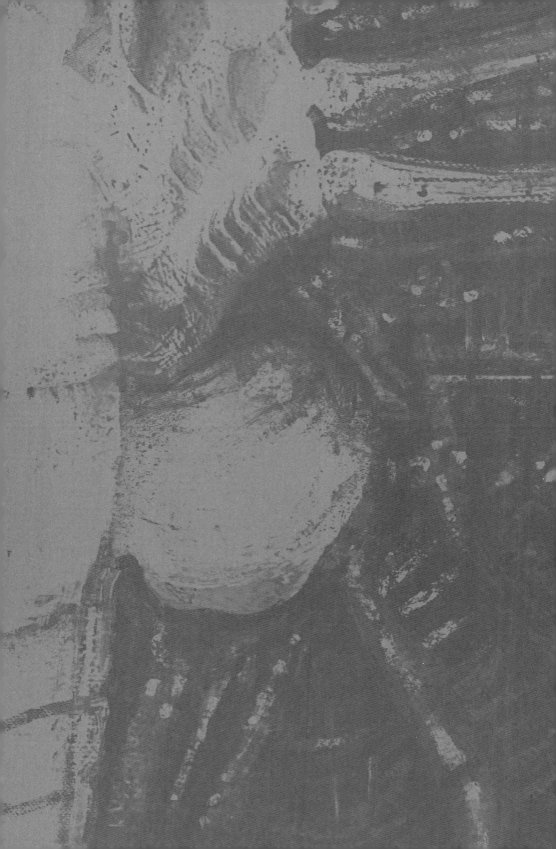

10
OS NEGÓCIOS DE SEMPRE

Depois que Decker saiu da sala de exames, Rollins ficou, olhou para os informes outra vez e sorriu.

Instantes depois, começou a digitar seu relatório.

Pouco antes de a nave entrar na órbita de Nova Galveston, o documento havia sido preenchido e enviado.

Quando a resposta dos seus superiores chegou, Rollins leu em silêncio. Então acessou o computador de bordo da nave e deletou todas as evidências de que aquelas transmissões haviam acontecido.

11
DECKER

— Que megera filha da mãe.
Manning disse isso com certa admiração na voz. Ou talvez fosse desejo. O sujeito parecia do tipo que vivia para transar.
Decker não falou nada. Acreditava que qualquer coisa que dissesse despertaria a fúria do homem. Irritar Manning parecia uma péssima ideia, mas isso não significava que seriam amigos.
— Não é nada pessoal, Decker — continuou o mercenário. — Parte do meu trabalho é proteger Rollins.
— Vai se foder, Manning. Nada pessoal.
Tudo tinha limite.
Manning apenas riu.
Chegaram à sala de convivência, onde o restante dos mercenários estava reunido. Mais de trinta homens e mulheres cuidavam das suas armas, e havia um burburinho constante de conversas. Havia uns vinte e poucos homens e o restante eram mulheres que pareciam capazes de encarar qualquer tipo de conflito. Não tinha a ver com compleição física, mas sim com atitude. Todos se comportavam como veteranos de guerra. Ninguém usava uniforme, e a maioria vestia roupas surradas e confortáveis. Todos olharam quando Decker e Manning entraram, e o murmúrio silenciou.
O mercenário falou primeiro.
— Pessoal, este é Alan Decker. Ele vai trabalhar conosco no planeta. Tratem-no com respeito e vai ficar tudo bem. — Olhou com firmeza para o garoto ruivo magricela. — Isso vale para você também, Garth.
O jovem pareceu prestes a dizer alguma coisa, mas o olhar de Manning o fez calar a boca.
Garth. O garoto que Decker chutou quando foi sequestrado, se não estava enganado. Parecia ser do mesmo tamanho e não parava de encará-lo desde que ele tinha saído do hipersono.
A maior parte da tripulação usava etiquetas com o nome bordado, sinal

claro de que já haviam sido fuzileiros coloniais. Decker olhou para Garth e se aproximou.

— Tenho quase certeza de que acertei você quando o seu pessoal apareceu no meu apartamento. Vamos combinar assim: você não guarda rancor por isso, e eu não guardo rancor pelo que vocês fizeram comigo.

Não sabia se conseguiria ser tão generoso, mas estava disposto a tentar.

O ruivo magricela apenas o encarou, tentando amedrontá-lo, mas Decker era um profissional experiente. Já precisou encarar colonos mais de uma vez. O garoto desviou o olhar primeiro.

— Adams! — chamou Manning em voz alta, e uma mulher sentada no canto da sala olhou feio para ele, depois abriu um sorriso brincalhão.

— Estou aqui. Não precisa berrar. O Dave aqui já faz barulho por todo mundo.

O homem do qual falava estava sentado logo ao lado e ergueu o olhar, surpreso. No entanto, não se pronunciou.

Manning riu e balançou a cabeça.

— É hora da sua boa ação do dia, Adams. Venha dar uma ajuda ao Decker aqui e o deixe o mais preparado possível para a nossa expediçãozinha.

A mulher o olhou da cabeça aos pés, e ele fez o mesmo. Ela tinha cabelo castanho-avermelhado bem curto e olhos castanhos. Sua pele era bronzeada por causa do trabalho debaixo de sol, e o rosto e os braços eram salpicados de sardas. Decker se perguntou onde mais ela as teria.

— Fecha a boca, chefe — disse ela em tom afável. — Vai atrair mosca.

Enquanto Adams se aproximava, ele calculou que a mulher era cerca de vinte centímetros mais baixa que ele, uns quarenta quilos mais leve, e não estava nem um pouco intimidada. Ela trabalhava com homens que poderiam parti-lo ao meio, e talvez ela mesma fosse capaz disso. Gostou dela na mesma hora. Alguma coisa nas mulheres fortes e autoconfiantes causava esse efeito nele.

Mas Rollins, não. Aquela mulher era simplesmente perversa.

Como ele não disse nada, Adams deu de ombros e apontou.

— Vamos pegar uns equipamentos para você — disse ela.

— Equipamentos?

— Olha, não temos muita coisa sobrando, mas acho que dá para encontrar uns equipamentos de proteção, talvez uma ou duas armas.

Decker ia perguntar por quê, mas se lembrou dos sonhos e da crua maldade deles. Reprimindo um calafrio, assentiu.

— Por mim, tudo bem. Acho que meio que gostaria de sobreviver.

— Então vamos ver o que a gente encontra para você.

Adams dirigiu-se ao que ele presumiu que fosse o arsenal da nave, e Decker foi atrás. Ela continuou falando enquanto andava.

— Escuta, não sei o que aconteceu na Terra, Decker. Nem é da minha conta. Só sei que você está aqui agora e que precisa trabalhar com a gente. Então, quando estiver com o equipamento, lembre-se de que lado está.

— Como assim?

Adams parou tão bruscamente para olhá-lo que ele quase tropeçou nela.

— Imagino que você não esteja aqui por vontade própria. — Ela o encarou com firmeza, analisando sua expressão, cravando os olhos nos dele por alguns segundos. — Eu entendo. Você foi recrutado à força. Deve estar puto da vida. Só não tente descontar na gente. Somos soldados. Estamos aqui para fazer um serviço. Se você ficar no caminho, vai se machucar.

Decker assentiu. O que ela dizia fazia muito sentido.

— Isso não está nos meus planos.

Tentando não ser óbvio, analisou o rosto dela, procurando ver além da superfície. Adams estava um pouco nervosa, mas estava quase certo de que isso não tinha nada a ver com ele, e sim com a descida a um território desconhecido, que aconteceria em breve.

— Você tem razão — acrescentou ele. — Eu não quero estar aqui. Mas não vou culpar você nem ninguém do seu grupo. Vocês não são responsáveis por foder com a minha vida. Já tenho em quem botar a culpa: nas pessoas que contrataram vocês.

— Entendido — concordou ela. — Mas eu precisava dizer isso. Não é a primeira vez que trabalhamos com pessoas que foram "voluntariadas", e algumas foram babacas e fizeram burrada. Mas aprendemos com nossos erros. Pode apostar que vai ter alguém vigiando cada um dos seus movimentos.

Decker assentiu, mantendo a expressão neutra.

— Eu só quero ir para casa — disse com sinceridade. — E quero chegar lá vivo. Qualquer coisa que você puder fazer para ajudar isso a acontecer só vai nos tornar amigos.

Adams sorriu, e o sorriso iluminou todo o seu rosto.

— Que bom. Agora, você já usou uma arma de fogo?

— Usei uma furadeira de plasma e cacei um pouco quando era criança.

— Onde e o que você caçou na Terra?

— Meu tio era membro de um clube que tinha uma reserva. De vez em quando a gente ia caçar veados.

— Já acertou algum? — Ela lhe lançou um olhar crítico.

— Não. Eles me levavam mais para eu carregar os mantimentos.

— É. Bem que achei que você tinha um olhar de assassino. — Adams riu e voltou a andar. — Não tem problema. Vamos preparar você.

Ele assentiu, ciente de que ela não veria o gesto. Mas precisava mesmo se preparar. Alguma coisa estava a sua espera em Nova Galveston, e ele pretendia estar pronto para encará-la de frente. Algo que o tio e o pai sempre diziam naquelas malditas excursões de caça era que ele devia confiar na própria intuição.

Decker pretendia seguir o conselho.

※ ※ ※

Adams mostrou a ele como usar duas armas de fogo diferentes: uma pistola à moda antiga, que ela chamava de "matadora" e que disparava cápsulas clássicas calibre .44, e um rifle de plasma de cinquenta watts que funcionava quase da mesma forma que a furadeira com a qual ele tinha treinado quando mais jovem.

A diferença é que o rifle fazia um disparo de longo alcance e soltava fagulhas capazes de abrir buracos no casco de uma nave. Por essa razão, Adams o treinou usando uma arma descarregada. Em tese, ele seria capaz de manejar a coisa quando chegasse a hora.

Ela o deixou ficar com a matadora, mas não lhe entregou nenhum carregador — ainda não. Ao que parecia, Adams precisava da autorização de Manning antes de deixá-lo levar munição.

Decker não gostou disso, mas entendeu.

Embora não houvesse muitos equipamentos de proteção sobrando, ela conseguiu encontrar um capacete que serviu razoavelmente bem e um colete anti-impacto que o protegeria da maior parte dos armamentos convencionais. Seria completamente inútil contra uma descarga de plasma, é claro, mas poucas coisas não seriam.

A sessão de treinamento durou por volta de duas horas e terminou quando Manning falou pelo intercomunicador da nave, avisando-os de que era hora da reunião. Decker se surpreendeu ao ver que estava desapontado. Por um tempo, quase havia se divertido. Adams pareceu sentir o mesmo.

※ ※ ※

Quando já estavam todos acomodados na sala de convivência, Rollins chegou e deu a eles um resumo do que era esperado.

— Nova Galveston é um planeta colonizado. A atmosfera é respirável, e a gravidade é de aproximadamente oitenta e oito por cento a da Terra, então, embora haja vantagens, vocês precisarão ser cautelosos.

Decker sabia muito bem o que isso significava. A gravidade mais baixa significava maior resistência e proporcionava uma sensação de força superior. Mas essa sensação podia ser traiçoeira. Embora uma pessoa pudesse cobrir uma distância maior correndo ou pulando, vários novatos desmaiavam ao trabalhar na gravidade reduzida por não levarem muito a sério o período de adaptação.

— Muller... Muller... Muller!

Foi Adams quem começou a entoar, e uns seis colegas se juntaram a ela enquanto um brutamontes de cabelo acobreado e coberto de sardas ficou corado e sorriu. A julgar pelos assobios e risos, ele provavelmente já havia desmaiado, e os outros não o deixariam esquecer. Decker quase sorriu.

Rollins esperou até que eles se acalmassem e recomeçou.

— Há três colônias principais, e túneis de trem que levam a elas, mas nenhuma delas estará próxima. Então não esperem muita segurança se saírem vagando e precisarem de reforços ou defesa.

Vários no grupo assentiram. Embora parecessem relaxados, Decker notou que todos estavam prestando muita atenção.

— Rutledge é a cidade mais próxima, a cerca de vinte e quatro quilômetros de trem. Os túneis não chegam à colônia mineradora, mas há caminhões indo e vindo da escavação regularmente.

Espera. Colônia mineradora?

— Que colônia é essa? — Decker mal percebeu que havia falado. Rollins olhou para ele.

— Depois que você deixou o planeta, a companhia descobriu que existia, de fato, uma escavação anterior no local do seu Mar de Angústia. Uma mina de trimonita, e ela foi reaberta. Há um filão ativo, e ele deve proporcionar um fluxo de receita valioso, o que é bastante conveniente. Nova Galveston tem feito acusações graves contra nós por falharmos em terraformar o planeta conforme suas especificações.

O olhar que ela lhe lançou dizia *vai se foder*.

Rollins continuou:

— Já há uma equipe no local, os médicos já estão disponíveis, e vocês ficarão felizes em saber que haverá alojamentos disponíveis.

Vários mercenários sorriram, e Decker concordava totalmente com eles. Havia passado por várias situações nas quais o melhor que pudera esperar tinha sido uma tenda. Em comparação, alojamentos de verdade eram um luxo.

— Há mais que isso, é claro. E é por isso que estamos pagando a conta dos seus freelancers, senhor Manning. — Decker reprimiu uma risada. *Freelancers*. Soava muito melhor que *capangas de aluguel*. — Quando a mina foi encontrada e seu funcionamento foi restaurado, encontramos os restos de uma nave. O veículo que localizamos não é de origem terráquea.

Ela deixou que os mercenários absorvessem a informação. Decker passou a língua pelos lábios. De repente, sua boca estava inexplicavelmente seca.

Manning tomou a palavra.

— A configuração dessa nave já foi encontrada antes? — perguntou ele.

— Não — respondeu Rollins. — E, se há alguém capaz de identificar tecnologia alienígena, é a Weyland-Yutani.

Diziam por aí que a empresa tinha dado grande parte dos seus saltos tecnológicos mais radicais ao adaptar artefatos alienígenas na forma de "novos" avanços.

— A questão — prosseguiu Rollins — é que, com base num acordo prévio, a empresa tem plenos direitos sobre a terra onde está a mina. Tudo que encontrarmos é dela. É por isso que vocês estão aqui. Queremos que continue dessa forma. Assim que a nave foi descoberta, as escavações pararam. Estão esperando a chegada da nossa equipe. Queremos problemas? Não, não queremos. Mas pretendemos estar preparados para eles.

Decker cruzou os braços. Por mais que a Weyland-Yutani parecesse dar as cartas no governo, havia regras na Terra que precisavam ser obedecidas — regras que nem a empresa poderia driblar. Todas as tecnologias alienígenas estavam sujeitas à quarentena, e havia procedimentos a seguir para atestar qualquer reivindicação de posse.

Mas a Weyland-Yutani não pretendia seguir as regras. Decker sabia disso. Assim como os "freelancers". Daí a tática da força bruta. Não tinha nada a ver com seus relatórios insignificantes — depois que identificaram Decker como um recurso, deram um jeito para que nada ficasse no caminho quando "contratassem" seus serviços.

Manning foi mais rápido que ele ao fazer a pergunta seguinte.

— Alguma chance de ter formas de vida ativas lá embaixo? — Ele não parecia contente com a possibilidade.

Rollins o surpreendeu, dizendo a verdade.

— Sim. Na verdade, é o que esperamos. Essa é uma das razões pelas quais o senhor Decker nos acompanha. Acreditamos que ele pode ter... percepções únicas sobre as formas de vida que vocês talvez encontrem.

— Que tipo de percepções? — retrucou Manning.

Apesar de não ir muito com a cara do sujeito, Decker precisava admitir que ele fazia as perguntas certas.

— É difícil explicar com clareza — respondeu ela. — O senhor Decker é um empático de baixo nível. Ele parece ter estabelecido algum tipo de conexão especial com as formas de vida. Está conosco basicamente para ajudar vocês a farejá-las.

Lá se foi o nosso segredo, pensou Decker. *Desculpe, pai.* Notou diversos mercenários olhando-o com curiosidade e desconfiança, sem tentarem disfarçar. Ele olhou para Adams e ficou feliz em ver que ela não parecia abalada.

— E se encontrarmos esses seus alienígenas? — indagou Manning. — O que fazemos com eles?

Rollins olhou para todos com uma expressão séria.

— Vocês conhecem o procedimento — explicou, em tom prático. — Queremos amostras de quaisquer tecnologias que encontrarem, mas a prioridade são as formas de vida. Queremos os aliens, e os queremos com vida. Cada um de vocês tem acesso a um arquivo com informações. O arquivo pertence à Weyland-Yutani e é considerado confidencial. Levem isso *muito* a sério. Não tentem copiar as informações, pois elas estão fortemente protegidas por códigos. Seu acesso a elas termina quando saírem da *Kiangya*. Algumas das informações foram editadas. O arquivo contém estritamente o que vocês precisam saber e inclui tudo o que descobrimos sobre a forma de vida alienígena xenomorfo XX121 nos duzentos e sessenta anos que passamos tentando capturar uma delas.

A atitude durona de Rollins não intimidou Manning nem um pouco. Ele a encarou com a mesma firmeza.

— O que vocês sabem sobre essas coisas? — insistiu ele. — São perigosas?

— É bem provável — admitiu ela. — E vocês são profissionais altamente treinados que cobram taxas exorbitantes, certo?

— Somos, sim. Mas isso não quer dizer que vamos fazer tudo às cegas. Por isso vou perguntar de novo: o que vocês sabem sobre essas coisas?

Ela passou um tempo fitando o homem, as feições insondáveis. Depois continuou:

— Não sabemos muita coisa além do que está no arquivo; nossa experiência com elas é limitada. Parecem ser adaptáveis. *São* agressivas. Os poucos dados que temos indicam que podem secretar um líquido tóxico, ou cáustico, ou ambos. Há alguns detalhes a respeito da fisiologia e dos diferentes estágios de desenvolvimento. Elas parecem ter sido criadas para caçar, e vocês devem se aproximar delas com extrema cautela.

Manning fungou.

— Então nós somos descartáveis, mas temos que mantê-las vivas.

Rollins deu de ombros.

— Não estamos enviando vocês como simples agentes de segurança. Há mais de trinta profissionais, incluindo o senhor Decker. Vocês estão sendo extremamente bem recompensados — afirmou ela. — Esperamos que tomem as precauções necessárias e que estejam prontos para se defender, mas também esperamos que se lembrem de que boa parte do seu pagamento será determinada pelo sucesso que tiverem em seguir as diretrizes que receberam.

— Rollins se aproximou dele. — Tenho certeza de que vocês têm vários brinquedos adequados à ocasião. Além deles, fornecemos tudo de que precisam para capturar os alvos, depois que os localizarem. Isso inclui os espumantes.

— Que droga é um espumante? — perguntou Adams. Olhou para Manning para ver se ele havia se irritado por ela ter falado, mas ele não pareceu muito preocupado com isso.

— Um espumante é inútil numa batalha — explicou Rollins. — Os recipientes são tão volumosos e tão pesados que atrapalham, principalmente se vocês não estiverem numa superfície plana, mas, se conseguirem capturar uma das criaturas, podem quase que cimentá-la no lugar. O conteúdo endurece rápido, e a espuma é porosa o suficiente para não ser letal para a criatura capturada. A companhia tem modos de remover a espuma quando entregarem a encomenda.

A mulher sorriu.

— Aí está — concluiu Adams. — Brinquem direitinho, meninos e meninas, e serão muito bem recompensados.

— Isso quer dizer que tem um belo bônus esperando, se a gente não ferrar tudo — disse Manning, e olhou para cada membro da sua equipe. — Então vamos fazer direito pela primeira vez.

Isso provocou alguns sorrisos.

Decker só sentiu o estômago se revirar.

— E se só encontrarmos um bando de aliens mortos? — perguntou Manning, olhando novamente para Rollins.

Decker suspeitou que o mercenário já soubesse a resposta de todas as perguntas, mas que era preciso fazê-las, pelo bem da sua tropa.

— Vocês serão pagos, e generosamente, desde que voltem com pelo menos alguns corpos intactos.

— E se não estiverem intactos?

— Vocês ganham menos. — Rollins se aprumou um pouco mais, indicando que a sessão de perguntas e respostas estava acabando. — Mais alguma pergunta?

— Quando começamos? — Essa veio de Adams, e obteve murmúrios concordantes dos outros.

— Estaremos sobre o local de descida dentro de uma hora e quinze minutos. Por isso, recomendo que deixem o equipamento pronto. Enquanto isso, estudem as informações dos arquivos. Suas vidas podem depender disso.

— Vocês ouviram a moça — berrou Manning. — Vamos trabalhar! — Ele bateu palmas, produzindo um som alto, e saiu andando. Seu pessoal o seguiu, mas Decker ficou para trás por mais um momento.

Rollins entendeu a deixa.

— No que está pensando, senhor Decker?

— Você nunca disse nada sobre a nave — respondeu ele. — Por que esconder isso de mim?

— Pensamos em dar ao senhor um tempo para se adaptar às suas novas... circunstâncias.

Para Decker, isso significava: "Não queríamos que você surtasse e fizesse alguma burrada." Mas ele não disse nada do que queria dizer.

— Se isso der certo, o que eu ganho? — continuou. — Digo, monetariamente. Além de não me ferrar num tribunal.

Rollins pareceu surpresa, mas sua expressão foi fugaz. Ele estava falando a língua dela.

— Vou verificar os detalhes — respondeu ela. — Desde que cumpra a sua parte, tenho certeza de que podemos negociar alguma coisa, digamos, adequadamente generosa.

Ele assentiu e se virou para seguir os mercenários. Até onde podia perceber, eram uma companhia melhor.

12
DESCIDA

Não havia nada de divertido na queda livre dentro de uma dropship. Discutindo o assunto durante várias sessões de bebedeira, tarde da noite, com Rand e o restante da antiga equipe, Decker havia percebido que sua aversão se resumia à falta de controle. Não gostava de colocar a própria vida nas mãos de alguém que não conhecia.

Mas era isso que acontecia toda vez que se entrava na atmosfera e se era levado pelas correntes de ar através do campo gravitacional de um planeta, esperando o tempo todo que o piloto fosse capaz de pousar a armadilha mortal em segurança.

Então ele segurava com força as alças de cada lado do assento até ficar com os nós dos dedos brancos. Não era o único. Vários outros mercenários estavam bem pálidos, e transmitindo um nervosismo que só fazia a tensão de Decker aumentar. Saber o motivo ajudava, mas ele também não podia pedir que os outros se acalmassem.

Adams estava sentada à sua frente e parecia inabalável. Dave, o homem que parecia nunca ter nada a dizer, estava à esquerda dela. Adams estendeu o pé no espaço estreito entre as fileiras e cutucou a bota de Decker. Ele olhou para ela, que piscou.

— Pritchett gosta de um agito — avisou ela.
— É o piloto?
— É.
— Me lembra de quebrar a cara dele depois, ok?

Adams riu, e perto dela um dos caras grunhiu.

— Entra na fila — disse o homem que havia grunhido. — Qualquer dia desses eu arranco as tripas do desgraçado.

O nome na farda era "Piotrowicz". Era magro, rígido e desalinhado. Os fuzileiros provavelmente tentaram mantê-lo barbeado e limpo, mas, sendo freelancer, ele havia escolhido parecer um cachorro felpudo.

Decker se lembrou do nome e reprimiu o instinto de vingança. Piotrowicz era um dos sequestradores.

— Petey ameaça arrancar as tripas de todo mundo — comentou Adams. — Ele acha que isso é atraente. — Balançou a cabeça. — Só que não é.

Piotrowicz a saudou com o dedo do meio. Ela deu um soco no braço dele de brincadeira. Mas "brincadeira", ao que parecia, era algo diferente para os mercenários, porque o soco foi forte o bastante para deixar um hematoma, e os dois riram.

A nave inteira balançou, sacudiu e deu um solavanco forte para a direita. Piotrowicz grunhiu outra vez, e, considerando o primeiro encontro que tiveram, Decker não sentiu muita pena dele. Manning olhou para a cabine do piloto como se estivesse pensando em ir lá quebrar umas cabeças, mas fazer isso significaria se arriscar a sair quicando pela cabine. Em vez disso, pegou o comunicador que já estava preso ao ombro.

— Que porra é essa, Pritchett?

— Tem turbulência, chefe — foi a resposta tímida.

— Não, jura? E você está indo *atrás* dela? — Ele fez uma careta quando tudo rangeu e balançou de novo. — Acho que você perdeu uma.

— Tempestades atmosféricas fortes. Não estou atrás delas, elas é que acharam a gente.

Decker não gostou de ouvir isso. Pelo que se lembrava, o clima em Nova Galveston era, na pior das hipóteses, tranquilo. Chovia, verdade, mas quase nunca durante o dia. Isso podia significar que era noite lá, o que o incomodava ainda mais.

Há coisas que enxergam melhor no escuro. Fez uma careta diante da lembrança. Não precisava fazer isso consigo mesmo. Já tinha merda suficiente na cabeça. *Muita merda.*

Pouco depois, a turbulência se abrandou, e as pessoas ao redor dele relaxaram um pouco. Piotrowicz balançou a cabeça.

— Sério. Preciso dar um jeito nesse cara.

— Bom, ele disse que havia tempestades — interveio Decker.

— Parece que, não importa aonde a gente vá, ele encontra o pior clima. Ninguém tem tanto azar *o tempo todo.*

— Ah, não? — Adams deu uma cotovelada no vizinho com menos força do que tinha usado no soco. — Então como você explica sua vida amorosa?

Antes que Piotrowicz pudesse responder, a nave deu uma guinada e começou a descer lentamente.

— E como está o tempo, Pritchett? — A voz de Manning pareceu irritada. O rosto também.

Para Decker, não fazia diferença.

— O tempo está bom, chefe. Mas acho que tem um problema.

— Que tipo de problema? — O líder dos mercenários franziu a testa ainda mais, e o rosto anguloso pareceu feito de pedra.

— Estou mandando saudações e não recebo resposta alguma.

— Acha que é a tempestade?

— Negativo. Estou captando sinais comerciais, mas nada vindo do lugar onde vamos pousar.

— Vai ver o clima ferrou a comunicação deles.

— Ou, talvez... Não tenha sido *exatamente* uma tempestade. — Pela voz, Pritchett se sentia culpado.

Adams riu. Muller deu socos no ar, mas sorriu ao fazer isso. Dave não disse nada.

Piotrowicz resmungou algo sobre matar.

— Falamos sobre isso depois — disse Manning. — Por enquanto, só faça o pouso e a gente vê o que encontra.

🕷 🕷 🕷

Pritchett aterrissou com suavidade, e, de fato, era noite. Enquanto desembarcavam, o ar estava fresco e agradável, ainda que um pouco úmido. Andara chovendo, e o Mar de Angústia era um terreno plano feito de escuridão.

Várias pessoas saíram para recebê-los. Entre elas estava Lucas Rand, com uma expressão meio lerda de choque na cara de buldogue, que depois se iluminou com um sorriso cheio de entusiasmo. Antes que Decker pudesse fazer qualquer coisa, o homem robusto o segurou num abraço de urso e o ergueu do chão com facilidade.

— Bom te ver, cara!

Alan sentiu uma onda de afeição atravessá-lo. Não havia percebido como gostava de Rand até vê-lo de novo. Eles sempre trabalharam bem juntos, mas às vezes Decker se esquecia disso. Tendia a esquecer tudo que não fosse trabalho, na maioria das vezes. Era mais fácil assim.

Os mercenários fizeram alguns comentários sarcásticos, mas Decker os ignorou e saiu andando com o amigo.

— O que está acontecendo aqui, Luke?

— Tá rolando de tudo, cara.

Ele balançou a cabeça e apontou para um trecho escuro na longa extensão de areia. Uma silhueta definia claramente os contornos de um barracão Quonset, iluminado por algumas lâmpadas no chão, e nada mais.

— Você se lembra da trimonita? Não foi por acaso. Tinha um *monte*. Pelo jeito, é um filão muito grande, e, mesmo que você tenha irritado muita gente, seu relatório levou a empresa de volta à mina que costumava ter aqui. Assim que nós descemos, encontramos os antigos poços. Já começaram a extrair a trimonita. O processamento vai ter que ser feito fora do planeta, é claro... Libera toxinas demais.

— Vocês encontraram os poços originais da mina?

Para eles, os túneis são escuros...

— Encontramos, mas ninguém sabe aonde eles levam — respondeu Rand. — Parece que houve algum tipo de desabamento, e eles concluíram que a mina não era viável. Daí, os registros sumiram. — Decker tinha suas dúvidas sobre isso: era conveniente demais. — O pessoal da Weyland-Yutani diz que nem sabia que a empresa já teve uma mina aqui até você acusá-los de negligência. — Luke o olhou de esguelha. — Como está sendo para você? Toda vez que eles entraram em contato, pareceram bastante irritados.

— Estamos... chegando a um acordo.

Não podia contar a verdade a Rand. Dizer a verdade já havia lhe custado demais. De jeito nenhum envolveria mais alguém naquele problema.

— Que bom. — Rand sorriu. — Para ser sincero, eles estão sendo bem tranquilos em relação a esse assunto. Quero dizer, com as taxas de consultoria e tudo o mais.

— Taxas de consultoria?

— É. Fomos mantidos como consultores. Bom, alguns de nós. Alguns membros da equipe já partiram para a próxima, mas o pessoal com conhecimento técnico foi contratado como subempreiteiro.

Decker olhou para o amigo e franziu a testa. Havia algo de estranho naquilo. Antes que pudesse comentar, porém, Manning chamou sua atenção com um berro. Ele se virou para o grupo principal, e o líder dos mercenários gesticulou para ele.

— Temos uma reunião, senhor Decker. *Se* tiver espaço na sua agenda cheia. Vamos logo com isso!

🕷🕷🕷

Dez minutos depois, encontravam-se acomodados num hangar pré-fabricado grande o bastante para guardar várias retroescavadeiras e brocas. A maior parte da área estava tomada por máquinas imensas e silenciosas, mas em um canto havia mesas, cadeiras e uma máquina de café.

Graças a Deus, pensou Decker, indo direto até ela.

Os mercenários encheram as xícaras antes que a discussão começasse. O grupo incluía todos os mercenários, muitos dos homens com quem ele havia trabalhado no projeto de colonização e alguns membros da equipe mineradora.

Um homem da Weyland-Yutani chamado Willis olhou para cada um e meneou a cabeça, parecendo satisfeito. Tinha o ar de um burocrata com um quê de ditador — um tanto baixo, um tanto redondo nos quadris e tentando desesperadamente cobrir a área calva que crescia no topo da cabeça.

— Rollins me deu um resumo completo do que discutiu com vocês, mas as informações dela estavam desatualizadas — avisou ele, dirigindo-se aos recém-chegados. — Retomamos nossos trabalhos de mineração. Hoje mesmo fizemos novas descobertas no local de escavação e na nave soterrada.

Esperou alguns segundos, durante os quais Adams se acomodou à direita de Decker e tomou um gole de café. Ele tentou ser discreto ao olhar para ela.

— Então, a situação é a seguinte — continuou Willis: — até onde podemos ver, estávamos enganados a respeito da nave e dos seus ocupantes.

— Como assim?

A pergunta veio de um dos mercenários, um brutamontes chamado Krezel, de cabelo castanho-acinzentado e um bigode que deixaria uma morsa com inveja. Calou a boca logo em seguida, fuzilado pelo olhar de Manning.

— Bom, de início acreditamos que a nave devia ter caído no planeta muito tempo atrás. Estamos falando de mais de mil anos, embora seja difícil precisar. Antes de a colonização começar, havia muitas tempestades violentas, e, de acordo com a Equipe de Pesquisa em Terraformação, há uma grande possibilidade de que fortes movimentos tectônicos ocorressem com frequência na época.

Nenhuma novidade até ali, já que Decker tinha participado da criação desse relatório.

— Então podem ser algumas centenas de anos ou podem ser mais de mil. Seja qual for o caso, quanto mais cavamos, mais parece que a nave estava no processo de decolagem quando caiu.

Foi Manning quem falou dessa vez.

— Decolando de onde?

— É difícil saber, mas há evidências de que possa ter existido uma colônia aqui, talvez até algum tipo de base completamente funcional. — Ele sorriu, tenso. — Isso quer dizer que as tecnologias que esperávamos encontrar podem ser muito mais avançadas do que imaginávamos. — Parou para olhar ao redor, para todo o grupo. — Por isso, podem esperar um nível de segurança elevado. E, dependendo do que encontrarem, também podem esperar pagamentos bem maiores.

Antes que qualquer um tivesse a chance de falar, Willis continuou:

— A partir deste momento, ninguém vai à cidade. Ninguém pega os caminhões nem os trens. Todas as comunicações estão inteiramente suspensas. Estamos falando de uma descoberta que pode ser maior que qualquer coisa em que já esbarramos desde o primeiro contato com os arcturianos.

Conversas irromperam pelo grupo, e Decker sentiu uma súbita onda de entusiasmo. Os arcturianos foram a primeira espécie alienígena que a humanidade havia encontrado, e aqueles contatos iniciais marcaram um momento decisivo para a raça humana. *Especialmente* para entidades comerciais como a Weyland-Yutani. As pesquisas e o desenvolvimento floresceram, e a maior parte dos recursos da empresa tinha sido investida na criação de novas tecnologias.

A intensidade das reações o surpreendeu — euforia misturada à inconfundível ganância. Ao que parecia, várias pessoas esperavam ficar muito ricas com essa expedição.

Decker balançou a cabeça para livrá-la do fluxo de emoções.

— Essa é provavelmente uma má ideia, nos isolar do resto do planeta — comentou ele. — Se encontrarmos criaturas vivas lá embaixo, pelo que pude perceber, elas não vão nos receber de braços abertos. As coisas podem dar muito errado, muito rápido, e não vamos ter nenhum apoio.

Alguns mercenários bufaram, desdenhosos, e Rollins se voltou para ele.

— Foi exatamente por isso que trouxemos este grupo de freelancers muito competentes, senhor Decker — declarou ela, agradando a multidão. — Temos certeza de que eles estarão à altura da tarefa e lidarão com qualquer eventualidade.

Os mercenários murmuraram, concordando, e Decker ficou em silêncio. Willis voltou a falar.

— Então amanhã será um dia de trabalho normal, pessoal — disse ele aos mineradores. — Mas, antes que alguém vá a *qualquer lugar* que ainda não tenha sido explorado, o senhor Manning e sua equipe vão entrar para examinar tudo. Afastem-se e deem espaço para eles fazerem seu trabalho.

Isso gerou novas reações, mas nem todos pareciam satisfeitos. Decker fez um esforço consciente para afastar as sensações — era como ir fechando os olhos até deixá-los semiabertos. Os sentimentos ainda estavam lá, mas não tão intensos.

Rand olhava para ele, intrigado. Decker não precisava ler mentes para entender que o amigo estava se perguntando quanto ele sabia. Mas nenhum dos dois falou — haveria tempo para isso depois.

Talvez.

As pessoas se separaram em pequenos grupos, e o maior deles se reuniu ao redor de Willis. Alguns dos mais insatisfeitos — todos mineradores e subempreiteiros — o pressionavam, pedindo mais informações. Algumas vozes se ergueram, e ele levantou as mãos numa tentativa de acalmá-los.

Enquanto digeria o que tinha sido dito, Decker percebeu que divagava. Como a maioria das pessoas, era fascinado pela ideia de haver outras espécies alienígenas. Enquanto a raça humana avançava mais e mais por entre as estrelas, novas colônias proliferavam e lhe forneciam o pão de cada dia. Mas ele nunca havia encontrado evidência de seres extraterrestres — não pessoalmente.

Mas, dessa vez, mesmo se não conseguisse localizar qualquer coisa viva, poderia ver os restos de uma nave alienígena em primeira mão. Por mais empolgante que a ideia fosse, também o enchia de pavor.

Dedos fortes seguram o rosto macio que sufoca e solta o ar, desesperado. Decker tentou afastar o pensamento. Dedos, não. Pernas. Mãos, não; coisa pior.

Como se estivesse lendo a mente dele, Adams se aproximou e disse:

— Nunca vi nada alienígena. Isso vai ser sensacional.

— Espero mesmo que sim.

Ele sabia que deveria parecer mais entusiasmado, mas aquela sensação estranha não o abandonava.

Escuridão, dentes, um sibilo baixo e o raspar de garras. As imagens não paravam, lampejos que não faziam sentido, vindos de outro lugar e tentando se alojar em sua mente.

Era aquela conhecida sensação outra vez, de que algo estava à solta, procurando por ele. Não uma presa qualquer, mas *ele*. Decker afastou os pensamentos e voltou a se concentrar, mas não adiantou.

O mal-estar devia estar estampado em seu rosto. O olhar que Adams lançou para ele não foi sutil.

— Caramba, Decker. Você está precisando transar tanto quanto eu.

Isso, sim, funcionou. Por um momento, pelo menos, a ideia de ser perseguido se esvaiu da sua mente.

— Isso foi um convite? — perguntou ele. *Quem não arrisca* não petisca.

Adams o encarou em silêncio por um momento. Ergueu uma sobrancelha.

— É o seguinte: me paga uma bebida e a gente conversa.

13
POR AMOR AO DINHEIRO

Rand observou os mercenários se dirigindo ao local da escavação.

Decker estava com eles. Alan Decker, o homem que ele havia vendido. A culpa era uma coisa feia, e certamente estava lhe fazendo mal naquela hora, enquanto ele observava o amigo se dirigindo para o barracão Quonset com um batalhão de algumas das pessoas mais assustadoras que já tinha visto.

Os fuzileiros eram maus.

Os mercenários eram piores. Não precisavam seguir as regras.

Rand pensou nisso e sentiu o estômago dar cambalhotas. Se Decker soubesse o que ele havia feito — como o tinha vendido por dinheiro —, bom, talvez uns mercenários ainda embolsassem uma grana extra.

É, pensou Rand, *era melhor ficar de olho aberto enquanto eles estivessem por perto.*

O Mar de Angústia era um monte enorme de areia, e havia lugares lá embaixo onde um corpo poderia desaparecer. Havia descoberto alguns deles ao ser contratado pela Weyland-Yutani como consultor. Rand sabia algumas coisas sobre a empresa. Sua diferença para o amigo era que ele tinha sido esperto o bastante para não relatar o que sabia.

E o que ganhou com isso? Um bom plano de aposentadoria e algumas oportunidades de ganhar ainda mais dinheiro.

Andrea Rollins estava em algum ponto da órbita do planeta. Ele sabia disso. Sabia porque ela era a responsável pela função que ele cumpria agora. E porque, da última vez que Rollins estivera por perto — depois que o acidente de Decker o fez ser levado embora —, tinha pedido a colaboração de Rand. Primeiro, para apontar o dedo quando a hora chegasse; e, depois, para colocar alguns equipamentos ao redor das minas quando estivesse inspecionando o local à procura de "problemas ambientais".

Não perguntou que aparelhos eram aqueles. Não precisava saber.

Rollins sabia das minas. Bom, não exatamente. Sabia que existiram minas no passado. E sabia onde ficavam por causa da mensagem que Rand lhe enviou pouco depois do revés de Decker. O azar de um homem era a oportunidade de outro. Nunca havia desejado nenhum mal a Decker. Só não deixou que a amizade o impedisse de agir quando chegou a hora de realizar seus objetivos pessoais.

E lá estava aquela pontada de culpa que não lhe dava sossego.

Observou o barracão e a luz do sol tingindo as areias negras de um tom de sangue seco. Decker e os mercenários sumiram de vista. Isso ajudava um pouco.

Rand poderia ter insistido, poderia ter pedido à empresa que pegasse leve com ele, mas isso poderia ter afetado suas oportunidades. Por outro lado, Rollins havia garantido a Rand que o amigo sabia se cuidar. Fizeram-lhe várias perguntas esquisitas sobre Decker, e ele as respondeu.

Achavam que Decker tivesse habilidades psíquicas ou coisa parecida. Tudo bem, cada um acreditava no que queria. Alan estava de volta e talvez fosse ficar bem.

Rand olhou para o barracão por mais um minuto, depois voltou aos alojamentos. As minas lhe davam calafrios. A nave que encontraram lhe dava pesadelos. Nunca tivera a menor vontade de encontrar outras formas de vida. Para Lucas Rand, a espécie humana já era fodida o bastante e não precisava de ajuda para tornar o universo ainda mais tóxico.

Em algum lugar nos escritórios havia uma dose de vodca esperando por ele.

※ ※ ※

Quando Decker era criança, seu pai lhe disse que não havia nada que não pudesse ser resolvido com palavras. Ele dizia isso com frequência, especialmente quando a empatia de Decker vinha à tona e os garotos ao redor pareciam mais inimigos do que amigos. Foi acontecendo cada vez menos à medida que ele se adaptava aos altos e baixos emocionais e passava a entender que nem toda sensação que experimentava lhe dizia respeito. Às vezes, as pessoas só estavam irritadas porque tiveram um dia ruim, não por causa de algo que ele tivesse feito.

Quando se tornou adolescente, o pai mudou um pouco as palavras. Disse que não havia nada que não pudesse ser resolvido com um aperto de mãos e uma negociação honesta.

E, quando adulto, as palavras de sabedoria do pai se transformaram pela última vez. Foi quando ele disse ao filho que não havia nada no mundo que não pudesse ser resolvido com uma dose de uísque na interação e algumas palavras gentis.

A última parte se mostrou bem verdadeira na interação com Adams.

Umas poucas bebidas com os mercenários ajudaram a melhorar o clima. Garth provavelmente nunca seria um grande amigo, mas pelo menos saíram da sala de convivência com tudo esclarecido. O mesmo valia para Piotrowicz, que até lhe pagou uma cerveja para mostrar que não guardava rancor.

Adams tinha um jeito muito melhor de se expressar. Era tão entusiasmada na cama quanto era com tudo. Por um tempo, Decker esqueceu o ruído de fundo na cabeça e se concentrou na mulher esguia e musculosa em seus braços. Depois de tanto tempo sozinho, era bom compartilhar o calor com mais alguém, especialmente alguém com um apetite voraz e uma imaginação surpreendente.

Quando acordou no dia seguinte, Adams tinha partido. Teria ficado surpreso se ela ainda estivesse lá.

14
CAFÉ DA MANHÃ

O sol se erguia e o ar tinha uma frieza que lhe pareceu revigorante. O pequeno exército de mercenários estava reunido ao redor de uma mesa e pronto para trabalhar, e Decker se juntou a eles. Adams estava sentada com Piotrowicz e um pequeno grupo, que abriu espaço para ele.

— Manning já passou as instruções — avisou Piotrowicz, baixinho. — Vamos descer até o lugar onde acharam a nave. Lá é onde temos mais chance de encontrarmos o que estamos procurando, por isso é melhor começarmos por ali.

Então voltou a devorar a comida no prato. Os ovos eram fritos, não mexidos, o que era um luxo inédito num lugar como aquele. Decker não conseguia nem imaginar como a Weyland-Yutani havia obtido isso.

— Este é o nosso Piotrowicz — disse Adams. — Às vezes ele acha que frisar o óbvio vai fazê-lo parecer mais inteligente.

Ouvindo isso, o mercenário parou por um momento, entre garfadas, para deixar o dedo do meio falar por ele.

— Ainda não está funcionando, gênio. Você pode *querer* parecer esperto, mas a verdade está na cara.

Quem disse isso foi um sujeito enorme com a tatuagem de uma insígnia militar na cabeça raspada. Era malfeita, com letras quase ilegíveis.

Piotrowicz olhou para o homem — que devia pesar quase cinquenta quilos a mais que ele — e balançou a cabeça.

— Vivo esquecendo que você sabe falar, Connors. O que é isso mesmo na sua cabeça? Acho que é o símbolo das escoteiras, né?

Decker se acomodou e engoliu com pressa, comendo ainda mais rápido quando Manning anunciou que eles sairiam em quinze minutos. Talvez ainda desse tempo para mais uma xícara de café.

Depois da refeição, deixou a bandeja na mesa e foi pegar a segunda xícara. Enquanto acrescentava doses letais de creme e açúcar, Adams se aproximou e começou a se servir também.

— Então, a noite passada foi divertida.

Decker a olhou de soslaio.

— Não sabia se era para dizer alguma coisa.

— Agradeço a discrição.

— Mas, sim — acrescentou ele —, com certeza foi divertida.

— Que bom. Talvez a gente possa experimentar de novo hoje à noite.

Ela se afastou antes que ele pudesse fazer qualquer comentário. O dia pareceu muito mais luminoso, apesar da sensação que começava a se arrastar por seu estômago.

Não havia como escapar. Cada vez que pensava em entrar no subterrâneo, sentia um terrível mal-estar. E não eram só os túneis, o planeta inteiro o apavorava. Não havia nada de racional naquilo, mas tinha uma força gigantesca.

Alcançou Adams e sacou a matadora.

— Onde consigo um carregador para ela?

A mercenária sorriu.

— Ah, é. Esqueci essa parte.

Ela o levou até um homem de cabelo grisalho chamado Dmitri, que lhe entregou quatro carregadores longos com quinze projéteis cada. Depois de uma breve discussão, o homem também lhe deu uma segunda arma.

— Rifle de plasma. Seja esperto, mantenha seguro e travado. E não dispare perto de nada que você queira deixar intacto.

O sotaque de Dmitri era tão carregado que Decker levou alguns segundos para entender completamente tudo o que ele disse, mas Decker assentiu e sorriu mesmo assim.

Quando já haviam se afastado um pouco, Adams tomou o rifle dele e repassou o treinamento. Decker ficou feliz por isso — não era o tipo de arma que permitia erros. Não se a pessoa quisesse continuar inteira.

— Cano curto, para você poder manobrar — explicou ela. — Tem três células, todas estão carregadas... — Girou a arma para mostrar a ele os indicadores. — Dispara cápsulas incrivelmente pequenas e incrivelmente quentes de plasma. O cano é de trimonita. Se fosse de qualquer outro material, derreteria no quarto disparo. Sério, não bobeia com esse rifle. Tem o ajuste automático e o seletivo. No automático, você puxa o gatilho e as cápsulas saem rápidas e quentes até esgotar a primeira célula. Puxando o gatilho de novo, você faz a mesma coisa até esgotar a segunda célula. Eu nunca, *jamais* vi alguém puxar o gatilho pela terceira vez seguida. Na maior parte das vezes, não importa o seu alvo, ele já era muito antes de você disparar pela segunda vez.

Adams virou a arma outra vez com facilidade e imensa familiaridade. Decker viu os diversos adesivos que já estavam quase totalmente gastos. Um deles era um pônei cor-de-rosa. O outro tinha o nome de Adams rabiscado. Ela estava confiando a ele uma das próprias armas. Decker sentiu um breve lampejo de gratidão, mas o afastou. Ela não parecia gostar desses sentimentalismos, ainda mais diante dos outros.

Ele teria que pensar numa forma de agradecê-la mais tarde.

— Aqui fica a trava de segurança — continuou ela. — Deixe travada. — Apontou para um segundo botão, protegido por uma pequena tampa. — Este botão controla o sistema de funcionamento. Está configurado para dar tiros unitários. Sério, deixe assim. Você tem umas cento e oitenta cápsulas. Se ficar no automático, vai destruir qualquer coisa em que mire, mas a munição não vai durar. Entendeu?

Cacete, como ela ficava sexy com aquele olhar sério e um rifle nas mãos.

— Entendi.

— Que bom. Vamos caçar uns insetos.

— Insetos?

A palavra evocou imagens que percorreram sua mente e gelaram sua espinha.

— Insetos — repetiu ela, olhando-o com uma expressão estranha. — Você leu as informações? Insetos. Essas porras são sinistras. Além disso, de que outro jeito você vai chamar os alienígenas? Já viu um alien fofinho e peludinho?

— Você já fez esse tipo de coisa antes?

Adams balançou a cabeça, negando, e sorriu.

— Bom, a não ser que uns roedores nativos contem — respondeu. — Mas tudo tem uma primeira vez. Eu caço qualquer coisa, desde que tenha dinheiro na jogada. — Ela olhou o rifle de plasma e o devolveu para ele. — O máximo que essa gracinha já fez foi explodir uns bichos do tamanho da minha mão.

— Ah, é?

— Quando atirei foi aquela gritaria.

— Quem gritou, você ou os bichos?

— Provavelmente os dois.

Ela caminhou a passos largos em direção à saída e ele a seguiu, sem saber se estava falando sério.

Muitos dos freelancers pareciam mais fuzileiros quando estavam totalmente equipados e prontos para o trabalho. Para Decker, a maior diferença entre os dois grupos foi que os mercenários pareciam levar o serviço um pouco mais a sério do que alguns fuzileiros que ele havia conhecido. Mas, até aí, normalmente esbarrava nos militares quando eles estavam de folga, prontos para uma ou duas bebidas.

Decker e os outros atravessaram em grupo a areia compactada, que cedeu sob os pés enquanto seguiam rumo ao poço distante. Ele não gostou da sensação, e por um momento pensou ter sentido uma dor na perna.

O barracão Quonset era a única estrutura à vista, e havia pouca coisa em volta, exceto as evidências da construção: montes de areia que foram empurrados até formar uma colina e depois lentamente aplainados; alguns equipamentos pesados que pareciam dinossauros metálicos agonizando no meio de um vasto nada; áreas que foram demarcadas e nunca chegaram a ser totalmente pavimentadas. Tudo tinha acontecido rápido demais e, como ele vira em diversos outros lugares, havia atividade demais e pouco resultado.

Esperaram por um bom tempo do lado de fora do barracão até as portas se abrirem para eles. Willis aguardava lá dentro, com três outras pessoas em trajes próprios para suportar o ambiente hostil. O interior era iluminado por lâmpadas de forte luz branca que quase superavam o sol — um leve exagero, com certeza, mas havia muitos equipamentos projetando sombras, assomando ao redor deles e fazendo Decker se sentir nitidamente acuado.

Willis e Manning conversaram em voz baixa enquanto todos entravam. Os mercenários ocuparam a maior parte do espaço livre na área, deixando Decker vagamente claustrofóbico. Depois que todos entraram, Manning os convocou mais uma vez, e eles se dirigiram ao poço.

Era difícil não ver. O que não tinha sido feito do lado de fora era contrabalanceado pelo que *fora* realizado dentro do lugar. A plataforma do elevador era enorme, grande o bastante para acomodar todos eles e muitos mais. Tinha que ser, pois era assim que a empresa baixava os equipamentos no poço e, com o tempo, tiraria a trimonita. E, como todo equipamento pesado que já tinha visto na vida, aquela porcaria parecia antiga. Às vezes, Decker se perguntava se os elevadores já vinham de fábrica arranhados e enferrujados.

Observou o interior do barracão à sua volta, tentando substituir por curiosidade a ansiedade que tentava inundá-lo. Mas a paranoia estava voltando, e não havia nada que pudesse fazer quanto a isso. Havia coisas ao seu redor. Ele havia sentido antes e sentia agora. O estômago se embrulhou. A pulsação estava rápida demais, e ele pôde sentir o suor se formando na testa.

— Vamos lá — disse a si mesmo num sussurro. — Você consegue. — Ninguém estava perto o bastante para ouvir. Ele reuniu forças e avançou com os outros.

O piso do elevador parecia mais sólido que a areia lá fora, o que era estranhamente reconfortante — pelo menos até o primeiro solavanco, e a lenta descida começar.

O barracão era muito iluminado, mas o túnel, não. Em pouco tempo, a única luz vinha do alto, e ela diminuía à medida que desciam. O próprio elevador era mal iluminado. Quando estava na quase completa escuridão, as ondas de pavor retornaram, vorazes. Decker mordeu o lábio para conter um gemido.

Então, para sua surpresa, elas começaram a se desvanecer. Foi como se ele tivesse liberado parte delas enquanto o elevador descia, deixando-as pelo caminho.

Willis disse para ninguém em especial:

— Alguém aqui já esteve numa mina?

Quem lhe respondeu foi um dos freelancers que Decker não conhecia.

— Credo, não — disse o homem. — Nasci e fui criado na Terra. Tudo o que dava para minerar já foi levado há muito tempo. — Ele falou isso como se fosse uma piada.

— Não está longe da verdade — comentou Willis. — Essa foi uma das razões pelas quais a Weyland-Yutani passou a criar colônias mineradoras. Graças à tecnologia que eles têm, o esforço não é tão grande e o resultado é bom.

— Bom, você com certeza não conseguiria *me* convencer a trabalhar num lugar desses. Não por muito tempo.

Era Connors, o grandalhão de cabeça raspada. Por maior que fosse, parecia nervoso.

A área se abriu quando eles passaram pelo primeiro nível aberto da mina. Não havia muito para ver, exceto o maquinário para escavar as minas e os geradores usados para operar as máquinas. Havia novos equipamentos ao lado dos antigos, muitos dos quais eram tão velhos que nem dava para identificá-los, de tão deteriorados. Hastes de metal corroído se projetavam em ângulos estranhos, como os ossos de criaturas há muito extintas.

Logo em seguida a escuridão os engoliu de novo.

— Até onde esta coisa desce? — A voz de Piotrowicz se sobrepôs ao zumbido mecânico do elevador.

Willis olhou ao redor na penumbra, depois para o alto das paredes do poço.

— Pouco mais que dois mil e cem metros.

Um dos mercenários soltou um assobio baixo. O guia assentiu, e Decker observou o lugar com atenção. Ali, o metal era mais escuro, e decididamente em pior estado, corroído pelo tempo e pela umidade.

— A maior parte deste poço já estava aqui desde a operação anterior. Nove níveis de mina. Os três primeiros estão em pleno funcionamento, e estamos restabelecendo um total de seis. Encontramos a nave lá no fundo. Lá, o elevador estava seriamente danificado, mas foi fácil recuperá-lo e restaurá-lo.

Os mercenários olharam para as paredes com o fascínio de crianças indo a um museu pela primeira vez. Havia uma sensação de que eras se passaram ali, uma atmosfera de antiguidade. Decker sentia também, agora que o medo havia se tornado apenas um sussurro.

Quando o elevador finalmente chegou ao fundo, com um solavanco que fez todos cambalearem, as paredes deram lugar a uma área cavernosa construída de forma rústica mas sólida. As paredes eram de pedra, cavadas e reforçadas a intervalos regulares. Havia algumas luzes que mal penetravam a escuridão, por isso os recém-chegados não conseguiam ver o tamanho real da câmara. Poderiam muito bem estar em outro planeta. Camadas espessas de um material mais escuro rasgavam a terra castanha. Se tivesse que adivinhar, diria que era a trimonita, mas era só um palpite. O que sabia sobre mineração não renderia nem uma conversa decente de bar.

— Cadê a tal nave que vocês acharam? — A voz de Manning ressoou com facilidade, fazendo-o baixar a cabeça.

— Por aqui — respondeu Willis, apontando para as sombras. — Algum de vocês já esteve num veículo alienígena?

Ninguém havia estado, nem mesmo Manning.

Willis assentiu, como se essa fosse a resposta que esperava.

— Bom, então isso com certeza vai impressionar vocês.

Foi até um caminhão velho e funcional que tinha uma plataforma larga e plana na traseira, grande o bastante para carregar diversos contêineres de minério. Enquanto ele se acomodava no assento do motorista, Manning ficou com o do passageiro, e o restante subiu na plataforma. Ficou apertado, e o caminhão balançava enquanto subiam.

O motor foi ligado com um ronco que surpreendeu a todos, e o veículo deu um tranco, começando a se mover e fazendo com que todos se agarrassem a quaisquer apoios que pudessem encontrar, incluindo uns aos outros. Com a claridade dos faróis amarelos, puderam ver um caminho já muito usado de terra compactada.

Uns cinco minutos depois, estavam diante de uma evidência de vida alienígena.

15
A NAVE

Antes mesmo que vissem a nave, passaram por montes intermináveis de materiais de construção. Havia caixas e mais caixas de peças para montagem de andaimes, pisos de mezanino e suportes de metal para construir as plataformas de que precisariam para examinar o que fosse encontrado. Os materiais formavam pilhas de até dois metros de altura em alguns pontos, e bloqueavam boa parte do caminho até o local da escavação.

Ao longe, ouviram o zumbido dos geradores, e o som ficava mais forte à medida que avançavam.

A nave em si era enorme. Partes dela foram derretidas por explosões de calor extremo ou talvez atividade vulcânica. Não estava nivelada com o chão, mas ligeiramente inclinada, como se ainda tentasse levantar voo. A estrutura estava rachada de um lado, o casco estraçalhado e aberto, preenchido há muito tempo com terra.

Em alguns pontos, a superfície da nave quase lembrava a textura de um papel amassado. Se já houvera algo escrito no exterior, tinha sido escondido pela terra ou apagado pelos anos.

Havia buracos por toda parte. A carcaça estava rompida, estraçalhada e queimada. Havia pontos em que o mesmo buraco exibia várias camadas diferentes da nave. Certamente tinha sido projetada para transportar centenas de indivíduos, senão milhares — presumindo que o tamanho dos tripulantes fosse ao menos próximo ao do ser humano.

As escavações iniciais haviam nivelado o chão ao redor da nave. As marcas de máquinas pesadas eram uma prova do que havia acontecido antes, mas os veículos em si já não estavam lá; ou foram levados de volta à superfície ou foram deslocados para outra parte da caverna.

Decker olhou para a nave. O tamanho dela por si só era intrigante, mas de alguma forma o desenho era... *errado* — totalmente diferente do que ele teria esperado. Alguns aspectos diferiam tanto da mecânica da Terra que ele não seria capaz sequer de imaginar como funcionavam.

A maior anomalia de todas, contudo, era o fato de que aquela nave simplesmente não pertencia àquele lugar. Havia sido feita para o céu, para o espaço entre as estrelas. Se ele tivesse encontrado uma baleia no deserto, não a acharia tão deslocada quanto a nave.

— Puta merda. Parece tão... orgânica — disse Piotrowicz, inclinando a cabeça, intrigado.

— Até onde pudemos verificar, é meio que isso mesmo. Ou pelo menos já foi.

Willis usou um tom quase paternal, como se falasse de um animal de estimação que tinha ganhado um prêmio, fazendo-o irradiar orgulho.

— As paredes, o piso, até as portas, tudo tem características semelhantes às da vida vegetal. A doutora Tanaka foi encarregada de examinar a nave, e ela acha perfeitamente possível que a coisa toda tenha sido cultivada.

Decker franziu a testa. Havia uma questão incomodando-o, mas não conseguia desvendá-la.

Willis não disse mais nada e ficou parado, quieto, enquanto os freelancers se aproximavam.

A área havia sido escavada com cuidado, e a superfície dura acima deles parecia estar seca, até onde podiam perceber. Decker não era geólogo, mas se sentiu reconfortado por saber que o teto era seguro.

A maldita nave era grande demais para ser vista por inteiro. Embora houvesse luzes penduradas no alto da caverna, eram fracas, lançando a área num crepúsculo eterno. As paredes da embarcação se prolongavam nas sombras. Perto da entrada havia diversas células de energia, a maioria das quais ainda não havia sido instalada, e dois geradores que funcionavam a todo vapor.

— Há planos de instalar mais lâmpadas — comentou Willis. — Dá para ver por quê.

— Cadê a doutora Tanaka? — A voz de Manning estava calma, talvez até um tanto dócil. O homem estreitava os olhos ao observar a lateral da nave, tentando enxergar o mais longe possível. — E o que são *aquelas* coisas?

Apontava para uma coluna grossa, preta e lustrosa que ia do teto até a nave. Não parecia parte do veículo em si, e Decker a reconheceu no mesmo instante. Era o mesmo tipo de material que havia desabado com ele, perfurado e quase arrancado sua perna em sua última visita ao planeta.

O estômago se revirou de novo, mas dessa vez por razões completamente diferentes. Não era medo, apenas a lembrança da dor e do ataque súbito que havia lhe causado convulsões.

— Você está bem?

Adams pareceu preocupada, e colocou a mão em sua testa. Decker teve a impressão de que os dedos dela estavam quentes, mas só porque sua pele estava fria.

— Vou ficar — respondeu ele, recuperando a compostura. — Só me acostumando a tudo isso.

Ela não pareceu acreditar, mas também não o pressionou.

— A doutora Tanaka está examinando um dos afloramentos, como o que você apontou. Ao que parece, são ocos e compostos de silício puro. Pelo que ela me disse, estão por toda parte na nave. — Decker se concentrou na coluna grossa de areia fundida. Tinha uma estranha beleza e um brilho quase úmido. Havia estrias e espirais finas por toda a superfície que o faziam pensar em fios de caramelo ou...

Ou em teias de aranha.

Os alienígenas que eles deveriam encontrar — que deveriam capturar — teriam vindo da nave? Se ainda estivessem na área, estariam a bordo? Ou seria possível que os túneis luzidios tenham sido sua forma de escapar dos destroços?

Dave — ou Dave Calado, como Decker passou a chamá-lo em sua mente — olhou para o túnel, e uma expressão muito séria se formou em seu rosto. Decker pôde ver o nervosismo irradiar do homem como calor, mas, a não ser pela testa franzida, ele não deu nenhum sinal da extrema inquietação que sentia.

— O que foi? — perguntou Decker.

Dave o olhou por um longo tempo.

— Os xenomorfos. Tinha alguma coisa sobre eles prenderem os hospedeiros.

Antes que Decker pudesse falar qualquer coisa, Manning perguntou:

— Para onde eles vão? Os tubos.

Para toda parte, pensou ele, quase em voz alta, mas Willis respondeu em seu lugar:

— Ainda não sabemos. Só os descobrimos depois que começamos a desenterrar a nave. No começo, pensamos que eram parte da estrutura original, mas é como se tivessem aparecido depois. Definitivamente não são do mesmo material que a nave.

Decker se juntou a eles.

— São blocos de silício. Já vi isso antes, na superfície, onde muitos chegam a aflorar. Estão por todo o Mar de Angústia.

Willis assentiu.

— A forma como eles se espalharam mostra certas tendências orgânicas.

O que quer que sejam, alguns são tão grandes que comportam um ser humano, e a estrutura segue uma lógica. Ontem a doutora Tanaka e várias pessoas da equipe dela abriram um dos maiores tubos e entraram, levando suprimentos. Esperam mapear parte do afloramento.

— Não parece uma boa ideia — murmurou Decker.

Na verdade, para ele parecia insanidade total. Na melhor das hipóteses, deveriam questionar a integridade daquelas coisas.

— Para ser sincero, eles não têm escolha, senhor Decker — argumentou Willis. — Os "blocos de silício", como o senhor chama, se espalharam por todos os lados. Passam por boa parte do interior da nave e por toda a área ao redor dela. A doutora Tanaka acha que é importante entender a natureza e o propósito disso.

— Por que não usam sondas mecânicas? — Manning franziu a testa enquanto olhava uma das colunas que ia até o teto da caverna, muito acima deles. — Parece bem menos arriscado.

Decker concordou em silêncio. Sondas de mapeamento poderiam avaliar toda a extensão dos túneis sem que ninguém tivesse que pôr os pés neles. Equipes de engenheiros sempre usavam sondas antes de baixar os componentes dos motores de terraformação. Cada troço desse pesava toneladas, e deixar um deles despencar numa área em que o solo não era firme poderia ser catastrófico.

— Eles tentaram — contou Willis. — Só que o nível de radiação na área é muito baixo, e isso interfere nos sensores. Então eles mesmos tiveram que fazer o trabalho. Mas Tanaka deve estar em completa segurança, pois os níveis de radiação são inofensivos de tão baixos.

Dois dos mercenários, novamente Dave e Muller, pareceram incrédulos e pegaram as mochilas. Decker teve a impressão de que iam verificar pessoalmente e determinar se a radiação era ou não uma ameaça.

Willis olhou para eles e balançou a cabeça.

— Não precisam se preocupar. Acreditem, eu não estaria aqui se isso ameaçasse a saúde de alguém. — Então sorriu, tentando descontrair. — Gosto demais de mim mesmo para me arriscar aqui.

Ninguém riu.

— A radiação não parece afetar a comunicação — continuou ele — e, quanto mais longe estivermos da nave, menos radiação encontraremos. É possível que a fonte da interferência seja os próprios destroços. De todo modo, enquanto Tanaka se concentra nos tubos, o doutor Silas explora o outro lado da nave. Ao que parece, esse veículo sofreu vários danos quando caiu aqui, há muito tempo, e ele acha que pode descobrir o que causou a queda.

— Ninguém entrou ainda?

Manning olhou para um buraco na lateral da nave. Era muito antigo, e havia sinais de que haviam tentado retirar uma boa quantidade de terra do interior.

— Ah, eles entraram, mas não conseguiram ir muito longe. Há muitos danos, talvez causados pelo fogo ou por alguma outra coisa. E parece que algumas das paredes internas foram derretidas.

— Então, a gente tem que entrar na nave sem a mínima ideia do que vai encontrar e sem apoio? — questionou uma mercenária.

Decker gostou dela na mesma hora, tinha cérebro. Alguns dos outros murmuraram, concordando.

— Não, Hartsfield — retrucou Manning. — Por que a gente não senta aqui fora, abre uma toalha e faz a porra de um piquenique, então?

Sem mais uma palavra, ele se dirigiu nave. O restante o seguiu.

Decker olhou de novo para os tubos negros. Tanaka e sua equipe haviam entrado naquelas coisas? Por vontade própria? As formações se projetavam da nave por uns quinze, até vinte metros, antes de desaparecerem nas paredes da caverna.

Manning gritou para trás:

— Tenho certeza de que vou precisar de você aqui, ô, cão farejador.

— Eu sabia que você era um cachorrão — disse Piotrowicz.

Decker não se dignou a falar nada e alcançou os outros. Seu nervosismo estava sob controle, mas isso não o impediu de pensar que estavam fazendo tudo rápido demais.

— Sério, Manning, não gosto deste lugar. Acho melhor irmos devagar e com cuidado.

O líder dos mercenários fez uma careta.

— Não dou a mínima para o que você acha ou deixa de achar, Decker. Só faz o seu trabalho. Não vem surtar comigo. Entendeu?

— É, entendi.

※ ※ ※

A terra havia sido amontoada contra a nave, e uma rampa de tábuas e pranchas de metal levava a um buraco na lateral. A abertura era grande o bastante para eles poderem ver os andares que não conseguiam alcançar sem escadas ou equipamentos de escalada. Havia peças de andaimes empilhadas à esquerda da rampa.

— Qual será o tamanho dessa coisa? — perguntou Manning a si mesmo.

Decker estava prestes a responder quando algo o atingiu com uma força que o fez se encolher. A sensação era tão aguda quanto o nervo exposto num dente quebrado.

— Tem alguma coisa aqui — anunciou ele.

— O quê? — Manning o olhou com firmeza. — Onde?

Decker fechou os olhos e se concentrou. Foi recompensado pelos esforços com uma sensação de algo rastejando pelo cérebro. De qualquer forma, até mesmo isso era útil. Talvez. Não podia ter certeza... só podia confiar no que os instintos lhe diziam.

— Acima e à esquerda — indicou ele, apontando para um grande tubo. — Tem alguma coisa ali. Não é... — Fez que não com a cabeça. — Não parece nada humano. — Foi a melhor descrição que pôde fornecer.

Manning olhou para a direção que ele indicava, onde as sombras ofuscavam os detalhes. Apontou uma lanterna para lá, mas não adiantou muito. Uns nove metros acima, o tubo negro perfurava a lateral da nave, curvando-se rumo ao teto distante da caverna.

Nada se mexia, exceto a sensação que rastejava por sua cabeça, agindo como um sensor que zumbia ao encontrar um foco de radioatividade. Havia algo lá em cima, algo que gerava ondas de emoção. Ele trincou os dentes e se concentrou em manter a calma.

— DiTillio, Rodriguez, Joyce — gritou Manning. — Vão checar aquele túnel, vejam se encontram algo interessante. E tomem cuidado.

Os três mercenários assentiram quando seus nomes foram chamados, e se dirigiram ao casco da nave. O objetivo era um ponto diretamente abaixo de onde o tubo preto e fundido atravessava os destroços da nave. Enquanto avançavam, preparavam as armas. Rodriguez sacou sua matadora, enquanto DiTillio ativava o rifle de plasma, e um som agudo, quase inaudível, penetrou a escuridão.

Logo estavam fora de vista, e o som dos passos no piso da caverna foi sumindo. Manning olhou para Decker por um momento.

— Acha que três bastam?

— Não faço ideia.

Seu primeiro impulso foi dizer "não", mas não tinha um bom motivo para isso. Então conteve a língua.

— Não? — retrucou Manning. — Por que exatamente você está sendo pago como consultor?

— Quem disse que estou sendo pago? Só estou aqui por causa da paisagem e das comodidades. — *Então vão se foder, você e esse seu jeito*, acrescentou em silêncio.

Manning apenas lançou um olhar severo e se virou para o restante do grupo, berrando ordens e posicionando-os para entrar na vastidão arrasada.

Ao seu comando, mais três mercenários abriram as mochilas e começaram a montar estações de monitoramento portáteis. Posicionaram-se perto de uma das pilhas de materiais de construção mais próximas, onde poderiam se apoiar e se sentar. Cada um deles segurava uma tela ampla e bem protegida e, enquanto Decker olhava, começaram a sincronizar os sistemas e a incluir os dados de cada um dos mercenários.

Uma mulher o chamou — a identificação na camiseta dizia "Perkins". Ela lhe ofereceu uma câmera para o capacete e um Adesivo de Identificação que era colado diretamente ao antebraço e lia seus sinais vitais. Assim que o ADI foi colocado no lugar, ela verificou os dados na tela e o olhou de modo estranho.

— Está preocupado?

— Por quê? — respondeu Decker. — Deveria?

— Sua pulsação está rápida demais. Rápida *pra caramba*.

Ela chamou Manning, os dois se afastaram um pouco e conversaram em voz baixa. Então outro técnico falou.

— Isso está parecendo perda de tempo, chefe. — Era Dae Cho, o técnico sênior, que apontou para a tela diante de si e depois para outra. — Só estamos obtendo dados dos ADIs mais próximos, mas nada além de seis metros.

Manning olhou atentamente para as telas, depois falou num headset do próprio capacete:

— DiTillio? Está na escuta?

— Estou, chefe, mas seu sinal não é dos melhores.

— Algum sinal de problema?

— Ainda não chegamos à entrada do túnel. Essa porcaria sobe para o exterior da nave. Tem pontos de apoio, e estamos escalando, mas o avanço é lento.

— Não estamos recebendo nenhum dado dos seus adesivos.

— Espera aí. Vou ver. — Houve silêncio, interrompido pouco depois pela voz de DiTillio. — Estamos todos vivos e usando os ADIs. Tudo parece estar funcionando do lado de cá.

Willis ouviu a conversa e se aproximou.

— É o mesmo que acontece com as sondas — explicou ele. — Há interferência.

Manning mal notou a presença do homem. Em vez disso, olhou para os técnicos. Perkins, Dwadji e Cho operavam os teclados e as telas.

— Consertem essa merda — ordenou ele. — Agora.

Cho meneou a cabeça e respondeu:

— Pode deixar, chefe. Pode ser só um problema de frequência. Vamos avaliar todo o espectro.

Manning assentiu e se afastou. Depois de hesitar por um momento, Decker o seguiu. Deu exatamente sete passos antes que uma onda o invadisse, mais forte que nunca. Aquela sensação de ser observado era pungente, e estava ficando mais poderosa.

Merda, tenho que ficar calmo, pensou, em seguida disse:

— Manning, está piorando.

A cabeça tinia de dor.

— O que está piorando? — O mercenário se virou para encará-lo, depois ficou em silêncio por um instante, olhando-o com atenção. — Tá, a gente precisa arranjar um sedativo. Você está com cara de quem vai ter um derrame. — E gritou: — Piotrowicz, vem cuidar do nosso convidado aqui. Ele precisa se acalmar.

Piotrowicz se aproximou e observou Decker com um olhar clínico; depois, olhou para as leituras nas telas. Era fácil descobrir qual era a dele, pois os dados eram radicalmente diferentes dos outros.

— Fica calmo, colega — disse o mercenário. — Não é o fim do mundo... é só uma missão para recuperar os destroços de uma nave. — Sua voz era muito tranquilizadora. — Vamos conseguir, mas você tem que relaxar. — Tirou a mochila das costas e, um instante depois, estava preparando uma pequena pistola de injeção. — Só um sedativo leve — explicou. — Tomei coisa mais forte quando parei de fumar.

— Você fumava?

Piotrowicz sorriu para ele.

— Aham. Eu era jovem e a garota era bonita. Viciei, depois me recuperei.

— O que você fumava?

— Bom, não era lícito.

Ele aplicou a injeção, que introduziu o líquido na pele de Decker sem usar uma agulha. Doeu bastante, mas em questão de segundos começou a surtir efeito. Decker sentiu que relaxava. Ainda podia se concentrar, mas tinha voltado a respirar.

Piotrowicz olhou para o monitor e ficou satisfeito.

— Meu trabalho está feito. Se você começar a se sentir esquisito ou se o efeito passar, vem falar comigo. — Arrumou de novo a mochila e a colocou nas costas. — Eu sempre carrego as coisas boas.

Decker assentiu e voltou a observar a nave, com a mente mais clara e mais calma. Mais calma — porém não completamente calma. Ainda sentia a onda de ódio se irradiar. Até agora, parecia imóvel, e os três homens enviados se dirigiam exatamente para lá.

16
MATANÇA

A lateral da nave estava empoeirada e cheirava a algo tão velho quanto ela, algo mofado e acre. Ainda assim, DiTillio sorria ao subir pelo lado e olhar para o túnel à frente. A cada momento ele estava mais perto de ganhar uma tonelada de dinheiro.

É claro que isso também o fazia se afastar do restante grupo. Pouco mais de noventa metros os separavam, mas poderiam muito bem ser dois quilômetros. O formato da caverna alterava o som, às vezes abafando-o, às vezes criando eco. Também estavam com o campo de visão prejudicado. Pilhas de materiais bloqueavam a vista, forçando-o a adivinhar onde estava o restante da equipe.

Se precisassem de reforços, teriam que confiar nos headsets.

Joyce estava perto dele e olhava para tudo de olhos arregalados. No rosto longo estampava um sorriso que mostrava os dentes tortos.

— Por que esse sorrisão?

DiTillio tirou sarro do colega. Não estava acostumado a vê-lo tão entusiasmado.

— Cara, sempre quis ver uma coisa assim — respondeu Joyce. — A vida inteira.

— O quê? Alienígenas?

— Bom, é lógico. Você não vê como isso é incrível?

— Incrível o bastante para render uma grana preta se a gente fizer tudo direito — disse DiTillio, e olhou ao redor. — Aquele tal de Decker disse que tem uma coisa perigosa aqui em cima. O que será? Espero que seja um daqueles insetos. Quero ver a cara deles.

— Nossa, sim — disse Joyce. — Quero dizer, que bom que estamos armados. Mas não acredito que estamos mesmo aqui. Vendo a prova da existência de alienígenas. Olhando para algo que nenhum outro humano jamais viu. Bom, quase nenhum outro — acrescentou, corrigindo-se. Então deu um tapa na superfície da nave. — Tocando em algo que a maioria dos humanos jamais tocou nem nunca vai tocar.

DiTillio se deixou sorrir. O sujeito estava certo. Este era um momento incrível, sobre o qual contaria aos netos um dia.

A superfície da vasta nave era curva, e eles escalaram com razoável facilidade, mas o processo se tornou mais difícil quando se aproximaram do túnel de silício. A boa notícia era que alguém havia tentado pendurar lâmpadas ao longo da superfície, e os fios funcionavam relativamente bem como apoio extra, embora parecessem velhos — nenhuma das lâmpadas acendia, várias estavam quebradas e a fiação estava em péssimo estado. Só o clima seco da caverna havia impedido que enferrujassem e se desfizessem.

Ele se perguntou se encontrariam um dos alienígenas que a Weyland-Yutani os tinha mandado capturar. Sempre havia pensado em estudar xenobiologia, mas uma temporada como fuzileiro colonial o fizera decidir que preferia a vida na Orla. Era mais fácil, pagava bem e havia muito com que se distrair.

Apoiou-se com os dedos no casco da nave e se impulsionou um pouco mais para cima. Na Terra, já estaria suando baldes. Ali, a gravidade mais baixa fazia com que a subida parecesse mais um exercício leve.

O rifle de pulsos estava pendurado às costas, e a pistola, ao alcance da mão. Projéteis calibre .50 dariam conta de qualquer problema sério que aparecesse.

Embora a nave fosse antiga, o túnel que levava para fora dela era muito, muito mais novo. A superfície parecia quase úmida, mesmo debaixo da camada de poeira, e havia um buraco na lateral — aquele era o destino do trio. Ele tratou de apontar a câmera do capacete para lá e mostrar o máximo que pudesse. Mesmo que não conseguissem receber a imagem no acampamento provisório, a câmera ainda a gravaria.

Queria fazer uma cópia para mandar à irmã — que tinha sido inteligente o bastante para terminar a faculdade e trabalhava para a Weyland-Yutani como xenobióloga forense. Ela ganhava um salário indecente de tão alto. Mas ele transava muito mais. Era tudo uma questão de perspectiva.

— Está vendo isso? — A voz veio da esquerda, por onde Rodriguez vinha subindo.

— Que merda é essa? — A voz de Joyce quase se perdeu na área cavernosa. Era um homem de fala mansa.

A entrada do túnel parecia se mexer. Algo escuro e de aspecto úmido se deslocou seis metros acima deles. DiTillio sentiu um arrepio.

— Parece uma parte solta — comentou ele. — Alguma coisa está fazendo com que ela se mexa. Pode ser que a coisa não seja tão sólida quanto parece. — Tentou demonstrar mais certeza do que tinha.

— Não, não está solta — retrucou Rodriguez, a voz um pouco mais alta. — Está se mexendo. Quero dizer, acho que tem mesmo algo vindo para cá. — Ele ergueu sua matadora e olhou com firmeza para as sombras acima deles.

— Calma aí, Billy — pediu DiTillio. — Acho que não precisamos ter medo de uma parede.

— Verdade, mas acho que precisamos nos... Ah, *merda*!

A peça solta se mexeu mais rápido, descendo na direção deles, pendurada à lateral da nave. Tinha o mesmo aspecto úmido, novo e limpo, e até aquele mesmo padrão da superfície, mas a coisa tinha braços e pernas e cauda e...

Porra, aquilo são dentes!

Rodriguez não esperou para avaliar se a criatura era ou não amistosa. Abriu fogo. O primeiro disparo da matadora atingiu o casco quebrado e ricocheteou, o estampido ecoando enquanto a coisa ia na direção dos mercenários.

Ele não teve uma segunda chance.

A coisa pulou em cima dele, braços, pernas, cauda e sabe-se lá o que mais, tudo em movimento, e, antes que Rodriguez pudesse fazer ou dizer qualquer coisa, ele e a massa negra estavam caindo, quicando ao descer a lateral da nave e batendo numa formação rochosa. Rodriguez se feriu no impacto.

A coisa se levantou e pareceu pronta para saltar. A couraça era negra, por isso, no escuro, era difícil saber.

Ferido, mas não fora de combate. Rodriguez ergueu a arma e mirou ao mesmo tempo que a silhueta escura atacava, as garras cortando a carne. Ele deu um grito fraco e tentou lutar enquanto a criatura o rasgava.

— Que merda! Que porra é essa?

Joyce entrou em pânico, o que não estava exatamente ajudando o grupo. DiTillio tentou mirar na silhueta que arrastava Rodriguez para mais perto do casco da nave. Era difícil conseguir uma boa linha de tiro sem correr o risco de atingir o colega abatido.

E havia o fato de que aquela coisa era, bem, uma *coisa*. Joyce já tinha dito isso. Era uma forma de vida alienígena, e eles nunca encontraram uma antes. Nenhum deles. Tinha certas características humanas — a mesma forma básica, mas, tirando o número de braços e pernas, não havia muito que se pudesse identificar. Viu o suficiente para saber que era um xenomorfo, e que a filmagem nos arquivos não havia feito jus ao monstro.

— Fica calmo, Joyce — rosnou ele, e sua voz tremeu. — Você não está ajudando.

— Tem mais deles, cara! — berrou Joyce. — Tem mais de um!

DiTillio olhou para cima a tempo de reconhecer que as palavras de Joyce eram verdadeiras. Outras silhuetas surgiram do buraco acima deles e foram para o casco destruído da nave. Eram velozes, arrastavam-se e conseguiam se segurar à nave mesmo enquanto desciam.

Joyce soltou um grito gutural, que foi interrompido quase na mesma hora quando uma das formas negras e lustrosas o agarrou do alto.

Só deu tempo de DiTillio lamentar não ter seguido o procedimento e chamado reforços. Então outras duas silhuetas negras caíram sobre ele. Eram meio humanoides, mas tinham garras afiadas e dentes.

Muitos, muitos dentes.

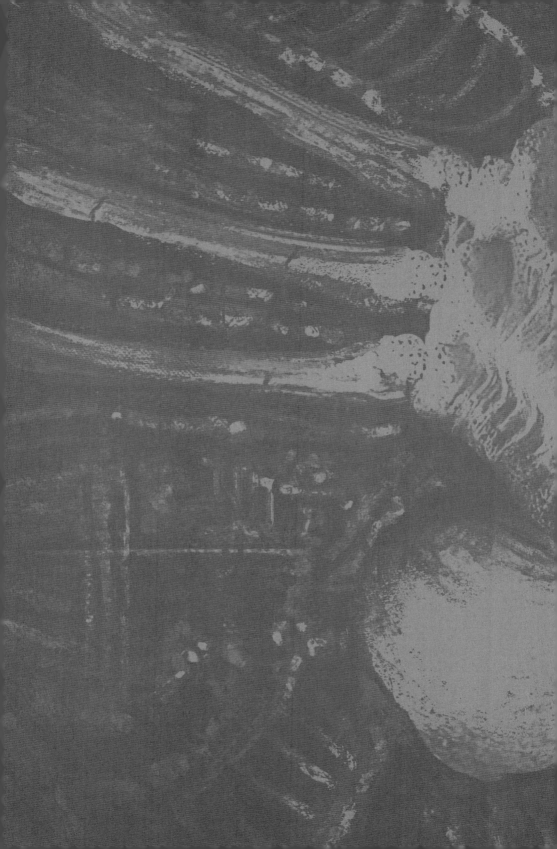

17
NECRÓPOLE

Às vezes, as pequenas coisas, aquelas que negligenciamos com mais facilidade, escondem os melhores segredos.

Eles haviam entrado numa seção menor do túnel, onde o ar se movia com suavidade. Depois, voltaram para o acampamento e ficaram na tenda do refeitório até que as sondas cumprissem as devidas tarefas e sinalizassem que o caminho estava livre.

Assim, o doutor Nigel Silas saiu da tenda e foi até a abertura que tinham feito na parede rochosa com uma explosão. Em seguida, olhou para a descoberta que se estendia diante de si com um sorriso de orelha a orelha.

Uma metrópole, de fato. Parecia ter séculos de idade.

A cidade era vasta, construída em colinas e espalhada por áreas onde antes já houvera vales, muito provavelmente cortados por rios. Era impressionante, ainda que tudo estivesse em ruínas. Superfícies arranhadas e corroídas, edifícios que desabaram quase por completo, mas ainda restavam maravilhas.

As sondas trabalhavam com afinco, gravando detalhes a cada minuto. Podia vê-las voando ao longe. Suas luzes entravam e saíam do campo de visão, iluminando o topo dos prédios, que pareciam ter sido estruturas formidáveis em outra era e que retinham ecos daquela magnificência há muito desaparecida.

Assim como a nave, os prédios não haviam sido construídos. Foram cultivados, formados num processo que ele mal havia começado a entender, mas que desejava desesperadamente poder estudar pelos próximos cem anos.

Não importava o que fizessem ali, ninguém na equipe com a qual ele trabalhava viveria tempo suficiente para terminar o que haviam começado. Nem consideravam a hipótese. Só o que importava agora era começar a escavação.

Encontraram os restos de algumas das criaturas que viveram ali, quase irreconhecíveis de tão antigas. Eram bípedes, com alguns traços vagamente caninos, e maiores que o ser humano médio. Quantos teriam habitado a cidade? A julgar pelo número de edifícios que acharam até então, talvez mais de um milhão.

Ainda não haviam cavado fundo o bastante para encontrar alguma das tecnologias usadas para fazer o lugar funcionar. Quando isso acontecesse, quem sabe quanto mais descobririam? E, a cada item encontrado, quem sabe quanto tempo levariam para descobrir como funcionava? Aquela única cidade poderia manter um exército de cientistas ocupado por décadas.

O achado de uma vida. Ao pensar nisso, ele sorriu.

Colleen saiu da tenda atrás dele e soltou uma risadinha.

— Você está parecendo uma criança grande — comentou ela. — Sabia disso?

— De que outro jeito eu poderia estar? Olhe esse lugar, Colleen. É maravilhoso.

Ela sorriu e envolveu a cintura dele com um braço.

— Eu sei. — Parou por um momento e apreciou a vista ao lado dele, em silêncio. Depois disse: — Onde vamos procurar hoje?

Silas apontou para a estrada que levava ao vale mais próximo.

— Os dados fornecidos pelas sondas mostram que naquela direção fica algo que parece um complexo militar — respondeu ele. — Bom, ou pelo menos um complexo industrial. É melhor procurarmos lá primeiro. É provável que ofereça muitas tecnologias de todos os níveis.

Colleen assentiu.

— Então vamos botar o pé na estrada.

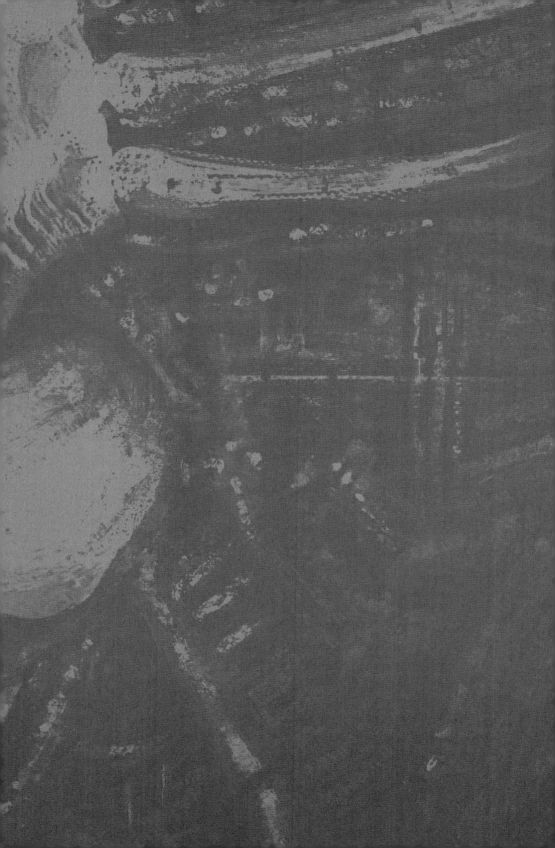

18
AUMENTANDO A APOSTA

Decker ficou de lado, afastado, observando e esperando.

Estavam prestes a entrar nos destroços quando Willis recebeu uma chamada pelo comunicador. Qualquer que tivesse sido o informe, toda a ação havia sido suspensa, e ele e Manning estavam afastados dos outros, conversando. O restante dos mercenários esperava instruções, e Adams estava por perto. Esvaziava uma garrafa d'água aos goles, deliciando-se como se fosse a melhor cerveja que já tinha provado.

Essa parecia ser sua atitude em qualquer situação. Para Decker, parecia difícil ser tão otimista.

— Por que você acha que as leituras e as sondas não funcionam, mas os comunicadores, sim? — perguntou Decker.

— Acho que as vidas de comunicação são muito mais simples. Talvez tenha algo a ver com isso. — Ela deu de ombros. — Mas como é que eu vou saber? Sou apenas um soldado.

Manning e Willis se aproximaram do grupo, ainda imersos na conversa, e pareciam animados com alguma coisa. Então Manning se afastou e convocou o grupo.

— O senhor Willis e eu recebemos uma chamada do doutor Silas. Ele é o líder da equipe que está examinando o outro lado dessa coisa. — Gesticulou indicando a nave alienígena. — De acordo com ele, parece que tem muito mais no lugar de onde ela saiu. — Isso capturou a atenção de todos. Alguns mercenários começaram a falar, mas Manning os silenciou com um único gesto. — Eles andaram cavando atrás dessa nave e acreditam ter encontrado o que parecem ser as ruínas de uma cidade.

Todos começaram a falar ao mesmo tempo, e Manning não interferiu. Sabia o que isso significava para eles: a possibilidade de recompensas estratosféricas. Depois de um instante, Bridges ergueu a voz. Dentre os mercenários, ele era o mais próximo de um militar à moda antiga, de cabelo curto, bigode fino e botas bem engraxadas.

— Uma cidade? — indagou ele. — Há algum sinal de vida? Talvez os insetos que estamos procurando? — O homem sorria, provavelmente já planejando como gastaria seu dinheiro.

Foi Willis quem respondeu:

— Entendam que eles ainda não foram muito longe — explicou ele. — Não há sinal de vida, mas, a julgar pela configuração do que *encontraram*, parece muito provável que a nave estivesse decolando, não pousando. Isso significa um espaçoporto, e talvez estejamos diante de um verdadeiro tesouro em descobertas de um tipo jamais encontrado antes.

Ele estava quase dando pulinhos de empolgação, mas não era de se admirar. Uma coisa era encontrar uma nave, mas todo um povo capaz de viajar pelo espaço? Toda uma raça que *cultivava* naves? Qualquer um que ficasse com uma parte dos espólios se tornaria absurdamente rico.

O burburinho recomeçou. Depois de alguns minutos, a paciência de Manning chegou ao fim.

— Escutem! — berrou ele. — Seja lá o que tenham encontrado, precisamos nos concentrar na missão. Temos que garantir que a mina esteja segura e temos que tentar encontrar qualquer coisa viva que possa existir nesses túneis. O senhor Willis chamou reforços, mas eles vão demorar algumas semanas para chegar. Então vamos trabalhar em esquema de rodízio e cobrir o máximo de terreno possível. Nada nem ninguém sai deste lugar sem meu conhecimento e minha permissão. Está claro?

— Entendido, chefe — disse Piotrowicz. — Ninguém entra, ninguém sai. Mas e os mineradores?

— A mesma coisa para eles. O trabalho continua o mesmo — explicou Manning. — Eles vão seguir exatamente os mesmos protocolos que nós. Ninguém entra. Ninguém sai.

— Tem certeza de que dá para confiar no pessoal lá em cima? — questionou Piotrowicz.

— O emprego deles está em jogo tanto quanto o nosso — declarou Willis. — Eles vão aceitar todas as medidas de segurança que definirmos. Essas são as regras, não há exceção. — Suas palavras foram recebidas com murmúrios de aprovação geral.

Pelo canto do olho, Decker viu um dos três técnicos se levantar e se dirigir a Manning. Embora todos tivessem ouvido, os três permaneceram em seus postos. O técnico disse alguma coisa que Decker não conseguiu ouvir em meio às conversas, e os dois voltaram ao monitor.

De repente, Manning emitiu uma pontada de emoção — ou talvez tenha partido dois homens ao seu lado. O capitão da equipe disse algo no comunicador, depois balançou a cabeça.

A pontada ficou mais intensa. Decker franziu a testa.

— Ah, não — disse Adams, perto dali. — Vou comprar uma mansão e morar em Mônaco. Gosto da ideia de um planeta sem nada além de casas de frente para o mar.

— Você vai torrar no sol! — exclamou o moleque magricela, Garth. — Você é tão branca que sua pele queima só de passar por uma luz forte.

— Olha quem está falando! Além disso, vou contratar uns gostosos para passar filtro solar em mim toda manhã, e hidratante duas vezes à noite.

Decker se livrou das conversas fiadas. Ele pertencia à Weyland-Yutani porque devia a ela mais dinheiro do que qualquer um ganharia nessa expediçãozinha. Entretanto havia mais uma coisa incomodando-o... se ao menos conseguisse pensar apesar das drogas que Piotrowicz havia injetado em seu braço...

Ah.

Sim.

— Se existe uma cidade, o que aconteceu com as pessoas? — perguntou Willis.

— Como assim? — O homem ainda estava com um sorriso de orelha a orelha.

— Os alienígenas que a construíram — continuou Decker. — O que aconteceu com eles?

Willis fez uma cara séria, mas tentou parecer despreocupado.

— Bom, isso nós ainda não sabemos.

— Quero dizer, se a nave aqui estava tentando decolar e caiu, não deveríamos encontrar algum tipo de vestígio dos alienígenas? — Ele fez um movimento com a mão, indicando toda a área imediata. — Aliás, por que simplesmente deixaram a nave aqui, enfiada no chão? Não deveriam tê-la levado, sei lá, para algum outro lugar?

O sorriso de Willis sumiu. Ao mesmo tempo, Manning gritou para a equipe:

— Escutem. — Havia tensão na voz. — Temos um problema. Rodriguez, Joyce e DiTillio não estão respondendo às chamadas. — Ele se aproximou do grupo, com uma expressão austera no rosto, que parecia ter sido esculpido nas pedras da caverna. — Temos três desaparecidos em combate.

Todas as conversas cessaram, e os mercenários começaram a preparar o equipamento. Isso surpreendeu Decker. Essas eram as mesmas pessoas que o espancaram e o sequestraram. Mas, quando três dos seus desapareciam, todo o resto ficava em segundo plano. A contragosto, admirou isso.

A verdade era que precisavam contar uns com os outros na hora do aperto, assim como ele havia dependido de Luke e da equipe quando tinha ficado preso debaixo do verificador de amostras.

Levantou-se depressa, e na mesma hora sua cabeça começou a girar. Droga, precisava se recuperar de quaisquer que fossem aqueles medicamentos. Olhou ao redor, à procura de Piotrowicz, mas não o encontrou — havia uma espécie de caos controlado.

Enquanto procurava, aquela sensação o atingiu novamente — a certeza de que era observado. Olhou para os outros, e ninguém estava prestando a menor atenção nele. Fez o melhor que pôde para se concentrar.

A impressão pareceu vir de vários lugares ao mesmo tempo. Algo o observava, *vigiava*. Não havia dúvida, e mais uma vez o pânico começou a roer as bordas da mente, lançando torrentes de gelo que flutuavam e resvalavam pelo estômago, deixando-o extremamente desconfortável.

— Decker! — A voz de Manning rasgou a névoa. — Você está captando alguma coisa, sonhando acordado ou só esperando que ninguém perceba que você não está fazendo nada?

— Desculpe — respondeu. — Não sei o que Piotrowicz me deu, mas está mexendo comigo.

— Bom, vê se melhora e apronta seu equipamento.

Decker pegou a mochila, que continha as duas armas que havia recebido, e se juntou aos outros.

— Não sei como funciona essa sua mágica — disse Manning —, nem quero saber. O que preciso é de resultados. Se a equipe de DiTillio se meteu numa encrenca, preciso saber onde eles estão e se os seus amigos alienígenas estão com eles ou não.

Decker fechou os olhos outra vez e se concentrou. Embora houvesse impressões vindo de toda parte, a sensação mais forte vinha de cima da nave, como já aconteceu antes.

O mesmo lugar aonde DiTillio, Joyce e Rodriguez foram por causa do que ele tinha dito.

Merda.

— Mesmo lugar — disse ele, apontando.

— Para mim está bom. — Manning começou a andar. — Quatro equipes. Cho, você e os técnicos ficam aqui monitorando tudo o que puderem. Piotrowicz, pela esquerda, e fique de olho nos túneis. Hartsfield, pela direita. Arma na mão, mas sem fazer merda.

À exceção dos técnicos, os grupos se separaram como se já tivessem feito isso muitas vezes antes. Era óbvio que eles já tinham trabalhado com as pessoas que Manning havia escolhido, e seguiram os líderes. Decker foi atrás de Manning, seguindo o ritmo de Adams, embora cada fibra do seu ser gritasse que *não* devia ir ao encontro da fonte de sua agonia.

Mas precisava cumprir sua parte da barganha se queria sair dessa. Além do mais, estava cercado de mercenários fortemente armados.

O que poderia dar errado? Na mesma hora ele se arrependeu do pensamento.

Willis alcançou o grupo, e Manning parou.

— O que está havendo? — perguntou Willis. — Aonde vocês pensam que vão?

O líder dos mercenários o encarou por um momento.

— Eu acabei de dizer. Três dos nossos desapareceram. Vamos encontrá-los.

— Todos vocês? — Willis balançou a cabeça. — Não. Pelo menos alguns de vocês precisam ficar aqui para quando a equipe de pesquisa voltar. Até lá, não podemos deixar esta área desprotegida.

— Está tentando me dizer como fazer o meu trabalho, senhor Willis? — A voz de Manning baixou, tornando-se um rosnado desagradável.

— Estou tentando lembrá-lo de que as regras mudaram. — Willis se deteve e mudou de tática. — Escute, entendo que algumas pessoas desapareceram, mas você não precisa de toda a sua equipe para uma operação de busca e resgate. E estará ignorando a presente missão.

— Esta é a presente missão. Separei a equipe em três...

— O trabalho pelo qual estamos *pagando* você — acrescentou Willis com firmeza.

Manning apenas o encarou, sem emoção. Os mercenários mais próximos se aproximaram, esperando para ver se o chefe daria um soco no burocrata residente.

— Certo — disse Manning, e se virou para os outros. — Piotrowicz, você, Anderson, Lutz, Estrada e Vogel vão ficar aqui com Willis. Seu trabalho é proteger esta área, principalmente o elevador. Nada desce e nada sobe sem a minha permissão.

Piotrowicz sorriu e se destacou da equipe, e os outros citados foram se juntar a ele.

— Entregue os suprimentos médicos para Adams. Parece que você é incapaz de aplicar uma dose razoável de qualquer merda mesmo.

Por um segundo, o homem magro pareceu prestes a discutir. O olhar que recebeu o convenceu de que isso não era uma boa ideia. Manning se voltou para o brutamontes com a tatuagem na cabeça raspada.

— Connors, leve Groff, Hunsucker, Juergens e Blake. Vá para o outro lado dessa coisa e descubra o que tem lá. Todo mundo de olho aberto. Já sabemos que pode ter insetos e que três pessoas estão desaparecidas. Todo mundo vai se comunicar através de Cho e do restante do sistema. — Ele se virou para encarar Willis. — Satisfeito?

Willis assentiu com um ar presunçoso de triunfo. Se Manning notou, não deixou transparecer.

Adams fez que não com a cabeça, um sorriso estranho se formando nos lábios. Decker a olhou por um segundo, captando o bom humor.

— O que foi?

— Engravatados... Nada mudou. Manning só deixou esse cretino achar que manda em alguma coisa. Esse é o resultado que a gente teria de qualquer forma. Duas equipes secundárias, metade de cada equipe ficando por aqui, a outra metade avançando para vigiar o perímetro. A equipe principal, na qual estamos, vai para a última localização conhecida dos desaparecidos. Ele deixou o Manning irritado, então agora tem mais gente na equipe principal.

Decker assentiu. Estava acostumado a lidar com o outro lado da questão. Provavelmente, houve momentos em que ele tinha sido o Willis da equação.

Pouco depois, estavam voltando para a lateral da nave e para o tubo longo e preto de silício que subia em direção ao teto. Vinte mercenários se dirigiam à última localização conhecida dos desaparecidos.

※ ※ ※

DiTillio acordou na escuridão, o corpo pingando suor. Algo quente e úmido envolvia os braços, o peito, e ele sentia *coisas* rastejando por cima do seu corpo.

— Que porra é essa?

Se havia alguém ali para ouvi-lo, não respondeu.

A umidade no peito pesava e se espalhava, e ele sentiu mãos alisando suas roupas. Estava com dificuldade para respirar, mas não o bastante para fazê-lo entrar em pânico. A falta de mobilidade era o que causava isso. Qualquer que fosse o material que o cobria, estava endurecendo depressa.

O ar fedia a óleo e metal e a alguma coisa azeda. Ele tentou enxergar, mas não havia luz.

Por isso, quando a silhueta rastejou por cima do seu rosto, ele não teve noção do que poderia ser, exceto que era algo com pernas longas e finas. Tentou sacudir a cabeça, e os dedos se afundaram nos seus cabelos, colados ao rosto.

— O quê?

O pânico o dominou, e ele sacudiu a cabeça com mais força enquanto algo envolvia seu pescoço. Era quente o bastante para parecer que queimaria a pele, e apertava como um nó corrediço, sufocando-o. Então afrouxou um pouco.

DiTillio tentou falar, implorar, mas, antes que pudesse proferir qualquer som, havia algo em sua boca, invadindo os lábios, ultrapassando os dentes e se enterrando ainda mais fundo.

"Pânico" não bastaria nem para começar a descrever o que sentiu. Tentou sacudir a cabeça para os lados, mas estava preso com muita firmeza. O que quer que estivesse em sua boca avançou com mais força, enfiando-se na garganta. Teria provocado um engasgo se pudesse, mas a criatura aproveitou o movimento para penetrar ainda mais fundo.

Seus olhos ficaram marejados na escuridão. Ele tentou gritar mais uma vez.

19
RUMO À ESCURIDÃO

Ao se aproximarem da nave alienígena, viram o sangue.

Foi Decker quem encontrou a primeira arma. De acordo com Manning, pertencia a Rodriguez. Era uma matadora, bem parecida com a que ele trazia no coldre ao quadril. Isso não era bom. Eles viram respingos de sangue no chão, e mais escorria pelo lado da nave.

Começaram a escalar em direção ao túnel escuro, apreensivos. Foi uma subida relativamente simples para Decker e os outros.

As emoções despontavam de toda parte, embora houvesse muito mais raiva do que medo. Decker as afastou, tentando se concentrar no que os aguardava, e seu pressentimento continuava indicando o mesmo lugar. Havia uma sensação geral de ameaça que não ficava mais forte nem mais fraca enquanto escalavam.

As gotas de sangue tornavam-se mais frequentes à medida que subiam. Manning se segurava ao casco e fazia várias chamadas, mantendo Cho e Piotrowicz atualizados. Quando se aproximaram do tubo, Decker olhou para baixo e mal pôde ver o grupo ao pé da rampa, tão pequeno de longe.

Manning foi o primeiro a chegar à entrada do túnel. Sacou uma lanterna poderosa, que prendeu ao ombro da armadura. Vários outros abaixo dele fizeram exatamente o mesmo. Decker se sentiu nu sem esse equipamento, mas as luzes pareciam fortes o bastante para ajudá-lo a ver.

Os dedos do mercenário procuraram um ponto de apoio no interior do túnel, encontrando-o. Ele se impulsionou para cima. Decker ficou pendurado ali, paralisado, mas Adams estava logo atrás dele e lhe deu um tapinha nas costas.

— Vamos lá — disse ela. — O chefe não vai esperar.

Talvez o efeito dos sedativos estivesse passando. Talvez ele estivesse enfim se adaptando a eles. Qualquer que fosse o caso, assentiu e continuou a subir, seus dedos encontrando pontos onde se apoiar com relativa facilidade. Quando chegou ao tubo, agarrou a borda da abertura e se impulsionou para dentro.

Mesmo ali, o ângulo do túnel o forçava a escalar. O silício retorcido, que lá de baixo parecia tão liso, oferecia vários pontos de apoio para as mãos e para os pés. Havia uma leve umidade no interior, acumulando-se em alguns pontos, tornando-os escorregadios. Sentiu uma pontada de claustrofobia, mas logo a sufocou.

A sensação de maldade permanecia a mesma, ainda vinha de toda parte, mas não havia se tornado mais intensa.

Adams continuou logo atrás dele, a lanterna presa ao ombro lhe mostrando os melhores pontos do caminho. À sua frente, Manning continuava a escalar enquanto o túnel virava, ficando um pouco mais na horizontal. A subida se tornou mais fácil, e o próprio ar ficou úmido. Havia um odor que, por alguma razão Decker achou familiar de uma forma incômoda.

Então ele entendeu. Era o odor dos pesadelos que vinha tendo havia meses. Mas era possível sentir cheiro no sonho? Não fazia ideia.

O tempo perdeu o significado enquanto prosseguiam, escalando e virando ao longo do túnel. Depois, a estrutura estranhamente orgânica se abriu, permitindo que ficassem de pé. Os outros mercenários fizeram o mesmo atrás deles.

A área não era exatamente uma sala. A parede, o chão e o teto eram feitos de um material que parecia um cruzamento entre um ser vivo, vidro e aço. De certa forma, era elegante, embora houvesse um excesso de regiões com sombras densas, onde praticamente qualquer coisa poderia se esconder. O material tinha um brilho úmido à luz das lanternas nos ombros.

Adams sacou um sensor de movimento e ligou o interruptor. Nada. Chacoalhou o aparelho, bateu com força na lateral e depois voltou a ligá-lo.

— Geringonça de merda da Weyland-Yutani — disse ela.

Alguns dos mercenários removeram as lanternas do suporte, e os fachos de luz vagaram sem rumo pela área. As paredes eram arredondadas e davam lugar ao teto suavemente, assim como ao chão. As luzes revelaram três túneis que brotavam da área principal, cada um numa direção.

Ali, o cheiro era pior.

— Onde diabos nós estamos? — perguntou Adams, a voz espantosamente alta.

Decker balançou a cabeça.

— Ou estamos acima da nave, ou *dentro* dela, ou saímos completamente da caverna — respondeu Manning. — Não sei, mas passamos um bom tempo subindo. — Sua voz continuava calma.

Adams se abaixou e passou a mão pela superfície. Ela arregalou os olhos ao avaliar o material, mas sua boca se torceu de nojo, e ela voltou a se levantar.

— Essa merda parece uma teia de aranha — afirmou. — Não pelo tato, mas pela aparência. Como se tivesse sido fiada ou tecida. Quando eu era criança, minha professora tinha uma colônia de aranhas-teia-de-funil num terrário. Era bem parecido com isso. Quero dizer, não exatamente, mas quase.

— A primeira aranha que eu vir, explodo. Odeio esses bichos — disse Sanchez.

O homem era magro e musculoso, e seu nervosismo era desconcertante. Decker não podia culpá-lo.

Manning olhou para Sanchez e assentiu.

— Encontrei alguma coisa.

Adams apontou a lanterna para a base da parede. Havia uma poça considerável de algum líquido ali, e a luz branca revelou que era sangue — provavelmente humano. Já estava coagulando. Manning olhou para o sangue, depois se voltou para Decker.

— Para que lado, gênio?

Decker tentou distinguir a sensação que quase parecia um ruído de fundo. Não havia um ponto no qual se concentrar.

Ele não vai gostar nada disso, pensou, e disse:

— Não tenho a menor ideia.

A calma de Manning desapareceu num instante, e ele se aproximou até que seus olhos estivessem a poucos centímetros dos de Decker.

— Isso não serve — disse, baixinho. — Você pode sentir essas merdas, seja lá o que forem? Ótimo. *Faça isso.* Procure por elas, ou fareje, ou *sei lá* que merda você deveria fazer, e me diga onde estão os meus homens. Ou posso acabar decidindo que você é uma responsabilidade com a qual não preciso lidar.

Decker sentiu a ira do mercenário se inflamar, e sua própria raiva se acendeu em resposta.

— Vê se me deixa em paz — rosnou Decker. — Eu não pedi nada disso. Você e os seus contratantes me arrastaram para cá. Você age como se eu fosse uma merda de um cão farejador. Bom, eu não sou. Mas sim, tem alguma coisa aqui que é perversa. Dá para sentir. Mas não posso fazer isso seguindo comandos, não tenho como dizer a você onde está essa coisa, que aparência tem e quantas delas existem. Simplesmente não funciona assim.

Manning se aproximou ainda mais. O olhar prometia um assassinato, e ele falou com a mesma voz calma, apesar da raiva que Decker sentia emanando dele.

— Pois. Faça. Funcionar — disse. — Dê um jeito. Agora.

Decker continuou encarando o homem, depois recuou um passo. Baixou a cabeça, fechou os olhos e cerrou os punhos.

E então sentiu

Merda.

— Merda — disse ele. — Seja lá o que for, está vindo para cá.

20
UMA PAZ MOMENTÂNEA

Os cinco caminharam devagar pela área, à procura de sinais do trio desaparecido. As luzes acima deles eram tênues e pareciam ainda mais fracas enquanto se aproximavam da extremidade da nave gigantesca.

Connors não perdia ninguém de vista. Hunsucker mastigava um chiclete como se a goma tivesse feito mal à sua família. O homem quase nunca falava, mas estalava e estourava a porcaria do chiclete o tempo todo. Ele era alto e magro, pele escura, queimada de sol. Seu cabelo era tão loiro que quase chegava a ser branco, o que gerava um contraste gritante. Hunsucker carregava um rifle de plasma, e o zumbido agudo do gerador era quase tão irritante quanto o som das mastigadas.

Connors se redimia de todos os seus pecados, porque o sociopatazinho sabia usar muito bem a arma.

Groff era uma presença sisuda. Havia feito carreira como fuzileiro e tinha como provar — um dos braços era inteiramente coberto de cicatrizes. Se os braços fossem colocados lado a lado, pareceriam um "antes e depois". O cabelo era cortado bem curto, grisalho, enquanto o rosto parecia o de um homem mais jovem. Ao contrário da maioria dos mercenários, ainda usava a farda militar e levava os suprimentos consigo aonde quer que fosse. Tê-lo na equipe fazia com que Connors se sentisse um pouco mais seguro ao entrar em território inexplorado.

Juergens e Blake eram, de longe, os mais relaxados do grupo. Afastados para um lado, murmuravam um com o outro enquanto avançavam. Blake tinha prendido a lanterna ao rifle de pulsos, que também zumbia. Projetou o poderoso facho de luz ao longo do ventre da nave enquanto passavam por baixo dela. O espaço era estreito, e Juergens tratou de verificar a integridade da estrutura. Não tinham ideia de quanto tempo ela havia passado ali, nem se era firme — até onde sabiam, o tempo poderia tê-la enfraquecido.

O seguro morreu de velho.

Era mais que o desejo de viver tempo suficiente para ficar rico. Tudo neste cenário deixava Juergens inquieto. Rodriguez era durão. Ele não levava desaforo para casa e saberia se virar num tiroteio. Se alguém ou alguma coisa abatesse Rodriguez, essa coisa era perigosa.

Poderia estar por aí procurando outro alvo.

De repente, Juergens se virou e apontou a arma para o lugar de onde tinham vindo, a lanterna mirando a escuridão.

— Alguém viu isso? — perguntou ele.

— Viu o quê?

Connors se virou e procurou algo que parecesse não fazer parte do ambiente.

Nada.

— Endireite a lanterna, Juergens. Você só está criando mais sombras para caçar.

Juergens não falou nada, mas firmou a luz e a moveu devagar pela superfície ampla.

Connors fez o mesmo, iluminando uma área diferente. Então parou.

— Mantenha assim — pediu ele, erguendo a mão.

Havia uma silhueta, ainda distante, vindo lentamente na direção deles. Era escura, e a forma como se movia era perturbadora. Havia quatro membros — pernas, provavelmente — debaixo da coisa, mas protuberâncias saíam das costas e balançavam a cada passo que dava. A cabeça era um arranjo alongado que parecia pertencer a uma criatura muito maior. A cauda era quase tão longa quanto o corpo, e terminava numa ponta de aparência perigosa.

— Que porra é essa?

A voz saiu mais alta do que ele pretendia. Tratou de puxar a trava de segurança do rifle eletromagnético. A arma fazia uma barulheira quando disparava, mas o que quer que ele atingisse sabia muito bem que sua hora tinha chegado.

— Também estou vendo — disse Juergens numa voz aguda.

— Eu também — avisou Blake, em voz baixa. — O que é isso?

Era quase como se a criatura fosse feita da mesma substância escura e vítrea que os túneis grosseiros que se entrelaçavam sobre eles e ao longo da parede distante, e mesmo dali conseguiam ver a forma das entranhas da criatura debaixo do exoesqueleto lustroso. Antes que Connors pudesse responder, ela atacou, sibilando como um cano de vapor rachado.

Groff abriu fogo, e três tiros do seu rifle cavaram valas no chão. O quarto acertou a perna da coisa que se aproximava, arrancando o membro.

O ruído sibilante se tornou um guincho agudo, e a criatura caiu para a frente, atingindo o chão e sangrando intensamente pelo buraco aberto onde a perna estivera um momento antes. O chão queimou e fumegou.

Podem secretar um líquido tóxico, ou cáustico, ou ambos. Ainda guinchando, a coisa se lançou na direção de Groff. O mercenário recuou e disparou mais uma série de projéteis. Era rápido, e era bom, e a coisa levou vários tiros antes de cair no chão, estremecer e... *Por favor, Deus...* morrer.

Connors pegou o comunicador.

— Manning! Pegamos uma coisa aqui. Acho que matamos, mas não dá para ter certeza.

A voz dele tremia. Queria que fosse de entusiasmo, mas era medo. Tudo naquela criatura era aterrorizante. A forma como se movia, a aparência... até a maneira de morrer.

Manning não respondeu. Connors ficou preocupado.

Juergens apontou para o capacete, depois para Connors.

— A comunicação já era. O sangue dessa coisa pingou no seu capacete.

Connors o tirou rapidamente e olhou para o estrago. Não podiam ter sido mais que umas gotas de seja lá o que aquele pesadelo tivesse em vez de sangue, mas fora o bastante. O aparelho tinha derretido, e havia um buraco meio queimado no casco duro do capacete. Ele o virou do outro lado e percebeu que o fluido cáustico ainda o corroía. Ácido fluorídrico... era isso que a porcaria do arquivo dizia? Desejou ter levado o arquivo consigo. Gostaria de ter lido com um pouco mais de atenção.

Se Juergens não tivesse avisado sobre o dano, talvez tivesse chegado ao seu couro cabeludo. Antes que pudesse agradecer, Groff falou.

— Mexa-se — rosnou ele. — Temos companhia.

Ele empunhou o rifle de pulsos. O rifle de plasma de Hunsucker zumbiu um pouco mais alto quando ele virou a trava de segurança.

A escuridão ganhou vida. Era a única descrição possível. As sombras ao longe começaram a se mexer, *agitando-se*, e Connors as observou enquanto se dividiam em formas menores. Ele tentou contar, mas eram rápidas demais, numerosas demais.

Hunsucker mirou com cuidado e atirou. Um clarão brotou da arma, iluminando tudo ao redor. A bola de plasma ardeu quente o bastante para incendiar o ar, e todos eles estreitaram os olhos enquanto o míssil atingia o alvo. A criatura era rápida, e quase conseguiu se desviar do disparo, mas isso geralmente não funcionava quando o assunto era plasma.

Ela teve bastante tempo para sibilar antes que metade da cabeça derretesse.

A criatura estava morta antes de chegar ao chão. Como a ferida estava cauterizada, nada daquela porcaria cáustica espirrou neles.

Mas havia outras no lugar de onde aquela viera. Hunsucker sorriu e atirou de novo, a luz quase cegando todos eles. Porém, errou — o alvo se abaixou, agachando-se como uma aranha de pernas longas, e continuou avançando. A pequena bola de plasma atingiu a nave e queimou, derretendo a superfície antiga e deixando uma cratera fumegante de lembrança.

A coisa pulou, movendo-se com uma velocidade perturbadora, torcendo o corpo para que tomasse impulso na parte de baixo da nave e corresse diretamente para Hunsucker, mesmo que ele tentasse segui-la com a ponta do rifle. O cano apontou para Connors, que se jogou no chão para evitá-lo.

O mercenário tentou girar a arma, mas a coisa em cima dele prendeu seu braço no chão com um aperto poderoso, e as garras grossas na ponta dos dedos do pesadelo rasgaram carne, músculo e osso com uma facilidade alarmante.

Hunsucker gritou e chutou, mas a criatura não pareceu se importar nem um pouco. A arma caiu da sua mão. Ele chutou de novo, fazendo o monstro recuar cambaleando. O mercenário rolou e se levantou o mais rápido que pôde. A coisa girou, forte e veloz, e aquela cauda serrilhada o golpeou no peito com força suficiente para erguê-lo do chão e jogá-lo contra a nave.

Os gritos dos outros três desviaram sua atenção. Na mesma hora, ele soube que tudo havia extrapolado o limite da razão. *Tudo*. Os pesadelos se aproximavam, e eram muitos. Sua pele ficou tensa, e seu pulso acelerou.

Groff manteve a posição e abriu fogo, derrubando um, dois, três antes que o restante o alcançasse. Gritou quando avançaram sobre ele num enxame, como insetos.

— São muitos! São muitos! — berrou Connors. — Recuar!

Hunsucker estava fora de combate, o braço destroçado sangrando, e a coisa que o havia atacado agora o arrastava pelo chão, afastando-o dos outros combatentes.

— Cadê vocês, *porra*? — gritava Juergens ao rádio. — Estamos sendo atacados! Precisamos de reforços!

Sua voz estava frenética. Ele tentou atirar numa das criaturas malditas, mas foi lento demais no gatilho. A silhueta escura se jogou sobre ele e os dois caíram no chão. Membros inumanos se ergueram, desceram e recuaram, várias e várias vezes, cobertos de sangue.

Juergens parou de lutar.

Três deles derrubaram Blake. Ele os viu avançando e balançou a cabeça. Em seguida ergueu as mãos.

Merda!, pensou Connors.

— Eu me rendo! — gritou Juergens. — Desisto!

Connors teve vontade de atirar no desgraçado ali mesmo. Antes que pudesse se mexer, Juergens desapareceu engolido por uma onda negra e quitinosa.

Várias das coisas o cercaram, espiando, e se aproximaram, rodeando, mantendo-o ocupado.

— Não — disse ele. — De jeito nenhum.

Connors avistou a mais próxima e apontou a arma eletromagnética para a cabeça colossal. O som alto do disparo rugiu pelo ar. Um projétil perfurou a couraça da coisa vil. Antes que ele pudesse comemorar, outra criatura avançou, abaixada e veloz, e, enquanto o mercenário tentava mirar, a cauda do monstro golpeou sua arma, e atirando-a para o lado sem dificuldade. Seu braço ardeu de dor, e então ele não o sentiu mais.

A pele da criatura era rígida e quente, coberta por uma umidade escorregadia que deixou um rastro de muco no antebraço. Connors chutou o peito da coisa, lançando-a para trás. Ela sibilou e ele avançou, determinado a sair dali inteiro.

A cauda outra vez. A ponta veio e atingiu seu rosto, rasgando o nariz e os lábios. Connors recuou por puro instinto, e outra daquelas coisas veio por trás. A maldita agarrou seus braços, cravando as garras afiadas tentando se firmar e afundando com facilidade na carne.

Ele se debateu e lutou, mas não foi o bastante. Elas eram mais fortes do que o homem jamais teria imaginado. O sangue escorria pelo rosto, e a criatura que havia chutado se ergueu diante dele, cara a cara, sibilando enquanto arreganhava os lábios e exibia dentes prateados cobertos por uma fina camada de saliva. Nada que já tivesse visto em seus piores pesadelos havia sido mais medonho.

Havia um crânio dentro daquela cabeça, e Connors viu que as cavidades onde deveria haver olhos estavam voltadas para ele.

Deu um chute de novo, mas dessa vez a coisa estava preparada. O golpe foi forte, mas ela não recuou. Em vez disso, avançou, e os dentes se abriram, depois se fecharam.

Carne e ossos rangeram, e Connors gritou antes de perder os sentidos.

21
POR TODA PARTE

O elevador subiu enquanto eles vasculhavam a área. Piotrowicz quase se mijou. Mas não havia ninguém a bordo — provavelmente, eram os mineradores, usando-o para ir de um nível superior a outro.

Seu grupo havia voltado de caminhão para perto do elevador, pois Willis queria garantir que a área estivesse segura.

Logo depois que chegaram, Willis recebeu uma atualização do grupo que havia encontrado a cidade alienígena. Ao que parecia, esbarraram em restos mumificados, mas nenhum deles estava completo. Estavam queimados, quebrados ou pior. O melhor que puderam obter tinha sido uma coisa parecida com um cachorro de membros longos.

— Tem alguma foto? — perguntou Piotrowicz, curioso. — Dos alienígenas.

— O grupo de Nigel deve ter tirado algumas, mas está mantendo tudo em sigilo — respondeu o burocrata. — Ninguém pode ver *nada* do que encontrarmos aqui sem autorização. Alguns membros da equipe que encontrou a nave tiraram fotos, e suas câmeras foram confiscadas imediatamente. Se você vir *qualquer pessoa*, mineradores ou gente da sua própria equipe, gravando massas descobertas, interrompa imediatamente e me informe.

Piotrowicz entendeu que precisaria tomar mais cuidado. Outras pessoas talvez entregassem suas câmeras, mas ele não tinha intenção de fazer isso. Até mesmo enquanto conversava com o burocratazinho, tudo estava sendo gravado... para a posteridade.

Quando chegasse a hora, planejava vender pelo melhor lance.

— Tudo bem — concordou ele. — O que é o vidro preto?

— Realmente não sabemos. No começo, pensamos que o material preto da superfície fosse feito da areia local. Mas tem uma composição química diferente. É como se houvesse algo fabricando esse material.

— Bom, Decker disse que tem um pouco disso perto da superfície, brotando do chão. Em que profundidade você disse que estamos?

— Dois mil e cem quilômetros, mais ou menos. — Willis meneou a cabeça. — Mas provavelmente não há relação. A maior parte do material próximo da superfície deve ter se destacado e subido anos atrás. Talvez por meio de atividade tectônica. Ou talvez tenham sido as tempestades.

O mercenário balançou a cabeça.

— Não entendi.

— Bom, a cidade e essa nave provavelmente estavam na superfície quando houve a queda. As tempestades foram fortes o bastante para enterrar tudo. Até onde sabemos, os túneis pretos podem ter sido fabricados na superfície e, depois, enterrados ao longo dos séculos.

Piotrowicz voltou a balançar a cabeça, discordando.

— De jeito nenhum — disse ele. — Escuta, não sou nem de longe um especialista, mas até eu consigo perceber que esse negócio é muito mais recente.

— Como assim?

— Esse negócio não só *parece* úmido. Encontrei um dos tubos perto do chão, e tinha umidade saindo dele.

— Isso é impossível — retrucou Willis. — Não há nenhuma fonte de umidade aqui embaixo; é seco como um deserto.

— Podemos ir até lá e verificar agora mesmo, se você quiser.

Nesse momento, o elevador começou a se deslocar de novo, em algum lugar acima deles.

— Temos que entender o que está havendo — declarou Willis, e pegou o comunicador no quadril. — Vou detê-los.

Antes que Piotrowicz pudesse falar qualquer coisa, ouviu Juergens gritando em seu ouvido:

— Estamos sendo atacados! Precisamos de reforços!

O som foi tão súbito e alto que ele quase arrancou o headset antes de identificar o que tinha sido dito.

Anderson, que não estava longe, olhou na direção dele. Vogel estava falando com os três que ficaram na base. Tentaram responder, mas nenhuma mensagem parecia chegar. Então surgiu a voz de Manning, tentando localizar Juergens onde quer que estivesse.

Nada.

Piotrowicz convocou a equipe e pegou as armas. Perguntou aos técnicos de comunicação se podiam localizar Connors e sua equipe, mas suas telas chiques de última geração não mostravam porcaria nenhuma.

Um monte de merda imprestável.

Willis acenou para chamar sua atenção, sem saber o que estava acontecendo.

— É a equipe do terceiro nível, usando o elevador para carregar alguns equipamentos de escavação — informou ele. — Vamos ficar presos aqui embaixo por um tempo, mas a equipe no local de escavação já enviou uma solicitação para quando eles terminarem.

— Ah, é? Bom, temos que sair daqui agora mesmo... correndo — avisou Piotrowicz. — Os caras que estavam indo para o local de escavação acabaram de entrar em contato. Estão sendo atacados. Talvez você queira ligar de novo para o seu pessoal e alertá-lo.

— Sendo atacados? Por quem?

— Não faço a menor ideia. Mas, se eu fosse você, ligaria.

Sem esperar resposta, Piotrowicz correu, gesticulando para que o restante da equipe também entrasse no caminhão. Assim que os quatro estavam a bordo, o veículo partiu.

Juergens era um palhaço. Gostava de fazer piadinhas, mas nunca brincaria com aquilo. Nunca. Manning o teria esfolado vivo.

Não, o que quer que tivesse acontecido, a comunicação havia sido interrompida. Ele esperava que fosse só isso.

— Manning, o que você quer que eu faça aqui?

Suspeitava já saber a resposta, e podia apostar que não gostaria dela.

— Vá até lá. Peça para os técnicos dizerem a você aonde ir, talvez eles consigam um informe decente.

— Negativo, chefe. Eles já tentaram.

Perkins tinha dado a mesma resposta, a voz cheia de tensão.

— Interferência. O mesmo com DiTillio. Não estamos recebendo nada. Tem alguma coisa aqui ferrando o sinal.

— Porra! — disse Manning ao mesmo tempo que Piotrowicz. — Vá ver o que é, Petey. E tome cuidado.

— É pra já.

O caminhão passou por baixo do casco da nave, e eles tiveram que abaixar a cabeça. Chegaram a um ponto do qual o veículo não passava, portanto teriam que continuar a pé.

Piotrowicz desceu e chamou os outros com um gesto. Vieram rápidos e firmes, todos armados, e com um jeito de quem queria muito quebrar a cara de alguém.

Por mim, tudo bem, pensou ele. Porém, ficou em silêncio, prestando atenção...

Atravessaram algumas centenas de metros. A gravidade reduzida fazia com que parecesse menos, mas ainda levariam um tempo para chegar ao destino. Contornaram a lateral dos destroços e olharam ao redor. Conforme a escuridão crescia, acoplaram lanternas às armas e as apontaram para todas as direções.

As luzes revelaram duas coisas mortas. Talvez três. Os pedaços não pareciam combinar. Lutz se agachou perto de um deles e usou o cano da espingarda de repetição para movê-lo e poder olhar melhor.

— Que porra é essa?

A voz de Lutz estava bastante calma, mas agora ele se movimentava com muito mais cautela do que um minuto antes. — Comunicação, consegue receber imagens?

— Negativo. Quero dizer, você pode tentar, mas não prometo nada.

Nada como uma resposta consistente e comprometida para deixar o dia ainda melhor.

— Vou tentar. Precisamos mostrar isso para todo mundo. — Ele se aproximou mais e passou um bom tempo olhando o corpo. — Do que essa coisa é feita?

— Parece uma máquina — disse Vogel, com um tom suave. — Será que estamos lidando com organismos biomecânicos? Como a nave?

— Não tenho ideia.

Piotrowicz recuou. O chão estava chamuscado nos pontos em que o líquido saído daquelas coisas tinha derramado. Pontos na lateral da nave arruinada exibiam dano semelhante, e, enquanto ele verificava isso, Estrada chegou trazendo o capacete de Connors.

— Manning, parece que temos mais cinco abatidos — informou Piotrowicz. — Encontramos evidências do combate, mas nenhum corpo. Nenhum corpo *humano*. Tem outras coisas aqui. Acho que encontramos os insetos que deveríamos caçar.

Manning não respondeu.

Ele repetiu o comentário, só por garantia.

Ninguém respondeu.

Então ouviu o som de um motor. Era forte e alto, e não parecia ser boa coisa.

Gesticulou para que o restante da equipe chegasse mais perto da nave e, um momento depois, ficou feliz por ter feito isso. O veículo veio se sacudindo do outro lado do local de escavação, onde nenhum deles estivera ainda. Não era blindado, mas era fechado. Havia luzes, mas só metade delas funcionava, e todo aquele negócio enorme fumegava como se tivesse saído de um incêndio. A carroceria estava amassada e arranhada, com vários talhos fundos e o que parecia ser pelo menos um buraco queimado na lateral. Um dos pneus era uma massa murcha, agitando-se e batendo no chão em vez de rodar suavemente nele.

Estrada disse algo, mas o ronco do motor era alto demais.

O veículo passou por eles em alta velocidade, e por um breve instante Piotrowicz viu o rosto da motorista. Tinha os olhos arregalados e a boca aberta num esgar de medo, e ele percebeu o motivo. Havia coisas escuras penduradas no topo, rasgando o casco de metal e tentando entrar.

Piotrowicz e Lutz atiraram. Um dos monstros se jogou para o lado do veículo enquanto a rajada passava. Outro explodiu. Lutz gostava da sua espingarda por um motivo: ela causava um belo estrago.

Foi impossível saber se havia mais daquelas coisas no caminhão quando ele contornou o casco e desapareceu de vista. Um segundo depois, já não davam a mínima, porque a criatura na qual ele havia atirado vinha para cima deles, guinchando. Piotrowicz ficou congelado. Aquela coisa estava viva... e muito, muito zangada.

Anderson tentou erguer a arma, mas era tarde demais. A coisa a golpeou, jogando-a de costas contra o casco da nave com força suficiente para deixá-la em choque. A mercenária nem sequer emitiu um som. Vogel estava ao lado dela, e disparou quatro projéteis na coisa, berrando como uma *banshee* o tempo todo.

Um projétil teria bastado. Quatro eram exagero, mas não se podia culpá-la. Os ferimentos das criaturas atingidas vomitaram uma substância repugnante, que atingiu o braço, o peito e o rosto de Piotrowicz. A dor foi imediata e o fez gritar ao tentar limpar a bochecha. O fogo se espalhou por seus nervos, e logo em seguida Vogel jogou-o no chão, arrancando o capacete dele. Lutz tirou o colete e a jaqueta.

A dor incandescente diminuiu depois de um tempo, mas não desapareceu por completo. As roupas fumegavam no chão, e Lutz recuou, olhando ao redor, enquanto Vogel vasculhava a mochila em busca de um estojo de primeiros socorros.

A pouco mais de um metro dali, Anderson voltava a se levantar, o colete estraçalhado pelas garras da coisa morta.

Lutz falou ao rádio, alertando a base sobre o que estava indo para lá.

Caos.

22
FLUXO DE DADOS

Abordo da *Kiangya*, Eddie Pritchett parecia tenso ao entrar no escritório de Andrea Rollins. E tinha um bom motivo para isso. Ao chamá-lo, ela quisera que ele viesse com medo.

— Mandou me chamar, senhora?

— Mandei — respondeu ela, áspera. — Soube que suas ações colocaram nossa missão em risco.

Ele arregalou os olhos.

— Eu nunca faria isso, senhora.

Rollins abriu a primeira gaveta e dali tirou uma pasta de documentos grossa, que deixou em cima da mesa. A pasta, na verdade, era mais para causar um efeito. Não precisava ter imprimido nada. Sua memória era melhor que isso.

— Seu arquivo — disse ela, encarando-o. — O senhor tem um longo histórico com seu grupo. Antes de trabalhar para Manning, esteve na Marinha Colonial, onde foi treinado como piloto. Antes disso, trabalhava com sua família, que é subcontratada pela Weyland-Yutani, e alcançou uma vida muito confortável no ramo de entregas. Acredito que o senhor pretenda voltar a vê-los em algum momento.

Ele ouviu as palavras e assentiu lentamente. Passou a língua pelos lábios e fez o melhor que pôde para não se intimidar.

— Aonde quer chegar? — perguntou. Depois, acrescentou: — Senhora.

Rollins o encarou até ele desviar o olhar.

— Quero chegar a uma questão muito simples — respondeu, levantando-se da cadeira. — Da próxima vez que tentar *alguma coisa*, qualquer acrobacia envolvendo uma das minhas naves de pouso, aterrissando na superfície de um planeta, ou mesmo subindo para a *Kiangya*, acabar com a sua carreira e com qualquer carreira que espere ter no futuro será minha meta.

— O quê? O que você pode... o que faria... Do que está *falando*?

Rollins não sabia se a indignação do piloto era verdadeira ou se ele estava apenas fingindo. No fim, não importava.

— Assisti à descida da nave quando o senhor levou Manning e toda a equipe para o planeta. Também escutei. Ouvi os comentários sobre turbulência e tempestades, e sei que não houve nada disso.

— Escute, *senhora* — disse ele. — Eu *nunca* colocaria uma equipe a bordo da minha nave em perigo.

Pritchett recuperou a compostura e cravou os olhos nos dela outra vez.

— Tenho certeza de que não colocaria, senhor Pritchett. Pelo menos, não de propósito. — Ela se inclinou para a frente e o encarou com firmeza. — Mesmo assim, não tenho dúvida de que seu trabalho foi posto em xeque. Tenho certeza de que, se eu falasse com eles, ouviria umas histórias sobre a frequência com que o senhor faz esse tipo de acrobacia.

Pritchett se mostrou bem ofendido. Ainda assim, não a olhou diretamente nos olhos.

— Presta atenção numa coisa — continuou ela, sentando-se. — O senhor estava pilotando uma nave que pertence à Weyland-Yutani e que foi alugada ao senhor Manning. A dropship à sua disposição vale muito mais do que o senhor ganha em dez anos. Ela vale bem mais do que... bom, do que o *senhor*.

Rollins esperou por um momento, até que o homem olhasse para ela, antes de continuar.

— O senhor tem trabalho a fazer, assim como eu. Se sua próxima viagem à superfície não for um exemplo perfeito de como pilotar uma dropship, sem nenhum incidente, e se a viagem de volta não for igualmente exemplar, pode dizer adeus à sua licença de piloto.

— Como é que é? — perguntou ele, aos berros.

Rollins continuou inabalável.

— Apenas faça o trabalho que é pago para fazer, de maneira profissional, e não precisarei mais incomodá-lo. No entanto, se falhar em seguir essa simples diretriz, prometo que não ficará contente com suas futuras empreitadas.

"A sua família depende principalmente do meu empregador. Ocupo um posto elevado o bastante e posso redefinir os contratos que eu bem entender. Não me faça ameaçar o ganha-pão dos seus parentes, senhor Pritchett."

Ele chegou a dar dois passos na direção dela, cerrando os punhos. Em seguida, parou e abriu as mãos, fazendo o melhor que podia para desempenhar o papel da vítima prejudicada.

Rollins não entrou no jogo.

— Planejava me atacar, senhor Pritchett? — perguntou ela. — Esta é uma tentativa de intimidação?

— O quê? Não. Eu... Eu só... — Por um instante, ele perdeu a capacidade de falar.

Então recuou exatamente três passos.

Rollins o olhou de cima a baixo, um sorrisinho de desaprovação nos lábios.

— Pode ir agora.

Ele saiu depressa, de olhos baixos.

🕷 🕷 🕷

A porta mal havia se fechado quando o primeiro feixe estreito de informação apareceu em sua mesa. O sinal chegou com clareza, vindo dos transmissores na superfície de Nova Galveston para a nave em órbita geoestacionária acima do Mar de Angústia.

O que surgiu parecia, para todos os efeitos, um punhado de ruído branco. Às vezes, isso era inevitável, principalmente em áreas onde a interferência causava retorno ou interrupção do sinal. Por melhor que fosse a tecnologia, ainda havia questões não resolvidas.

Andrea Rollins não dava a menor importância para ruído branco ou turbulência. No entanto, prestava muitíssima atenção ao sinal embutido naquela estática sintética. A Weyland-Yutani detinha a patente dos instrumentos que geravam aquele sinal artificial e do hardware e do software capazes de distinguir as partes que o compunham. Não era uma tecnologia disponível no mercado.

Seu computador era o único na nave capaz de decodificar a informação oculta.

Ela vinha acompanhando com extremo cuidado todas as informações que chegavam, já que estavam relacionadas a cada membro da equipe no planeta. Da sua mesa, podia monitorar os sinais vitais, quando e como se alteravam. Rollins tomava nota quando morriam.

Usava o equipamento disponível para mapear detalhadamente toda a série de túneis abaixo da superfície. Se desejasse, poderia ter informado com precisão a localização de cada um dos membros da equipe e de cada câmara na ampla rede de túneis. Tinha até dados sobre a localização das formas de vida alienígenas, os xenomorfos. Talvez não de todos eles, mas de um número razoável. Os aliens só eram detectados quando se mexiam. Enquanto permanecessem parados, os túneis que haviam criado funcionariam como uma camuflagem perfeita. Mal dava para imaginar a quantidade de usos possíveis daquele material.

Mas ela não tinha a necessidade de compartilhar. A situação estava sob controle.

Rollins observou as informações e avaliou todas as alternativas. Para ela, não restava dúvida de que haveria um dano colateral imenso. Era aceitável. Era esperado. Era o que ela queria. No fim, haveria menos testemunhas.

Ela não se preocupava com os mercenários. Eles só estavam lá pelo dinheiro e trariam para ela os espécimes de que precisava. Eram os outros — os trabalhadores mais respeitáveis e, portanto, mais dignos de crédito — que representavam a maior ameaça. Quanto menos deles sobrevivessem, melhor.

No fim, todos eram descartáveis.

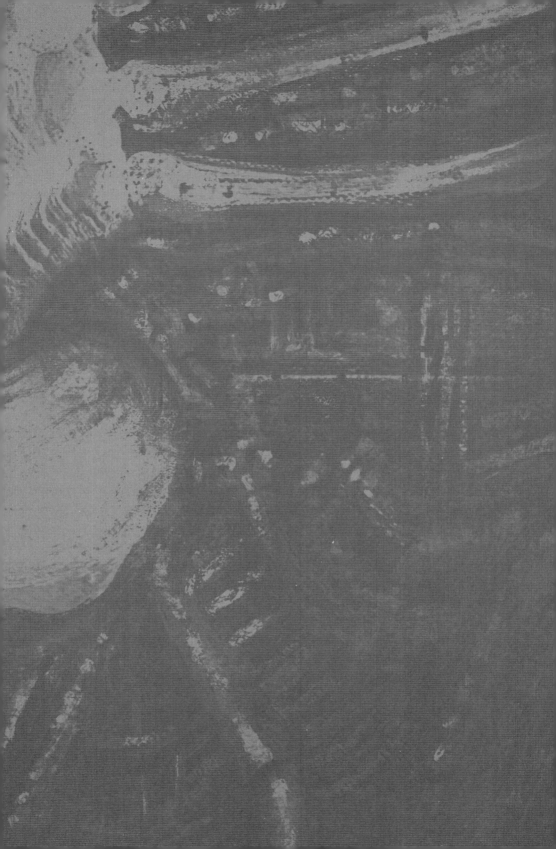

23
LABIRINTO

— Estamos sendo atacados! Precisamos de reforços!

Quando receberam a chamada, Decker olhou para os mercenários. Todos ficaram paralisados dentro da pequena câmara e arregalaram os olhos ao ouvirem o terror que era transmitido pelo comunicador. Alguns dos homens começaram a falar, e Manning ergueu a mão, pedindo silêncio. Como não entenderam o recado, o líder berrou, mandando calarem a boca.

Foi aí que Decker sentiu, e com força.

Não era um sentimento geral, era *muito* específico. Mais intenso que qualquer coisa que Decker já tivesse experimentado de um ser humano. Por um momento, pensou que viesse dos homens sob ataque, um reflexo da morte, mas logo entendeu que não.

Era algo próximo, e cada vez *mais perto*. Afastou-se da entrada pela qual haviam chegado o mais rápido que pôde e acabou esbarrando no garoto ruivo, Garth, que o fitou, assustado.

Surgiu da entrada, berrando como mil demônios, e avançou diretamente na direção dele. Mas a câmara era apertada, e havia pessoas no caminho. Uma coisa escura e úmida agarrou a perna de Garth e o puxou pelo túnel. O garoto gritou pelo choque e pela dor, e a coisa deu um segundo grito ao escalar o corpo do pobre-diabo, as garras rasgando a carne.

Garth sangrou e gritou, então instaurou-se o caos. Até então eles estavam simplesmente escalando o túnel, ninguém estava preparado para um ataque. A selvageria foi apavorante. O sujeito magricela — Decker nunca soube o nome dele — tentou lutar, e por causa disso foi quebrado em dois, os ossos saltando do corpo.

A coisa não parecia ter rastejado para fora do túnel, mas sim brotado dele, desdobrando-se e serpenteando pela sala enquanto crescia cada vez mais. Soltou um grito sibilante ao tirar os corpos dilacerados do caminho e olhou ao redor.

Procurando Decker. Ele sabia. Sentia. E recuou de novo quando a coisa se voltou para ele.

O espaço claustrofóbico estava repleto de corpos e foi tomado pelos gritos de todos. Uma mão de três garras golpeou e atingiu o rosto de um homem, sulcando rastros vermelhos. Ele cambaleou sob o ataque e a coisa avançou, agachando-se, sem se importar com nada que estivesse na frente, simplesmente abrindo caminho por eles até Decker.

Era um homem morto. Seus membros se recusaram a agir, as mãos pendiam frouxas ao lado do corpo, ignorando as ordens de que pegassem a matadora, pegassem qualquer arma, fizessem alguma coisa, *qualquer coisa*.

A coronha do rifle de Adams se chocou com a cara da coisa e a derrubou de lado. A bota enorme de Bridges a empurrou ainda mais enquanto tentava se recuperar, e o homem apontou uma arma aparentemente letal com dois aguilhões para o torso da criatura. Apertou o gatilho.

Em vez de explodir, a coisa arqueou o corpo e guinchou, debateu-se e estremeceu. Bateu no chão e teve espasmos, mas então não se mexeu mais. Um cheiro de ozônio encheu o ar, acompanhado de um odor que lembrava metal aquecido.

Bridges lançou à criatura caída um olhar assassino. Recuou depressa, e, mal tinha dado dois passos, a maior parte das pessoas na sala apontava uma imensa variedade de armas para a coisa no chão.

Passaram um momento olhando para ela. Não era uma aranha, de jeito nenhum, embora sem dúvida houvesse algo de insetoide nela. Os membros longos eram selados num exoesqueleto lustroso que se parecia demais com as paredes negras e translúcidas do túnel onde se encontravam. A cabeça era quase tão longa quanto o torso, e havia formas semiocultas dentro dela. Se havia olhos, não eram visíveis, mas não havia como se enganar quanto à boca do monstro.

O pavor cercou o coração de Decker. A coisa estava inconsciente e, mesmo assim, ele sabia que ela o odiava por razões que não entendia.

Manning olhou para Bridges e lhe deu um tapa amistoso no braço.

— Pegou um inseto de verdade. Bom trabalho. — Olhou para um dos mercenários nos fundos. — Dá uma olhada no Garth.

— Taí um bicho feio pra caralho — comentou Bridges, parecendo satisfeito consigo mesmo.

Alguém se abaixou junto ao corpo do garoto e logo voltou a ficar de pé.

— Garth não sobreviveu. Nem Holbrook.

A expressão de Manning era insondável, e a voz, baixa.

— Alguém trouxe uma corda? — perguntou. — Talvez uma boa rede de malha de aço?

Um homem magro e musculoso virou as costas para Manning, indicando a própria mochila.

— Pode pegar. Mas você é que vai ter que fazer isso... Não sou pago para mexer nessa coisa.

— Ela está viva, Bridges? — perguntou Manning.

— Não deveria. O choque era para matar.

Decker olhou para a criatura e balançou a cabeça.

— Está viva. E acho que está começando a acordar.

— Como você sabe? — Adams olhou para ele, depois para a coisa no chão.

— As emoções dela... se é que esse é o nome certo. — Acompanhou o olhar da mercenária. — Ela ainda quer me matar.

— O que você fez para irritar esses bichos, Decker?

Manning estava ocupado tirando um rolo de corda muito fina da mochila do outro homem.

— Não sei.

Ele deu um passo bem curto em direção à coisa. Ela se mexeu, talvez um centímetro, e ele recuou novamente.

Bridges a eletrocutou de novo, mantendo os pinos gêmeos encostados na pele da criatura até ver fumaça sair do ponto em que o metal tocava. Em seguida olhou para Decker.

— Agora morreu?

— Não faço ideia. Não consigo captar nada. Talvez seja um bom sinal — sugeriu.

Manning assentiu e começou rapidamente a amarrar os braços da criatura.

— Para mim serve.

Com muita eficiência, tratou de prender os braços, as pernas, os pés e até a cauda.

A criatura continuou imóvel.

— Como você vai prender essa cabeça? — Quem perguntou foi o homem que havia oferecido as amarras. — É grande pra caralho... e esses dentes são mesmo fodas.

— Sei lá, Wilson. Só sei que não vou chegar nem perto desses dentes. — Olhou para Decker. — Está sentindo mais alguma dessas coisas?

— Acho que não. — Parou por um momento e se concentrou. O ódio havia se transformado num ruído de fundo: doloroso, mas tolerável. — Mas não dá para ter certeza. É melhor voltarmos pelo tubo.

— Mas e se tiver mais delas no lugar de onde essa veio? — perguntou Adams. — Não deve ter sido só uma que derrubou DiTillio, Rodriguez e Joyce.

Antes que ele pudesse responder, Manning se pronunciou:

— Acho que ele tem razão, e pelo menos conhecemos o caminho de volta. — Olhou para a coisa no chão. — Temos um espécime. Talvez esteja vivo. Levamos essa coisa para o elevador e damos o fora desse inferno. Missão cumprida.

Com isso, agarrou uma das cordas e começou a arrastar a criatura em direção ao túnel.

— Um de vocês aí de moleza, venha me ajudar. Essa coisa é pesada pra caramba. — Bridges se aproximou, mas Manning meneou a cabeça. — Você, não. Preciso que cuide de Garth. Mande Duchamp ajudar com o corpo de Holbrook.

Dois mercenários se adiantaram e seguraram a forma alienígena. Metade do grupo desceu pela entrada do túnel, um por vez. O caminho era escorregadio às vezes, tornando a descida mais difícil do que a subida.

Manning e outro mercenário começaram a baixar a coisa, depois desceram atrás dela com cuidado. O restante os seguiu, e, em algum ponto, no meio da fila de corpos, Decker começou a descer, aproximando-se de Adams sem nem mesmo perceber.

Era difícil enxergar o caminho, havia um cheiro de suor e medo, e os fachos de luz das lanternas afugentavam as sombras. Às vezes, os corpos ficavam tão próximos que as luzes mal penetravam o espaço. Ele encontrava apoios para as mãos não com os olhos, mas com o tato.

Seria uma merda morrer neste lugar, pensou.

Depois do que pareceu uma eternidade, gritos irromperam adiante. Manning berrou e outra pessoa deu um grito alto.

— Que se foda — disse Manning. — Deixa o desgraçado cair e vai atrás. A gente pega os pedaços quando chegar lá embaixo.

— Mordeu a porcaria da minha bota!

— Seus dedos ainda estão aí, Denang?

— Estão.

— Então você teve sorte. Continue andando.

Depois disso, apressaram um pouco mais o passo. A escuridão, o calor corporal, os sons ecoantes das vozes, tudo instigava os nervos de Decker. Os nervos de todos eles, suspeitava. Adams estava logo abaixo dele. De repente, ela parou e sussurrou um palavrão. Decker cutucou pessoa que vinha logo atrás e mandou que parasse também.

Ela se virou e apontou a lanterna para ele, cobrindo-a com a mão para não o ofuscar.

— Temos que começar a subir — disse ela, irritada.
— O quê? Do que você está falando?
— Temos que começar a subir.

Isso não fazia sentido.

— E voltar para onde estávamos? Por quê?
— Porque aquelas coisas bloquearam o caminho.
— O quê?
— O caminho pelo qual viemos... está bloqueado — explicou. — O que quer que sejam, são no mínimo um pouco inteligentes. Manning tentou descer por ali e tinha algo diferente. Em vez de descer direto, agora tem uma curva. O túnel mudou.

A boca de Decker ficou seca e pastosa.

— Como?
— Não sei, nem quero saber. — Adams apontou. — Manning tem certeza de que, aonde quer que o túnel leve agora, provavelmente é uma armadilha, e não vamos morder a isca. Então comece a subir.

Decker se virou, e o cara atrás dele xingou. Mas começaram a escalar mesmo assim.

24
EXAMES

A van continuou em disparada como uma besta em agonia e só desacelerou para contornar a borda da nave.

Os três integrantes da equipe de técnicos os viram se aproximar, e Dae Cho pegou o rifle de assalto ao lado do console. Perkins e Dwadji ficaram onde estavam, mas seus rostos indicavam aprovação. A arma era sólida e confiável, e vinha com quatro granadas e um lançador. Ele não sabia exatamente o que estava acontecendo nem se importava muito. Se as pessoas na van viessem para cima dele gritando, morreriam imediatamente.

Dina Perkins cobriu o ouvido livre para abafar o tumulto e se concentrou no que Manning dizia. Segundo ele, haviam capturado um inseto, mas a criatura tinha despertado e mordido alguém. Foram forçados a largá-la. O caminho deles estava bloqueado e teriam que encontrar outro jeito de sair.

Ninguém conseguia uma resposta de Connors — ele e a equipe haviam desaparecido em ação. Piotrowicz e seu grupo ainda estavam vivos, embora pelo menos um deles estivesse ferido.

Cho se levantou do assento, apoiou o rifle no ombro e caminhou com o cano apontado para o alto em direção ao veículo recém-chegado, parado em meio a uma nuvem de poeira. Perkins continuou em seu posto, e Dwadji ficou ao lado dela, tentando falar com Connors outra vez.

Willis já estava à porta, abrindo-a enquanto as pessoas lá dentro tentavam sair. Estavam tão amontoadas que ninguém conseguia ir a parte alguma, até que o burocrata da Weyland-Yutani agarrou a camiseta de alguém e o puxou para fora. O restante meio que irrompeu do veículo numa massa frenética, como a paródia sinistra de um carro de palhaço, sete no total, e nenhum deles nem de longe calmo.

Um homem baixo e atarracado de uns cinquenta e tantos anos segurou Willis pelos ombros e quase caiu em cima dele enquanto olhava ao redor.

— Vai! — arfou ele, em pânico. — Temos que ir embora!

— Não podemos ir a lugar nenhum, doutor Silas — retrucou Willis. — O elevador está lá em cima. Estamos presos até que ele volte aqui.

— Então chame de volta! — gritou Silas. — Pode haver mais daquelas coisas. Temos que...

Cho se aproximou e interrompeu:

— Mais daquelas coisas?

Silas olhou para Cho como se o técnico fosse louco.

— Quem é você? — quis saber.

— Segurança — respondeu Cho antes que Willis pudesse falar. — Agora, me conte por que você está em pânico.

— Aquela cidade — explicou Silas. — Tem habitantes, e são perversos.

— Espere, está falando da cidade na escavação?

— Sim. — O homem assentiu enfaticamente. — Tem coisas vivendo lá, e tudo o que elas querem é nos matar. Temos que sair daqui!

— Acalme-se — disse Cho. — Por enquanto, não vamos a lugar algum. Como ele disse, o elevador está sendo carregado com equipamento de mineração. Depois, tem que ir até o quarto nível e descarregar tudo lá. *Aí* ele pode descer aqui e nos pegar.

O homem parecia ter o próprio demônio em seu encalço. O suor havia feito o cabelo ralo se grudar à cabeça, e ele não parava de esfregá-lo freneticamente.

— Você não entende! Essas coisas são insanas!

Houve um movimento à direita, e Perkins pulou de susto. Viu Piotrowicz e seu grupo vindo na direção deles. Lutz arrastava algo no chão, puxando-o por uma linha presa ao que parecia ser uma perna. O que quer que fosse, não parecia humano o bastante para o gosto de Perkins. Anderson e Estrada vinham atrás, apontando as armas para a coisa. Metade do rosto de Piotrowicz estava coberto de gaze, e ele parecia ter vontade de matar algo com requintes de crueldade.

Perkins se mexeu para ver melhor aquela coisa. Estava estraçalhada, morta e lhe causou calafrios. Sentiu a pele se eriçar ao observá-la. Enquanto os recém-chegados se aproximavam, umas seis pessoas que vieram no transporte os rodearam, a curiosidade científica superando lentamente o medo.

Ela estava prestes a avisar a Cho, mas viu que ele olhava para além do motorista em pânico. Ergueu a mão para silenciar o homem.

— Estão chegando agora cinco pessoas que mataram as coisas na sua van — avisou ele, apontando com o queixo, e o homem baixinho gordinho se virou. Respirou fundo, trêmulo.

— Escute, onde há uma dessas criaturas malditas pode haver outras. Não sabemos quantas são, mas as sondas mostram que há um grande território por aí onde elas poderiam estar escondidas. — Ele parou de novo para respirar. — São rápidas e letais, e seu único propósito parece ser matar.

Willis interrompeu:

— Você disse que as sondas estavam operando na cidade?

— O que isso tem a ver, Tom? — perguntou Nigel.

— Se as sondas estão operando, devem nos dizer o que há lá embaixo. Incluindo qualquer sinal de vida — explicou Willis, com muita calma. — Você deixou alguma das sondas funcionando?

Silas engoliu em seco algumas vezes e fez o melhor que pôde para não parecer lunático ao falar. Não estava conseguindo, mas tentava.

— Tom, nós lançamos mais de dez sondas. Ainda estão operantes, coletando dados, mas tudo o que podem fazer é mapear a área. O lugar é muito maior do que pensamos que fosse. Pode ser que uma boa parte ainda esteja enterrada, não conseguimos ter certeza, mas há lugares lá onde as sondas estão circulando livremente, então parece que temos espaços abertos.

Piotrowicz e seu pessoal os alcançaram. O líder da equipe não falou. Simplesmente ficou parado, absorvendo as informações. Perkins se aproximou da caça e olhou para ela, tentando concluir alguma coisa a respeito do emaranhado de membros, garras e dentes. De perto, era ainda pior. Quando Piotrowicz parou, os cientistas se aglomeraram em volta da criatura, curiosos, de olhos arregalados.

Willis gesticulou para Silas.

— Temos trinta e tantos agentes de segurança fortemente armados aqui conosco. Você estava lá fazendo sua pesquisa quando eles chegaram, ontem, mas estão aqui para nos ajudar a vigiar a área e nos manter seguros. Confio plenamente que eles farão isso.

Perkins notou que ele não mencionara as pessoas desaparecidas. Não precisava alimentar o pânico. Ao que parecia, o restante da equipe concordava com ela. Todos ficaram de boca fechada.

Perkins olhou para Piotrowicz.

— Você está bem?

A postura do homem indicava que estava louco da vida. Mesmo assim, conseguiu sorrir.

— É, estou bem — respondeu ele, mas as bandagens diziam o contrário. — Umas queimaduras, mas nada que não possa esperar até as coisas se acalmarem. Vogel já deu um jeito em mim.

Cho assentiu, olhou para Silas e assumiu um tom tranquilizador.

— Temos um médico aqui — anunciou ele. — Alguém da sua equipe se feriu?

O homem assentiu vigorosamente.

— Não conseguimos encontrar... — Respirou fundo outra vez. — Deixamos para trás quatro membros da nossa expedição quando fomos atacados. Deveríamos mandar alguém para encontrá-los. E Colleen foi atacada por uma coisa que tentou estrangulá-la. Aquela coisa não queria soltar o rosto dela, mas caiu sozinha e morreu.

— Vamos dar uma olhada em Colleen primeiro. — Cho olhou para Piotrowicz e gesticulou, indicando a van. — Pode dar uma olhadinha?

Piotrowicz suspirou. Ferido ou não, com ou sem o equipamento, ainda era o mais experiente quando se tratava de primeiros socorros. Foi até lá, e Vogel o acompanhou, já tirando a mochila das costas. Desapareceram dentro do veículo.

Willis se pronunciou.

— Vocês trouxeram o receptor de sinais das sondas?

Nigel assentiu.

— Está na van. Ligado, na verdade.

Willis foi para lá sem pedir permissão, e Cho olhou para Perkins, gesticulando para que ela acompanhasse o burocrata. Se as sondas estivessem funcionando e gravando, poderiam fornecer informações importantes — inclusive leituras com pistas sobre por que diabos não estavam funcionando em todos os lugares.

Enquanto Willis e Perkins se aproximavam da van, Piotrowicz e Vogel voltavam. Vogel trazia a coisa mais esquisita que Perkins já tinha visto, e a mercenária parecia prestes a vomitar.

A coisa era pálida, com cerca de um metro de comprimento, pendurada na mão dela por uma cauda grossa, como uma serpente. A cauda saía de um corpo que tinha dois sacos bulbosos e membros longos, aracnoides, dobrados para dentro, como os de um inseto morto. Parecia um cruzamento disforme de caranguejo com aranha.

Cho olhou para a coisa e empalideceu.

Vogel a largou no chão e Piotrowicz se agachou perto dela, tirando uma faca enorme da bota — queria examinar melhor o cadáver.

Perkins a fitou e recuou.

Nem a pau eu chego perto dessa coisa, pensou ela.

Cho pigarreou.

— O bicho está morto mesmo?

— Com certeza. — Vogel assentiu. — Eu não poria a mão nele se não estivesse.

— Foi isso que tentou estrangular a sua amiga? — perguntou Cho a Silas.

O homem assentiu e engoliu em seco, nervoso.

— Cadê a Colleen?

Piotrowicz olhou para ele.

— Está morta. Sinto muito, mas ela parece ter sido baleada.

— Mas não temos nenhuma arma.

A voz de Silas estava muito baixa, e ele piscou, lutando contra as lágrimas. Seja lá o que houvesse entre os dois, ele estava sofrendo com a perda.

— Tem um buraco no peito dela. Sem batimentos cardíacos. Não vi nenhum buraco na janela, mas acho possível que ela tenha sido atingida quando atiramos naquelas coisas.

Os olhos de Silas estavam marejados.

— Não, ela estava viva quando estacionamos. Deitada num dos bancos. Estava inconsciente, e não sei como vocês poderiam ter atirado nela.

— Mais alguém na sua equipe foi ferido? — perguntou Cho.

— Não. Só... Só Colleen. — Silas parecia inconsolável.

Perkins achou ter visto algo se mexer nas sombras distantes, mas, quando se virou naquela direção, não havia nada. Ainda assim, sentiu um arrepio. Enquanto olhava, porém, Willis subiu no veículo e começou a procurar o receptor. Perkins suspirou e foi atrás dele.

O interior da van era o caos. Havia objetos jogados por toda parte, chutados para baixo dos bancos, equipamentos que haviam sido empurrados ou derrubados, e era provável que vários deles não estivessem mais funcionando.

No meio do veículo, deitada de costas num dos assentos, uma mulher morta encarava o teto. O buraco no peito era enorme e estava coberto de sangue, exibindo as costelas através da massa de tecido, pele e carne estraçalhados. Perkins não queria olhar, mas olhou.

O corpo da mulher ainda estava pontilhado de suor, a pele ainda corada e a carne ainda flácida — ela devia ter morrido havia poucos minutos. Um rastro de sangue ia da ferida até a porta. Parecia que algo tinha deixado pegadas pequeninas na bagunça.

Perkins estendeu a mão e fechou os olhos azuis e cegos da mulher, murmurando uma prece rápida. Willis estava ocupado examinando os informes. Ela se aproximou dele por trás, tomando cuidado para não interromper o que estava fazendo.

— O que encontrou?

Sua voz bastou para assustar o homem. Os olhos dele se voltaram para ela, assustados.

— Não muita coisa — respondeu, parecendo desapontado. — Os informes parecem ter parado.

Perkins olhou para a tela e entendeu o que o homem queria dizer. Havia uma boa quantidade de informações e uma boa reprodução do local de escavação, mas ou as sondas tinham parado de gravar dados ou, o que era mais provável, a interferência entre o local onde estavam e o local onde estavam as sondas tinha passado a bloquear qualquer transmissão.

— Merda.

Ela balançou a cabeça. *Chega*. Não queria mais ficar perto do cadáver. Desceu da van e foi até o grupo.

Quando chegou lá, a maior parte da equipe de pesquisa já estava mais calma. Alguns deles chegaram a se juntar a Piotrowicz para examinar a coisa aracnoide no chão, e a maior parte dos outros observava a forma de vida maior deitada ali perto.

— O que quer que seja, eu não chamaria de forma de vida avançada — declarou Silas. Ele parecia ter recuperado o suficiente de sua curiosidade científica para voltar à ativa. — Não há evidência de um aparato cerebral bem desenvolvido. Não consigo nem ver como essa criatura pode comer de algum modo que faça sentido para nós.

— É, bom, não dou a mínima se ela consegue ou não preparar um jantar — comentou Piotrowicz. — Para nós, é dia de pagamento.

Ele remexeu na mochila de Vogel até encontrar um saco plástico esterilizado. Vogel observou o que ele fazia e cruzou os braços.

— Se puser essa porcaria na minha mochila, você carrega. Para mim, já deu... Não quero essa coisa perto de mim.

— Larga de ser mulherzinha, Vogel.

Piotrowicz tentou sorrir, mas isso pareceu provocar uma dor excruciante.

— Eu sou mulher — retrucou ela. — Você deveria saber, já que está tentando me levar pra cama há um tempão.

Willis saiu da van e tirou seu comunicador. Parecia descontente.

— Houve um problema com o equipamento que estavam transportando na mina... Tentaram levar muita coisa de uma vez — avisou ele. — O elevador precisa de reparos, e isso vai levar mais duas horas pelo menos, antes que possam mandá-lo descer para cá.

Isso causou uma onda de decepção no grupo, e vários estavam prestes a protestar quando a voz de Dwadji chegou pelo comunicador:

— Nenhum sinal de DiTillio, Rodriguez e Joyce ainda. Manning e o grupo dele vão subir mais. Vão ver a extensão dos tubos e tentar localizar a equipe desaparecida.

— Conte a Manning sobre a van — pediu Cho. — Diga a ele que temos... mais sete conosco.

— Afirmativo.

Cho olhou para Willis.

— Não há nenhum elevador extra? — perguntou.

Perkins tinha certeza de que ele sabia a resposta, mas continuava alimentando falsas esperanças.

— Aqui embaixo, não. Só o construíram para descer alguns níveis, e ainda estavam trabalhando na retirada do entulho do outro lado da nave.

Piotrowicz veio do lugar onde estivera conversando com Silas. Não parecia feliz. Estava segurando o corpo ensacado da coisa aracnoide.

— Bom, se essa coisa for daqui, provavelmente tem mais de onde ela veio — comentou ele. — Mas o doutor Silas não sabe dizer quantas, nem onde. — Olhou para o tubo de silício e franziu o cenho.

— Mas de onde foi que esta aqui veio? — perguntou Cho, voltando-se para Silas. Sua expressão indicava que ele considerava o cientista pessoalmente responsável pelo que havia acontecido.

— A expedição... — começou Silas, encolhendo-se sob aquele olhar. — Tínhamos acabado de passar pela última barreira. As que deixamos para trás... — Ele se interrompeu. — Os que passaram pela barreira devem ter visto alguma coisa, mas a comunicação foi interrompida antes que pudessem relatar. — Olhou para a criatura. — Até onde sabemos, essa coisa pode até ser um animal de estimação que se tornou selvagem, ou o equivalente a um rato. Simplesmente não sabemos. Não esperávamos encontrar nada vivo.

— Por mais que só olhem para o próprio umbigo, às vezes os fuzileiros coloniais sabem das coisas — rosnou Cho. — Protocolos como quarentenas são úteis em momentos como este. — Silas pareceu querer se explicar, mas Cho o descartou com um aceno de mão. — Todos sabemos por que os fuzileiros não foram informados, doutor. Estamos aqui pelo mesmo motivo. Só não gosto de andar às cegas com não um, mas *dois* predadores diferentes atrás de mim. — Ele apontou para a criatura morta que Lutz havia arrastado até ali. — O que pode nos dizer sobre esta coisa?

— É rápida, é selvagem e sangra um ácido forte o bastante para derreter aço e furar pneus de borracha galvanizada. Esmaguei alguns deles contra as paredes ao vir para cá, e quando eles se feriam o sangue arruinava tudo o que tocava. — Silas espreitou a criatura sem fazer questão de esconder o medo, como se ela fosse se levantar a qualquer momento e retomar o ataque. — Também tem um segundo conjunto de dentes dentro da boca, numa probóscide muito longa.

— Que nojo... Mesmo que você acerte um bom tiro, os filhos da puta podem te matar — disse Cho. — O que acha, senhor Willis? São essas criaturas que os seus contratantes querem que peguemos, ou tem mais alguma *outra* coisa por aí?

Ele olhou ao redor.

— Alguém viu Willis?

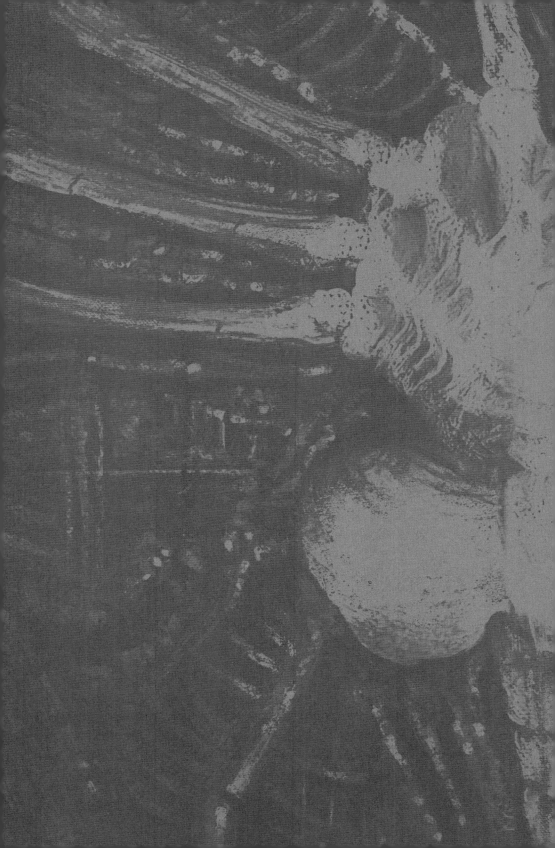

25
MARÉS NEGRAS

Esperaram que algo aparecesse, apontando as armas para cada uma das aberturas que levava ao ponto onde haviam parado para recuperar o fôlego. Decker mantinha os ouvidos atentos e procurava qualquer sensação que pudesse indicar a aproximação de alguma criatura.

Nada.

Só o que conseguiu com o esforço foi uma dor de cabeça insuportável.

Depois de pouco tempo, Manning escolheu a direção que seguiriam, para cima e rumo ao que ele esperava que fosse a nave em si. Os tubos ficavam mais largos à medida que avançavam, e com o espaço aberto seriam mais capazes de se defender sem disparar uns contra os outros num tiroteio caótico.

Decker foi na frente, com Manning. Às vezes, os túneis ficavam tão apertados que precisavam se agachar ou ficar de quatro e rastejar. A criatura havia sido recuperada do lugar onde a deixaram cair, e os pobres coitados no fim da fila tiveram que arrastá-la. A coisa não mostrava sinais de recuperação da descarga de alta voltagem anterior.

Talvez finalmente esteja morta, refletiu Decker. *Uma a menos, e vai saber quantas faltam.*

— O sangue dos insetos não deve atravessar as paredes destes túneis — comentou Manning. — Talvez seja do mesmo material que a couraça deles, ou algo bem parecido. Silício ainda parece uma aposta segura.

Ele parou por um momento, depois pegou uma ramificação no que Decker esperava ser a direção certa.

— Seja lá o que tem no sangue deles, não quero que espirre em mim, principalmente aqui dentro — continuou o mercenário. — Parece que esse negócio machucou feio o Piotrowicz. Então, se a gente esbarrar com mais algum deles, use munição não explosiva.

— Por quê? — perguntou Decker. — Quero dizer, por que não explosiva? O sangue vai espirrar de qualquer jeito, não importa o que a gente use.

— Os túneis são bem fortes — respondeu Manning. — Mas, se forem explodidos, podemos não sobreviver à queda.

Decker bateu na parede do túnel. Ouviu-se um baque surdo.

— Não. Acho que não — disse ele. — Estamos cercados de terra e rochas. Quando começamos, o túnel balançava um pouco a cada passo. Agora acho que dá para ficar pulando sem se preocupar com um desabamento.

— Bem pensado, gênio. — Manning olhou para baixo até encontrar os olhos de Decker. — Só precisamos nos preocupar com algumas toneladas de terra na nossa cabeça. Não tem o menor problema.

— Tem razão.

Decker precisava admitir que fazia sentido.

O ar estava denso, quente e abafado. Qualquer plano em que tivessem pensado antes não teria a menor chance contra vários corpos amontoados, todos respirando o mesmo ar e aquecendo o lugar com o calor do corpo. Decker não achava que chegariam a sufocar, mas isso não diminuía a sensação cada vez mais forte de claustrofobia.

Ele parou.

Não. Não era claustrofobia.

Apesar dos medicamentos percorrendo seu organismo, o pulso estava acelerando, ele começava a suar de novo, e se esforçou para recuperar o fôlego. Cada expiração parecia rasa demais, e cada inspiração era uma lufada áspera.

— Merda — disse ele. — Acho que estão perto de novo.

Fechou os olhos e se concentrou.

A coisa atrás dele estava começando a despertar mais uma vez; continuava viva e ainda irradiava a necessidade primitiva de *matar*. Mas dessa vez havia outras por perto.

Atrás dele, Adams xingou. Ela tentava fazer o sensor de movimento funcionar, mas, quando bateu nele, só obteve uma crepitação de ruído branco, e a tela pequena não mostrava nada além de estática.

Não era só Adams. Vários mercenários tentaram de novo e falharam.

— Onde?

Manning tentou não parecer muito irritado, mas com muito afinco.

— O máximo que posso dizer é que parecem estar em cima da gente.

Decker apontou para a frente, na direção em que seguiam.

Manning olhou para lá, onde o túnel seguia pela escuridão. Quase não havia luz, já que os corpos apertados não a deixavam passar. Levou a mão à lanterna que estava presa ao capacete e aumentou a intensidade do facho. Então voltou a avançar.

— Não estou vendo nada — anunciou —, mas vou continuar olhando, e você continua farejando, ou seja lá o que você faz.

Decker não se deu ao trabalho de responder. Logo atrás, Adams também aumentou a intensidade da lanterna, mas ele não sabia até que ponto isso ajudava. Os túneis eram pretos e lustrosos — mais lustrosos ali, já que a umidade era maior. Ele se perguntou se isso queria dizer que aquele túnel era mais novo. De todo modo, a umidade no ar se juntou à sensação arrepiante na pele.

— Está perto, Manning — sussurrou ele. — Perto pra caramba!

O ódio que estava sendo emanado era tão intenso que ele sentia uma queimação. E, de alguma forma, ele era o alvo da fúria.

Mas por quê?, perguntou a si mesmo. *Seria Ripley? O que ela poderia ter feito a eles?* Pelo que tinha visto das criaturas, era um milagre ela ter sobrevivido. É claro que, no fim, não tinha... Eles a *marcaram?* Até onde podia dizer pelos arquivos, ela nunca estivera naquele planeta.

A ideia parecia absurda.

Ainda estavam subindo e não poderiam ter voltado nem se quisessem. Então, talvez uns doze metros abaixo, Decker ouviu um homem gritar de surpresa numa área do túnel por onde ele já havia passado. O que o mercenário disse foi incoerente, mais um brado de susto do que qualquer outra coisa, e um instante depois o brado virou um grito... depois, um berro.

Adams o empurrou, escorregando o corpo junto ao dele ao se virar como pôde. Enfiou o cotovelo entre as pernas de Decker ao sacar uma das armas de fogo. Houve uma confusão de vozes e corpos enquanto o restante dos mercenários fazia o mesmo, lutando no espaço apertado.

Veio uma saraivada que atingiu seus sentidos com força explosiva, e um segundo depois começaram os gritos de dor, e então a maré de corpos, empurrando para abrir espaço, combinada com ondas de surpresa, em seguida de raiva. Porém, apesar da inundação emocional, Decker sentiu o ódio de novo.

Manning xingou e se virou, apoiando as pernas nas laterais do túnel ao olhar para baixo e tentar ver o que havia além de Decker e dos mercenários.

— Recuar! Recuar! — berrou ele, mas ninguém pareceu ouvir nem se importar.

Um sibilo extraterreno se misturou ao caos das vozes.

O monstro rasgou o primeiro mercenário, arranhando, mordendo e escalando o corpo do soldado apavorado ao avançar. O homem tentou revidar, e foi então que começaram os primeiros sons de explosão. Ele abriu fogo, mas só atingiu a parede. Projéteis acertaram a superfície e a racharam, mas, apesar do medo de Manning, o túnel sobreviveu aos impactos.

O homem abria fogo ao mesmo tempo que morria. A silhueta rasgou seu peito ao rastejar por cima dele. Os gritos foram amplificados pelo espaço estreito, depois se transformaram num gorgolejo, seguido pelo silêncio.

A criatura estava tão obcecada pela presa — Decker — que ignorou alguns dos mercenários bloqueando seu caminho, jogando-os de lado sem o menor esforço. Ela se movia numa velocidade impossível, invisível na escuridão, até que só restaram três pessoas entre ele e a coisa que queria matá-lo. Olhando para baixo, Decker pôde ver além do emaranhado de membros — empurrando, lutando, tentando acertar uma bala na fera.

E foi aí que ele a viu, atingida por um facho de luz.

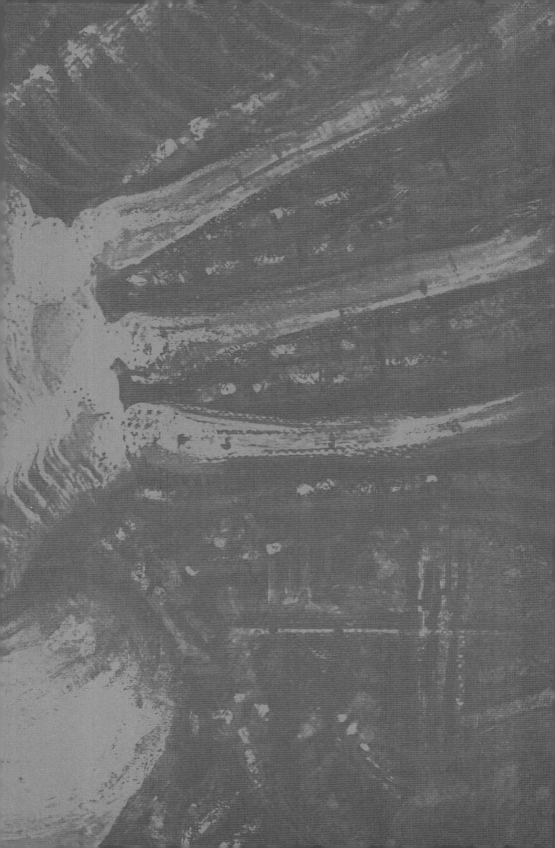

26
ARANHAS-DE-ALÇAPÃO

Era maior que a anterior, ou talvez só parecesse maior por causa do ambiente. Qualquer que fosse o caso, a mulher mais próxima — Kelso, ele achava — abriu fogo. A arma trepidou e os braços tremeram com o coice dos disparos.

A coisa cheia de garras abaixo dela guinchou, sibilou e se despedaçou, com partes do corpo voando em todas as direções, deixando rastros da gosma espessa que fazia as vezes de sangue dentro do corpo quitinoso. A criatura estendeu a mão, que desapareceu sob o ataque da arma. Tentou recuar, mas não havia espaço para a fuga.

Ela gritou e morreu, e atrás dela, lá embaixo, os berros dos mercenários aumentaram. O sangue da coisa chovia sobre eles, queimando tudo o que tocava — pele, armas, armadura. A carne gritava.

— Bom trabalho, Kelso — disse Adams, e soltou a respiração. Decker fez o mesmo, sem perceber que vinha prendendo o fôlego até então. — Criatura filha da puta! Quantos será que foram atingidos? — acrescentou ela.

Ao cair, o monstro revelou um buraco largo no topo do túnel, que antes não era visível. Estivera oculto nos redemoinhos complexos da substância negra e vítrea, possibilitando que a criatura os pegasse totalmente de surpresa. Ela não tinha vindo por trás, e sim do alto.

Quase antes de entender isso, ele viu o monstro seguinte rastejando para baixo, espiando-o. A face negra e lisa se virou, procurando o que queria, e Decker sentiu aquele olhar sem olhos cair sobre ele e ouviu o primeiro guincho intenso de ódio. A coisa se movia, rastejando pela parede, indo diretamente em sua direção.

Kelso deu um grito e começou a atirar. As pessoas atrás da criatura eram seus colegas, mas ela queria viver, e o demônio abaixo dela, vindo em sua direção, a mataria sem nem perceber. Só a presa importava.

Novos gritos se uniram aos brados de dor. A criatura abriu a boca e revelou um segundo conjunto de dentes que se fechou na panturrilha de Kelso, partindo carne e osso, ao mesmo tempo que ela atirava no crânio descomunal. O alienígena teve uma morte violenta, mas o sangue que fluiu dele atingiu as paredes, as pessoas lá embaixo e a mulher que o matou.

Com a perna já destroçada, a mercenária uivou e tentou recuar ainda mais.

Lá em cima, Manning gritava para que os outros batessem em retirada, embora ele mesmo não se mexesse. Decker queria falar alguma coisa, queria exigir que lhe dissesse aonde deveria ir, mas parte dele entendia que as palavras eram dirigidas aos soldados lá embaixo, os que estavam encurralados na trilha de ácido que ia em sua direção.

Ainda queimando, ainda gritando, Kelso subiu mais enquanto a segunda silhueta negra caía sem vida túnel abaixo. Manning subiu também, abrindo espaço para que Decker, Adams e o mercenário atrás dela o acompanhassem. De fato, não havia escolha. Podiam ficar onde estavam e deixar que as pessoas lá embaixo morressem ou podiam tentar abrir um pouco mais de espaço e esperar que bastasse.

Não bastou. O buraco ainda estava ali, e, enquanto Decker escalava, um novo monstro emergiu da escuridão. Era rápido e selvagem, e entrou no túnel num passo firme, sem desacelerar.

Kelso tentou atirar de novo, mas a criatura chegou rápido demais, e seus membros quase viraram um borrão ao estraçalhar a armadura dela e a carne que protegia. A mercenária gritou, mas dessa vez não atirou. O monstro passou por cima do corpo ensanguentado, deixando-o cair com os outros mortos sobre as pessoas lá embaixo.

Então havia só mais um homem entre Adams e Decker e a selvageria que vinha atrás dele. De repente, o mundo se acendeu, e o monstro caiu para trás, guinchando, com a cabeça destruída, derretida. Ao cair, sangrou, e o gargalo de corpos e os mercenários lutando para se manter firmes receberam outro banho de ácido. Plasma. Tinha que ser.

Os ataques pararam. Os mercenários lá embaixo abriram caminho entre os mortos, escalando os corpos dos colegas, na ânsia de evitar os fluidos cáusticos e o peso esmagador dos cadáveres. Gritaram e grunhiram no processo, alguns feridos, outros meramente em pânico e desesperados para fugir.

— Mas de onde é que eles saíram? — A voz de Manning se sobrepôs a todo o resto. O homem debaixo de Adams apontou para a abertura e falou ao aparelho comunicador. Decker não ouviu as palavras. Estava ocupado demais olhando para o buraco, esperando pelo que quer que viesse agora. Tentou sentir se havia mais daquelas criaturas do inferno por perto, mas não conseguia distinguir as informações sensoriais. Talvez as emoções estivessem intensas demais.

Ou isso ou não havia mais daquelas coisas nas redondezas.

Por enquanto.

Adams estava comprimida contra ele no túnel estreito, e o olhou nos olhos por um momento antes de tocar seu braço.

— Vem, vamos descer.

— O quê?

— Nico disse que aquele buraco no alto dá numa área maior. Ele subiu até lá para sair do caminho do último monstro. Agora está vazia. Nós vamos para lá.

Decker olhou para baixo. Nico devia estar logo atrás de Adams, e descia do buraco. Atrás dele, os mercenários ainda lutavam para atravessar o emaranhado de corpos e feridos.

— Que merda vamos fazer lá?

Adams encolheu os ombros.

— Reagrupar.

Ele olhou para o líder dos mercenários, que assentiu.

— Aqui em cima o túnel só fica mais estreito. Se nos atacarem de novo, estaremos mortos. — Ele apontou para a abertura no teto. — Anda! Vem, vamos logo com isso.

Decker seguiu as ordens. Às vezes, não há escolha. Ultimamente, a vida parecia ser feita de momentos como esse.

※ ※ ※

Cerca de cinco minutos depois, Manning mandou o grupo parar.

Estavam todos reunidos num espaço aberto cilíndrico, e, comparado ao lugar de onde tinham acabado de sair, era como um alojamento de luxo. Podiam ficar em pé e havia espaço para se mexerem. É claro que também havia espaço para outras coisas acontecerem, por isso vários membros da equipe foram vigiar as diversas entradas da câmara.

Sete deles foram feridos pelas garras da criatura ou pelo sangue que tinha espirrado sobre eles. Kelso não estava ferida — estava morta, assim como outras três pessoas cujos nomes Decker nunca soubera. Tiveram que abandonar os corpos, que estavam cobertos de ácido. Em algum lugar, provavelmente nas profundezas, a coisa que haviam capturado mais cedo estava sozinha outra vez, após ter sido largada no caos.

Ninguém se ofereceu para recuperá-la.

— Vocês têm ideia de como a gente está ferrado? — Um mercenário com "Brumby" escrito na identificação espiava o túnel do qual haviam saído. — Eles são da mesma cor de tudo ao nosso redor. Têm o mesmo tipo de textura. É só eles decidirem se esconder que vamos ter sorte se conseguirmos ver algum. A gente está *muito* ferrado — repetia.

Manning olhou para Decker por um longo tempo, então falou:

— E é por isso que queremos manter o nosso bom amigo aqui são e salvo. Ele é nosso dispositivo de alerta antecipado. Pode não ser perfeito, mas sentiu a aproximação daquelas coisas nas duas vezes. — Estendeu um headset para Decker, que o pegou. — Quero que você use isso daqui por diante.

Decker olhou ao redor. Todos ainda usavam headsets.

De onde veio este?, questionou-se. Então entendeu. *Kelso.*

Brumby balançou a cabeça.

— E daqui, vamos para onde?

— Mais cedo ou mais tarde vamos chegar à nave ou às minas — respondeu Manning. — Provavelmente mais cedo, se eu tiver calculado a distância direito. Quando chegarmos, vamos dar o fora desses túneis. — Olhou para todos os feridos enquanto falava, avaliando os ferimentos. Para Decker, parecia que a maior parte deles conseguia pelo menos andar. — Voltamos para a caverna, reunimos o restante da equipe e damos o fora daqui.

— E os aliens? — A boca de Decker se abriu antes que ele pensasse no que diria.

— O que é que tem?

— A ideia era pegar uns espécimes. — Pronto. Tinha falado. — É para isso que estamos aqui.

Manning o olhou com firmeza, e por um longo tempo, sem dizer uma palavra.

Adams falou no lugar dele.

— Tenho certeza de que a gente vai ter outras chances de fazer isso, Decker. Não precisa se preocupar.

Mas eu me preocupo, pensou ele. *Me preocupo mesmo. Sem eles, não posso ir para casa, não se ainda quiser ter um lar para onde ir.* E, no fim das contas, era verdade. Se quisesse sua família a salvo, precisava de um alienígena.

Quando obtivessem um, a Weyland-Yutani que se preocupasse com um modo de levá-lo inteiro para casa. Passar pela quarentena e pela Marinha Colonial. Subornar todo mundo que precisasse de suborno. Como fariam isso...

Ele não dava a mínima.

Finalmente, Manning se pronunciou.

— Todos sabemos por que estamos aqui, senhor Decker — disse ele, cuspindo o nome como se tivesse um gosto amargo. — Ninguém nesta missão ganha por hora. Todos sabemos o que está em jogo.

Decker o olhou com firmeza, assentiu e se calou. Por um tempo, houve relativa paz enquanto os mercenários cuidavam dos feridos e planejavam a melhor rota possível.

27
NEGOCIAÇÕES

Willis não foi longe. Só precisava de um pouco de privacidade.

O grupo ao redor da base era um tanto grande demais. Depois de se afastar deles, ativou o comunicador que havia recebido quando a *Kiangya* entrou em órbita.

Isso era muito maior que qualquer um poderia ter esperado. Não muito longe havia uma cidade inteira repleta de relíquias que devia valer uma fortuna maior que qualquer um poderia imaginar. E ainda havia os seres alienígenas, vivos. Não importa o que fossem, alteravam *todo* o plano. O governo colonial condenava qualquer tipo de primeiro contato com alienígenas que não envolvesse sua participação. A Weyland-Yutani sabia disso, é claro. E as pessoas na superfície de Nova Galveston também. Isso representava um problema sério.

Ele precisava cuidar para que tudo fosse feito sob sigilo. Mas era difícil tentar tomar providências estando preso embaixo da superfície, esperando o elevador.

Uma chamada em especial bastaria para ele resolver isso.

Talvez.

Rollins atendeu quase de imediato.

Ele olhou ao redor para verificar se alguém poderia ouvi-lo. Na verdade, ninguém parecia se importar com ele, pois todos estavam, e com razão, interessados nas criaturas que examinavam.

Ainda assim, ele foi para o outro lado da van e se virou na direção da escavação.

— Está me ouvindo?

— É claro que estou, senhor Willis. — A voz de Rollins estava calma, e tinha um tom autoritário que Willis achava muito sensual. Mulheres fortes sempre o atraíram.

— Encontramos duas formas de vida diferentes aqui embaixo. Também temos um achado arqueológico muito maior do que havíamos pensado de início.

Silêncio.

— Quão maior? — perguntou ela.

— Talvez uma cidade inteira. Mais que um povoado. Uma cidade antiga e extraterrestre. O doutor Silas acredita que a nave que encontramos talvez estivesse decolando quando caiu.

— Continue.

— Precisamos renegociar, senhora Rollins. — Nisso ele deveria ser firme. Tinha planos, e esses planos incluíam alcançar posições muito mais altas na cadeia de comando.

Houve mais um longo silêncio, longo o bastante para fazê-lo imaginar se teria passado dos limites.

— Receio que vá precisar de mais informações do que o senhor nos forneceu até agora — declarou ela. Para alívio de Willis, não parecia incomodada. — O senhor só me contou que há uma cidade. Tem mais detalhes?

— Ela está sendo mapeada agora mesmo — mentiu ele. — Logo poderei enviar informes completos.

— Senhor Willis, eu já tenho acesso aos informes.

— Tem?

— O senhor não é o único que está me auxiliando. Já tenho esses documentos.

Ele olhou na direção do grupo.

Quem poderia...?

— Dito isso, o senhor ainda pode ser valioso para este projeto. Vamos precisar de dados concretos para confirmar as informações que foram transmitidas. E há certos... preparativos que precisarão ser feitos na superfície. Se o senhor se encarregar desses preparativos, acredito que poderemos discutir uma mudança em nosso acordo de negócios.

— Entendido — respondeu ele, e sorriu.

Voltou a olhar para os mercenários, para a expedição e suas criaturas mortas. Não importava o que Rollins solicitasse, ele providenciaria. Sempre havia um jeito.

Tinha aprendido isso muito tempo atrás.

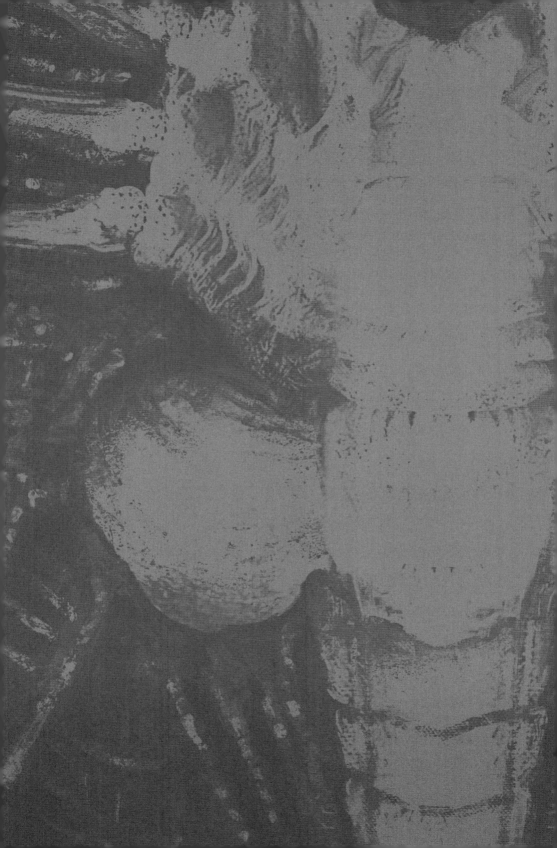

28

Estavam despertos agora. Despertos de verdade, não apenas se mexendo durante os sonhos. Na escuridão, desenrolaram-se, deixando os lugares onde haviam descansado e mergulhado num sono profundo.

Para alguns deles, o sono profundo durou tempo demais. Haviam adormecido, definhado e chegado à verdadeira morte, quando suas carapaças rachavam, o sangue vital borbulhava e se esvaía. Para outros, o sono foi algo doloroso, e acordar era uma agonia que nunca conceberam.

Mas eles a suportaram.

Vicejaram. Fizeram o que era necessário para o enxame.

Através dos seus túneis escuros, ouviram os sons da presa. Alimento, sim, mas também hospedeiros, o que era mais importante. Ainda havia comida nos lugares mais antigos, os restos desidratados das criaturas que morreram muito tempo antes. Não era muito, no entanto, enquanto passassem a maior parte do tempo dormindo, bastaria.

Entretanto, os mortos não podiam hospedar os jovens. Só com vida se podia fazer vida.

E agora, finalmente, a vida havia retornado. Carne fresca, fraca e lamuriosa que renasceria no enxame.

Os ovos eclodiram, os procriadores fizeram seu trabalho, e agora os hospedeiros gemiam e emitiam seus sons suaves enquanto se preparavam para parir novos filhos. E por toda parte os adultos esperavam.

Nem todos os adultos.

Alguns foram enviados para localizar o destruidor. Avançaram e sibilaram e sua voz ressoava na escuridão. A simples ideia do destruidor bastava para lançar ondas de raiva sobre eles. Tantos se perderam, e nem mesmo o longo sono pôde aliviar a dor. A maior parte das rainhas havia sido destruída. Rainhas! Massacradas! Tantas vidas foram tomadas, incluindo a das sagradas rainhas.

A maior parte delas.

Não todas.

A vida prevaleceu.

E, enquanto a vida prevalecesse, eles caçariam o destruidor e manteriam a rainha a salvo.

Um dos hospedeiros soltou um gemido frágil e se sacudiu no interior das teias de nascimento.

Um momento depois, o sangue vital fluiu, e o rosto de um recém-nascido veio ao mundo.

Aproximaram-se para protegê-lo. Os jovens eram tão vulneráveis.

E a rainha, em sua câmara, emitiu um som de aprovação.

E tudo estava certo no mundo.

Ou estaria, depois que lidassem com o destruidor.

Em breve.

Em breve.

Eram pacientes. Precisavam ser.

A vida prevalece.

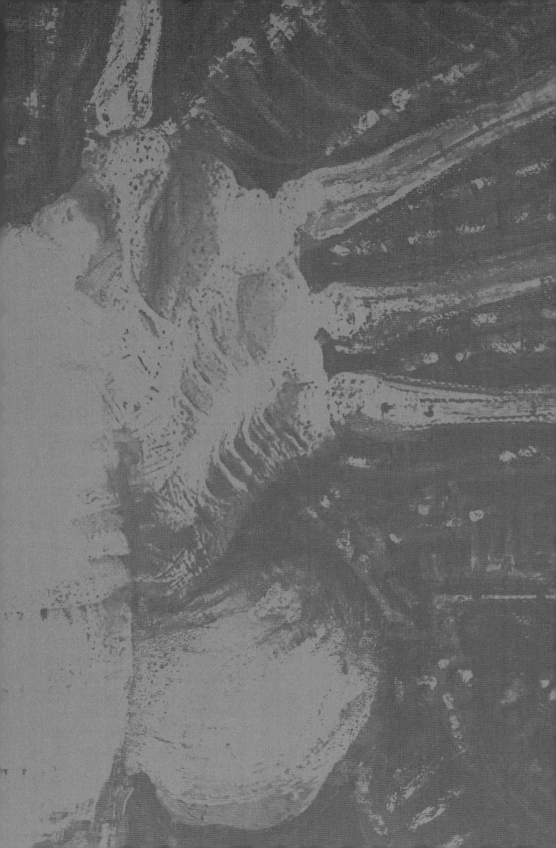

29
RESPEITO

Dwadji e Cho estavam fazendo um intervalo e comendo, por isso Perkins se reacomodou na base e ouviu as ordens de Manning. O chefe estava irritado, mas se continha.

Ele estava tentando encontrar uma forma de voltar às minas, e ela fazia o possível para ajudar, mas não havia muito que pudesse fazer. Os malditos informes estavam uma bagunça. O grupo dele se encontrava lá fora, mas ela não conseguia captar os sinais vitais nem obter a localização da equipe. O melhor a fazer era atualizá-lo sobre que estava acontecendo na base.

E, depois de passar quase três horas fazendo isso, Cho veio rendê-la.

Quando ela se sentou para comer, a tensão era palpável. Lutz e Vogel vigiavam a área enquanto os outros descansavam um pouco. Ninguém dormia, mas todos tentavam descansar — principalmente Piotrowicz, cujo rosto queimado doía um bocado. Ele decidiu não tomar nenhum remédio. Amortecer os sentidos raramente ajudava numa crise.

O doutor Silas encarava os restos alienígenas com a preocupação estampada no rosto. Perkins estava prestes a perguntar no que o cientista estava pensando quando ele falou.

— Alguém já recolheu... o corpo de Colleen? — perguntou ele, controlando-se muito bem, o que era surpreendente. Alguns mercenários se entreolharam.

— Receio que não, doutor — respondeu Vogel.

— Entendo. — Silas assentiu, virou-se e seguiu em silêncio para o veículo destruído. Perkins pegou uma matadora e o seguiu.

A van estava arruinada. Dois pneus murchos, outro completamente estraçalhado. O ácido dos insetos fez vários buracos no veículo, grandes demais para serem reparados. Agora, a van só servia para fornecer peças de reposição, e não muitas.

Silas entrou na van antes da mercenária e pareceu surpreso ao vê-la juntar-se a ele. Olhou para Perkins por um momento, depois conseguiu abrir um sorriso sem ânimo e pesaroso.

— Colleen era uma boa pessoa — comentou ele. — Só quero demonstrar um pouco de respeito a ela.

Perkins assentiu.

— Deixe comigo, ok? — disse ela, e passou na frente dele. — Deixe comigo, e quando eu terminar você pode me ajudar a levá-la para outro lugar.

Silas fez que sim e seu rosto foi tomado pela tristeza. Ele lutou contra os sentimentos, tentando não demonstrar, mas para Perkins estava óbvio que a mulher morta era mais que uma simples colega.

Já havia passado por isso algumas vezes ao longo dos anos. Walker tinha sido sua "amizade colorida" antes de morrer, e D'Angelo havia sido muito mais antes de decidir que simplesmente não podia mais levar esse estilo de vida. Às vezes, tarde da noite, quando estava tentando dormir, ela ainda o odiava um pouco por isso. Entendia o motivo, mas o odiava mesmo assim.

Havia suprimentos no veículo, e entre eles Perkins encontrou um lençol de tecido grande o bastante para envolver o cadáver. Estava prestes a fazê-lo quando Silas falou, sobressaltando-a.

— Espere um momento — pediu ele, aproximando-se e espiando a ferida no peito de Colleen. Estendeu as mãos, hesitou por um momento, então virou o corpo dela e olhou para as costas, franzindo a testa.

— O que foi? — perguntou Perkins.

Ele fez uma cara ainda mais séria, a tristeza substituída pela curiosidade... e algo mais. Havia algo mais na expressão dele.

— Não foi acidente — declarou ele. — Achamos que só podia ser, mas não foi. O que... O que aconteceu com Colleen não foi nenhum disparo de arma.

— Como sabe?

Ele apontou com a mão trêmula.

— Olhe com atenção. Este é um ferimento de saída, mas não há ferimento de entrada. — As rugas na testa se acentuaram. — O que quer que a tenha matado, foi de dentro para fora do corpo.

Ele se aproximou mais do corpo da mulher morta e, com gentileza e extremo cuidado, seus dedos examinaram a boca e o pescoço. Quando tentou mover o rosto, encontrou resistência. O cadáver já estava rígido.

Nigel Silas chorou em silêncio enquanto continuava a examinar o corpo. Perkins permaneceu ao seu lado e mordeu a língua. Era uma mercenária e ia para a guerra por dinheiro. Recusava-se o luxo de chorar por uma mulher que nunca tinha visto ou sentir pena de um homem que não conhecia.

Não importava o quanto quisesse.

Ele se afastou e deixou que ela terminasse o trabalho de embalar o corpo de Colleen, depois a ajudou a tirá-lo da van. Com a gravidade mais baixa de Nova Galveston, era provável que Perkins tivesse conseguido carregar sozinha, mesmo que fosse um tanto pesado. Mas aquela não era hora de provar que podia fazer aquilo sozinha. E sim de deixar o coitado se despedir e conceder a Colleen alguma dignidade, mesmo na morte.

Depois que a deitaram perto dos corpos dos alienígenas, Nigel agradeceu e segurou a mão de Perkins. Ele tinha mãos macias. As dela eram calejadas. Viviam em mundos diferentes.

Ele voltou à van, pegou um estojo e abriu, revelando alguns instrumentos. Então se aproximou da coisa aracnoide. Nos quinze minutos seguintes, mais ou menos, Nigel, o homem, deu lugar ao doutor Silas, o cientista, e começou a montar um quebra-cabeça.

Após examinar a criatura morta, ele voltou mais uma vez ao veículo. Depois de alguns minutos, saiu carregando uma longa faixa de couro translúcido. Era pequena e úmida, e tinha diversas características em comum com o alienígena totalmente adulto, o bastante para indicar uma clara ligação.

Silas a examinou com cuidado e a deixou ao lado da coisa aracnoide, ainda sem dizer uma palavra.

Perkins quase perguntou no que ele estava pensando, mas decidiu não falar nada. Provavelmente estava além da sua compreensão, de todo modo.

De que adiantaria?

30
FERIDAS

A exaustão começou a cobrar o preço.

Percorreram o caminho que Manning acreditou ser o mais provável para chegar às minas, e fizeram um bom progresso. Mas caminhavam havia horas, sem parar, na maior parte do tempo ladeira acima, e precisavam descansar.

Encontraram uma câmara grande o bastante para que pudessem se defender caso fossem atacados. Puseram lanternas ao redor da área, iluminando-a da melhor forma possível, e cochilaram em turnos. A maioria deles, pelo menos. Decker tentou dormir, mas, toda vez que pegava no sono, os pesadelos voltavam mais vívidos que nunca.

Por fim, adormeceu, e no sonho ele e Adams estavam envoltos num abraço apaixonado. Quando ele tentou beijá-la, aranhas jorraram da boca, do nariz e dos ouvidos dela. Aglomeraram-se sobre o rosto dele, picando-o por toda parte.

Acordou num sobressalto, batendo instintivamente nas criaturas que não estavam lá. Virando-se de lado, tentou cochilar de novo, mas foi em vão. Simplesmente estava...

Eles estão chegando.

Decker se levantou às pressas, arfando alto, e esquadrinhou a área onde o grupo havia parado. Pelo menos metade dos mercenários se mexeu, e vários deles pegaram as armas.

Alerta na mesma hora, Manning olhou para ele.

— Onde?

Decker parou, depois apontou. Não havia sinal de um túnel naquela direção, mas eles acordaram os poucos mercenários que ainda dormiam e vasculharam a área que ele havia indicado, as armas em punho. Dave Calado apertou um botão naquela espécie de canhão que tirou das costas e a coisa soltou um zumbido longo, quase inaudível, ao se aquecer.

— Não adianta nada a gente não cobrir a retaguarda — disse Manning.
— Izzo, Simonson e Foster, vigiem os túneis e tratem de não deixar nada sair deles.

Enquanto o trio obedecia, o restante apontava as armas para o ponto indicado por Decker. Por mais preparados que estivessem, vários mercenários se retesaram ao ver a superfície se abrir. O que havia sido uma parede sólida girou numa dobradiça invisível, e a primeira das coisas saiu a toda velocidade, olhando ao redor enquanto avançava.

Contudo, a criatura não esperava que eles estivessem preparados, e foi recebida imediatamente pela ponta da arma de choque de Bridges. Ela convulsionou quando os pinos a tocaram e soltou um guincho doloroso aos ouvidos. Mas depois caiu, metade dentro do túnel, metade fora.

Outra a seguiu, passando por cima do corpo da primeira com a mesma agilidade, indo diretamente para Decker. Sibilou para ele ao avançar, com um líquido transparente escorrendo da boca, e ele, por reflexo, recuou. Paralisado pelo ódio dos monstros e pelas emoções dos humanos, não conseguiu forçar os braços a erguerem a arma. Os sons que as criaturas emitiam ecoavam em sua mente com uma familiaridade aguda. Nos sonhos, sabia que esses ruídos eram palavras, e naquele momento essas palavras eram dirigidas a ele, lançadas como maldições.

Muller estava mais próximo e ergueu a matadora. Os primeiros dois tiros não acertaram, mas os três seguintes atingiram o alvo, abrindo buracos imensos no exoesqueleto da criatura. O mercenário pulou para trás para evitar o sangue ácido, sussurrando palavrões.

A barragem se rompeu. Monstros jorraram pela sala em frenesi. Garras e caudas como chicotes e quitina negra e dentes, tantos, tantos dentes. Decker esvaziou o carregador da pistola e recuou, tentando recarregar, mas incapaz de encontrar o pente extra.

— Merdamerdamerdamerda*merda*! — murmurava ele, como se fosse ajudar.

Manning berrou ordens, e os mercenários começaram a atirar. Preparados dessa vez, foram sistemáticos no massacre, cuidadosamente atirando e dizimando as criaturas enquanto elas se derramavam para dentro da sala. Decker encontrou o carregador, encaixou-o no lugar e entrou na zona.

Um dos mercenários gritou.

Decker girou e viu a silhueta negra de outro monstro, que só podia ter vindo de outra direção. Mordeu o braço do homem, e numa questão de segundos o mercenário caiu no chão e a criatura avançava com um salto, rumo ao próximo da fila.

Outras vieram.

As lanternas não duraram muito no combate. Ou foram jogadas de lado ou aqueles monstros eram inteligentes o bastante para tê-las como alvo, e a câmara logo afundou na escuridão, pontuada apenas pelos fachos agitados das lanternas de uns poucos mercenários.

Manning gritava comandos, e os membros da equipe faziam o melhor que podiam para ouvir, mas não houve chance de se reagruparem. As criaturas eram implacáveis quando cercavam a presa. Decker atirou em mais uma, derrubando-a, e agarrou o braço de Adams para puxá-la. Ela se encolheu e se virou para ele na semiescuridão.

— Por aqui! — gritou ele, e ela pareceu ouvir. — Vem!

Decker puxou-a, mas a princípio Adams hesitou. Depois seguiu com ele, gritando pelo comunicador para que Manning e os outros os seguissem.

Então fizeram uma retirada estratégica. Não havia escolha. Pelo menos, não para Decker. A inundação de emoções de toda parte ameaçava soterrá-lo, e muito em breve ele seria incapaz de se defender. Os dois encontraram o túnel mais distante do bando e correram para lá.

Ele ouviu o som dos passos velozes de vários mercenários atrás deles, mas não parou para olhar. Tiveram que se abaixar, pois o caminho ficou estreito, e Decker ficou receoso de que fossem forçados a voltar, porém o túnel se alargou o suficiente para ficarem de pé.

Manning estava perto, xingando sem parar. E Decker sabia o motivo — ao mesmo tempo, sabia que não havia restado escolha.

No entanto, fizeram o impensável: deixaram os outros para trás.

31

O Destruidor tinha escapado. Mas havia hospedeiros, e ainda estavam vivos.

Mãos com três dedos e mãos com seis dedos agarraram os corpos e os arrastaram para a câmara de nascimento. Para o bando, a forma não importava. Os hospedeiros do passado eram diferentes daqueles com os quais lidavam no presente, mas a prole era toda a glória do enxame e da rainha. Quando um dos hospedeiros tentava lutar, era subjugado. Tinham armas, mas não enxergavam bem na escuridão.

Era bom saber disso. Era melhor entender o ponto fraco da presa.

Em breve, haveria tempo para encontrar e matar o destruidor. Não esqueceram os pecados do passado. Jamais esqueceriam. Não haveria misericórdia.

O ódio ardia neles, acompanhado pela adoração que sentiam pelos procriadores e por sua veneração à mãe. Era para a glória da mãe que arrastaram as últimas presas, deixando-as diante dos ovos.

Os ovos eclodiram, e os procriadores se aproximaram. Os hospedeiros gritaram de pavor e os procriadores se juntaram a eles e lhes ofereceram a semente da mãe, transformadora da vida. E então os procriadores morreram, como sempre fazem, para que os hospedeiros possam renascer na glória da mãe.

32
PANDEMÔNIO

— Precisamos voltar às ruínas da cidade — disse Silas. — Acho que temos um problema maior do que imaginávamos.

— Como assim? — perguntou Cho.

— Acho que eles não estão mortos. Os seus homens e os meus colegas. Pelo menos ainda não. — Apontou para os corpos. — Acho que foram tomados da mesma forma que a pobre Colleen.

Cho ficou apenas olhando.

— Não quero ser insensível, doutor, mas *aquela* não é a Colleen? — Apontou para o corpo que Perkins havia ajudado a tirar da van. — Como é que ela pode *não* estar morta?

Silas olhou para a forma amortalhada e piscou algumas vezes, rapidamente, para combater as lágrimas. Conseguiu se conter.

— Sim, é ela — respondeu. — Mas quero dizer que eles podem ter sido usados do mesmo modo que ela foi. — O homem engoliu em seco por alguns segundos enquanto reunia as palavras que tentava dizer. — Acho que puseram alguma coisa dentro dela para incubar. Essa coisa irrompeu dela quando completou o processo e estava pronto para emergir.

Cho olhou para lá por bastante tempo, obstinado, depois murmurou algo que Perkins não ouviu. Quando voltou a falar, a voz saiu mais clara.

— Do jeito que você fala, parece que estamos lidando com um bando de insetos — disse ele. Parou por um momento, como se um pensamento lhe ocorresse, depois o descartou. — Não tenho tempo para essa merda. Preciso ver o que está acontecendo com o elevador. — Ele voltou à base.

Perkins o fitou por um instante. Entendia o que ele estava pensando. Naquele momento, todo o conhecimento científico do mundo significava menos que a vida dos desaparecidos.

Vogel deu de ombros.

— Você precisa voltar para a escavação? Ou só até parte do caminho?

— Parte do caminho bastaria, acho — respondeu o doutor Silas. — A nave. Ela parece causar a interferência. Se eu puder passar desse ponto, pode ser que eu consiga acessar as leituras das sondas. Se elas ainda estiverem operando, já devem ter mapeado o suficiente para nos mostrar com o que estamos lidando.

O cientista pareceu distraído, olhando para alguma coisa ao longe. Pelo que Perkins podia ver, ele costumava fazer isso sempre.

— Então, vamos lá. — Vogel se levantou e foi até a plataforma.

— Precisamos de equipamentos. — Silas se ergueu, voltando-se para a van.

— Vou pegar seu sistema de radar, ligá-lo aos nossos monitores e colocá-lo na plataforma. — Perkins suspirou. — Me deixe ler a frequência do seu controle remoto. Talvez possamos fazer algo dar certo.

Ela voltou à van e sentiu um arrepio que tentou ignorar. Não acreditava em fantasmas. Acreditava, contudo, em dar o fora o mais rápido possível. Verificou o painel inferior do sistema de radar das sondas para ver se a frequência estava escrita ali. Não estava.

Claro que não, pensou, ainda ignorando a sensação arrepiante que subia e descia pela espinha. *Por que facilitar?*

Depois de cerca de cinco minutos, Perkins saiu da van trazendo todo o sistema de radar. Pesava demais para ela, mas conseguiu carregá-lo. Enquanto uma Vogel extremamente impaciente aguardava, Perkins prendeu o sistema no painel do caminhão e o ligou a uma fonte de energia. Enquanto Perkins fazia isso, Vogel se aproximou de Cho.

— Vamos levar o professor para o outro lado da nave — informou ela — para ver se conseguimos captar um sinal das sondas. Não deve demorar.

— Nem ferrando — retrucou ele. — A última coisa de que precisamos é...

— Não! — interveio Willis. — É *exatamente* disso que precisamos, e eu vou com vocês. Essa informação pode ser inestimável. — Ele hesitou e acrescentou: — As recompensas que podemos ter talvez sejam maiores do que conseguiria imaginar, senhor Cho.

O técnico pensou nisso por um momento, parecendo não confiar no que Willis dizia. Então deu de ombros e dispensou Vogel com um aceno.

— Vai lá. E volta aqui o mais rápido possível.

※ ※ ※

Ocuparam o caminhão, ligaram-no e seguiram rumo à traseira da espaçonave. Perkins ia ao volante. Willis olhava ao redor como se pudesse haver mais daqueles monstros negros esperando a cada esquina.

Na verdade, poderia.

Na plataforma, Silas observava o radar, e Vogel mantinha as armas à mão.

Precisamos fazer isso rápido e sem complicação, pensou Perkins. *Ir só até onde precisarmos para captar um sinal*. Não gostava da ideia de se aproximar do lugar onde Piotrowicz tinha tomado um banho de ácido. *Fazer o upload dos dados e dar o fora.*

Levaram cerca de dez minutos para chegar ao outro lado da nave destruída. Quando pararam, Vogel estava suando. Não podia culpá-la. Tinha lutado com os monstros. Perkins nem tinha chegado a ver aquelas coisas vivas e já se borrava de medo. Virou o caminhão, pronta para uma fuga rápida.

※ ※ ※

— Podemos ir agora. — Silas rompeu o silêncio.

— O quê? — A mão de Perkins voou para a arma antes que percebesse o que ele disse.

— Podemos ir. Já temos o que viemos buscar.

Quando ouviu isso, Willis ficou surpreso, chocado.

Ela ligou o motor, e eles avançaram. Silas observou a tela enquanto o veículo sacudia, e Willis espiava por cima do ombro dele, parecendo a ponto de gritar. Quando pararam perto da base, o cientista deixou o aparelho de lado e saltou do caminhão, afastando-se sem dizer uma palavra.

— Não precisa agradecer, não — resmungou Vogel para o cientista. — Ficamos felizes em ajudar.

Willis pegou o aparelho e o observou, com o rosto se enchendo de entusiasmo. Perkins inclinou a cabeça, tentando ver.

— Não está completo, mas as sondas passaram esse tempo todo operando — disse ele.

Havia uma imagem que parecia o interior da espaçonave. Ele ativou um comando, e uma caverna surgiu na tela. Havia ruínas, estruturas de todas as formas e tamanhos, que se estendiam ao longe, até onde a imagem conseguia mostrar.

— Uma cidade alienígena — anunciou ele. — Isso manterá o pessoal de pesquisa e desenvolvimento ocupado por décadas.

— Já houve um achado desse porte antes? — perguntou ela.

Willis a encarou e balançou a cabeça.

— Não sei de nenhum — respondeu. — E não devemos nos precipitar. Pode ser que não haja nada lá embaixo. — Parou e olhou fixamente para a tela. — Mas não acho que seja o caso. Deve ter muita coisa lá embaixo. Muita coisa. — Ele pareceu distraído, e ela suspeitou que Willis já estivesse planejando como gastar sua parte do lucro.

Perkins não conteve um sorriso.

Deixou Willis com seu monitor e desceu do caminhão. Ao se aproximar de novo do grupo principal, percebeu que havia um tumulto. Cho lhe lançou um olhar exasperado, mas também suplicante.

Silas estava no centro do grupo com duas pessoas da sua equipe, um homem corpulento chamado Fowler e uma mulher que apontava agressivamente o dedo para o peito de Cho. Perkins apertou o passo, esperando ajudar a mulher a evitar que seu dedo fosse quebrado.

— O que está acontecendo aqui? — quis saber ela.

Todos começaram a falar ao mesmo tempo. Cho berrou mais alto que o restante, e por um momento todos ficaram em silêncio.

— O doutor Silas acha que deveríamos explodir todo este nível — explicou o líder dos técnicos. — Tipo, agora mesmo.

— O quê? — Perkins olhou para o cientista, que a encarou com olhos cheios de água, o lábio inferior saliente.

— Não é b-bem assim — gaguejou ele. — Seu homem, Decker, foi ele quem fez a pergunta. Willis me contou. Ele disse que n-não sabia. Decidi que precisava ser respondida.

— Que pergunta?

— O que aconteceu com todos os alienígenas?

— O quê?

— O que aconteceu com todos eles? Não estou falando daquelas coisas. — Gesticulou com a mão indicando o conjunto de coisas mortas, depois acenou com o outro braço na direção da nave destruída e da escavação além dela. — Estou falando *deles*. Dos que viveram aqui há muitas eras. A raça que construiu a cidade e esta nave. O que aconteceu com todos eles?

O cientista inspirou.

— Creio que eu saiba a resposta. O que aconteceu com eles foram aquelas *coisas*. — Apontou para os alienígenas mortos.

— Mas pensei que os construtores da cidade tinham morrido muito tempo atrás. — Perkins balançou a cabeça. A aflição do homem era contagiosa. Ela considerou pedir a Piotrowicz que viesse dar alguma coisinha para acalmá-lo.

Porém Silas sorriu e assentiu.

— Sim! — confirmou ele. — Exatamente. E esses outros, os do sangue ácido, deveriam ter morrido também. Mesmo que tenham sido responsáveis pelo que aconteceu na cidade. Mas não morreram!

Cho se mexeu, desconfortável.

— O que está tentando dizer, doutor? — perguntou ele. — O que quer que sejam essas coisas nojentas, estão longe de estar mortas, e temos ordens de levar uma delas.

— Mas estamos lidando com uma espécie alienígena! — respondeu Silas, e foi sua vez de ficar exasperado. — Não sabemos que tipo de ciclo vital ela segue. Mas, se estão aqui desde que a nave caiu, isso já deve ter séculos. E estão prontos para fazer conosco o que fizeram com uma cidade *inteira*.

Depois disso, todos se calaram. Finalmente, Cho se levantou e abanou a mão, impaciente.

— Você cuida disso, Perkins — ordenou ele. — Tenho que ver como Manning está. — Afastou-se rumo à base.

Bunda-mole, pensou Perkins, mas não disse nada.

— O que quer dizer, doutor? — perguntou ela. — O que o faz pensar que essas são as mesmas criaturas?

— Não deveria ter *nada* vivo aqui embaixo. — Ele abriu os braços para abranger tudo ao redor deles. — Esta área ficou isolada por um longo tempo. *Séculos*. E ninguém sabia dessa cidade. *Ninguém*. Até onde sabemos, pode estar abandonada há mais de mil anos.

"Não há fonte de água aqui embaixo, a umidade é de menos de dez por cento, não tem ar limpo. Não deveria existir nada aqui maior que um micróbio. Mas quando entramos na nave encontramos corpos, tão antigos que estavam quase irreconhecíveis. E todos tinham uma coisa em comum: um buraco no peito. Pareceu tão absurdo. Eu precisava confirmar, precisava ver os dados armazenados nas sondas. Rezei para estar errado, mas estava tudo lá."

— Mas não é possível uma coisa viver tanto tempo, é? — questionou Perkins.

— Não importa o que achamos possível, alguma coisa saiu do corpo dela. Do mesmo modo que alguma coisa saiu daqueles cadáveres antigos na nave. — Havia um medo genuíno na voz dele enquanto apontava para a coisa aracnoide. — Ela bota um ovo num hospedeiro. O hospedeiro possibilita que o ovo se desenvolva até eclodir. A coisa que sai dele cresce até se tornar uma daquelas criaturas.

A mulher que havia apontado o dedo falou, mas Perkins não conseguiu entender nada do que ela dizia. A mercenária nunca tinha ouvido a língua que ela falava.

— Para destruir uma cidade inteira, deve ter centenas deles. — Silas virou-se de olhos arregalados para Perkins e praticamente implorou que ela entendesse. — Se foi isso que aconteceu, e acredito que tenha sido, o que houve com os outros alienígenas?

Perkins ia responder, mas foi interrompida por um grito.

33
SURPRESAS

Piotrowicz se encolheu quando Lutz tirou as bandagens do seu rosto. O gesto arrancou pele e expôs os nervos, e ele quis gritar. Estavam longe da vista dos outros, a alguma distância. Petey não queria mesmo compartilhar aquela experiência em especial.

Lutz olhou para a ferida com um distanciamento clínico. Era bom nisso.

— Ruim? — perguntou Piotrowicz.

— Bom, você ainda vai ficar com a maior parte da sua cara. Mas pode pensar numa cirurgia plástica quando a gente terminar aqui.

— E as queimaduras? São muito ruins?

— Não. É só o seu rosto: ele é nojento. — Lutz sorriu. — A maior parte é queimadura de segundo grau. Tem umas bolhas e está um pouco em carne viva, mas acho que nessa você deu sorte.

Espalhou um antisséptico no rosto de Piotrowicz, eliminando qualquer chance de infecção bacteriana. A dor foi infernal. Em seguida cobriu a carne queimada com uma pomada espessa e foi pegar bandagens novas.

Enquanto procurava os curativos esterilizados, sentiu uma dor súbita na mão, como se tivesse sido picado.

Mas que merda é essa? Recuou num sobressalto e olhou para o ponto da mão onde sentiu a dor. Viu um tipo de inseto grande, de casca preta, que surgiu do nada, sem Lutz perceber, e simplesmente atacou.

Os dentes prateados cortaram a maior parte da mão e do pulso numa mordida brutal. Lutz deu um gemido extremamente baixo. Olhou para o membro mutilado e soltou um grito agudo.

🕷 🕷 🕷

Piotrowicz viu tudo acontecer, mas foi rápido demais, e ele havia baixado a guarda. Com tantas pessoas ali, nunca teria imaginado que algo pudesse pegá-los desprevenidos.

O inseto era menor do que aqueles que ele havia combatido e matado, e parecia ser mais jovem em sua opinião. Isso não o tornava menos perigoso. O filho da puta atacou Lutz no peito com aquela cauda medonha, fazendo o mercenário cair para trás, e um chiado baixo saiu da ferida enquanto um dos pulmões dele se esfacelava.

Ouviu vozes por perto, alertadas pelo grito de Lutz, mas ainda não conseguiam vê-lo — não sabiam ao certo de onde tinha vindo o som.

Piotrowicz estendeu a mão para o rifle, mas não encontrou nada. Mesmo assim não havia a menor chance de tirar os olhos daquela coisa. De jeito nenhum. Ela pulou e ele continuou tateando, esticando-se em busca do que deveria estar bem ali, *merda*, e a coisa negra e lustrosa cada vez mais perto, sibilando e babando ao investir contra ele.

Deu um chute na cara do desgraçado com toda a força. O inseto caiu para trás. Piotrowicz enfim se arriscou a olhar, e o rifle não estava em lugar nenhum. Sentiu a certeza gélida de que era um homem morto.

A coisa avançou de novo, agachando-se rente ao chão enquanto o espreitava. Filhote ou não, aprendia rápido. A cauda se agitava para a frente e para trás, às vezes erguendo-se acima do corpo, e Piotrowicz se viu vigiando aquele ferrão letal.

— Preciso de ajuda aqui! — gritou, esperando que alguém estivesse perto o bastante para vir socorrê-lo.

A voz de Dwadji chegou pelo comunicador.

— O que está acontecendo, Petey? Onde diabo você está?

— Tem um inseto aqui e está faminto!

A voz de Vogel veio da esquerda, ao longe.

— Estou indo — gritou ela. — Não se mexa.

— Não diz isso pra mim! Diz pra esse desgraçado!

O alienígena se apoiou nos quatro membros e avançou, sibilando e andando em zigue-zague. A maldita cauda golpeou mirando o rosto, e Piotrowicz se defendeu com o braço esquerdo, sentindo as farpas da cauda rasgarem camadas de roupas e carne do antebraço e do pulso.

Dwadji dizia alguma coisa pelo comunicador, mas ele não conseguiu prestar atenção suficiente para entender as palavras. O inseto pulou sobre ele, que conseguiu pegar os braços da criatura, mas isso não bastou. Era como se cada membro do desgraçado fosse feito para cortar, pois os pés com garras escalaram suas pernas e chutaram o peito, abrindo valas na armadura e jogando-o para trás.

O único barulho que conseguiu emitir foi um arquejo. Os membros traseiros continuavam chutando com suas garras, com força suficiente para impedi-lo de fazer qualquer outra coisa, e os braços incrivelmente poderosos lutavam para se livrar das mãos dele. Piotrowicz tremia com o esforço de conter a criatura maldita.

Vogel gritou com a criatura, que continuou o ataque, sibilando enquanto tentava atingir o rosto com aquela boca secundária bizarra. A cauda se arqueou por cima do ombro e golpeou mirando o crânio do homem.

Piotrowicz se encolheu e esperou sentir a lâmina na ponta daquela coisa perfurando sua cabeça. Em vez disso, a criatura deu um guincho de surpresa e o mercenário sentiu o corpo quente ser tirado de cima dele quando Vogel a jogou para o lado com a coronha do seu pilão.

Seu rifle era o objeto de desejo de todo soldado. Levava noventa projéteis na câmara que podiam ser disparados em tiros individuais, em três, em rajadas ou em fluxos contínuos. Tinha quatro pontos de encaixe para munição explosiva e dois para baionetas. Embora fosse um tanto pesado, com quase cinco quilos, também era perfeitamente equilibrado para uso em combate corpo a corpo. Daí vinha o apelido.

Vogel sabia usar um pilão. O inseto se lançou com o impacto e se curvou por um momento enquanto rolava e parava. Quando olhou de novo na direção deles, Piotrowicz pôde ver a carapaça do crânio quebrada. Sangrava levemente, e o líquido pingava no chão, fazendo-o fumegar.

Vogel virou a arma e disparou três projéteis que atingiram o peito, o rosto e a parte de trás da cabeça alongada.

O desgraçado foi ao chão, agonizando.

Piotrowicz arfava e tremia ao se levantar, e olhou para a coisa caída. Não tinha mais que um metro de comprimento. Menos da metade dos seres que estiveram na van.

— Que porra é essa? — Estava tomado pela adrenalina, e mal percebeu que gritava.

Vogel o ignorou e atirou mais duas vezes, só para garantir. O alienígena continuou tão morto quanto antes, mas agora vazava mais daquele sangue ácido pelo chão. Dwadji gritava pelo comunicador, perguntando se Piotrowicz ainda estava vivo.

Por que você não arrasta essa sua bunda até aqui para ver?, pensou Piotrowicz.

— Pegamos o bicho — avisou ele ao comunicador.

Vogel falou no headset enquanto Piotrowicz ia verificar o estado de Lutz. O homem estava vivo, mas nada bem. Respirava com dificuldade, e, embora tivessem alguns suprimentos e ele fosse um médico aceitável, a maior parte dos seus suprimentos estava agora em algum lugar nos túneis, bem no alto. Ele se recriminou por ter dado ouvidos a Manning quando este mandou que entregasse a mochila.

O restante do grupo conseguiu chegar ao local, e Silas foi examinar Lutz. Embora não fosse médico, no fim das contas, a mulher da sua equipe era. Seu nome era Rosemont, e ela tratou de manter Lutz vivo — com ou sem pulmão esfacelado.

— Que merda aconteceu aqui? — Era Cho, que acabava de chegar, e Piotrowicz o atualizou.

O técnico trincou os dentes e se afastou um pouco, falando ao comunicador. Pedindo o elevador.

Mas não havia ninguém. Nenhuma pessoa, em nenhum dos andares superiores, respondeu à chamada.

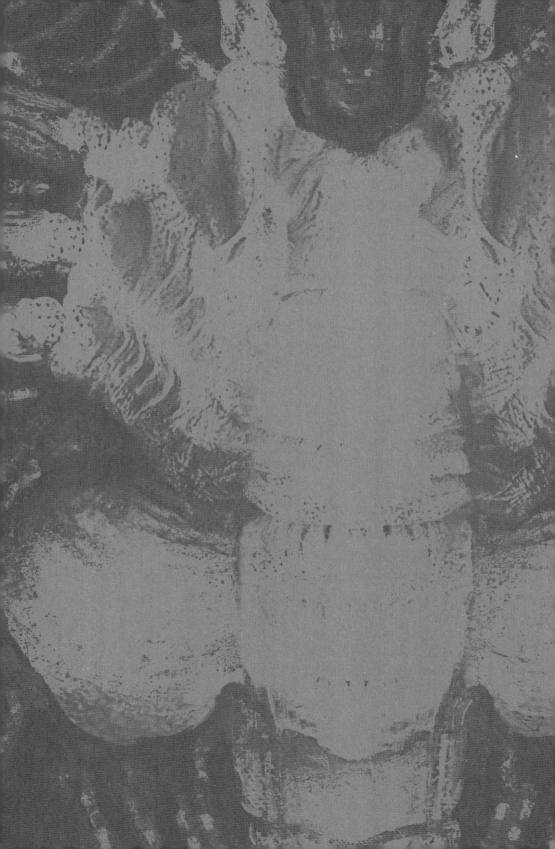

34
REAGRUPANDO

Decker achava que poderia começar a gritar e não parar nunca mais.

A escavação em que estavam era estreita, e certamente subterrânea. Quando finalmente conseguiram escapar da emboscada e pararam de correr com toda a força que tinham, Manning mandou que dissessem os próprios nomes, e chegaram a um total de oito sobreviventes. Só alguns, e Decker era um deles, tinham lanternas que funcionavam, por isso a escuridão os envolveu. Uma coisa era estar preso no escuro. Outra era pensar que poderia não haver luz no fim do túnel.

Adams continuava tentando usar o sensor de movimento, e não era a única. Mas nenhuma daquelas porcarias funcionava.

Já os comunicadores funcionavam, e Cho relatou o que tinha acontecido ao restante do grupo. A base parecia estar a uma distância inimaginável dali.

À sua frente, e não muito longe, Manning passou a bater nas paredes com o cabo da faca. No começo, Decker pensou que ele estivesse só nervoso e querendo manter uma arma à mão. Porém, aquilo fazia cada vez menos sentido. Então perguntou, e Manning explicou como se estivesse falando com alguém muito idiota.

— Quero saber logo se não estamos mais debaixo da terra — disse o líder dos mercenários. — Não dá para fazer muita coisa enquanto estivermos no subterrâneo, mas, quando sairmos, vamos ter uma chance de dar o fora daqui. Agora, cala essa boca e me deixa continuar.

Como o homem empunhava uma faca bem grande, Decker decidiu obedecê-lo.

※ ※ ※

Algum tempo depois — pareceu ter levado dias, mas provavelmente foram só uma ou duas horas —, o som das batidas mudou. Num instante, era um baque surdo, no outro, soou como oco.

Manning parou, e seus dedos percorreram toda a parede do túnel, mas não encontraram nada. Nenhuma porta oculta, nenhuma fresta — nada que indicasse uma falha na superfície. Por fim, ele xingou e se afastou.

— Que se foda — disse, erguendo o rifle de plasma, e gritou: — Fechem os olhos!

Mesmo de olhos fechados, Decker pôde ver o clarão. O fedor do silício derretido era acre e tinha gosto de sal.

— Pronto!

Decker abriu os olhos, estreitando-os diante dos resquícios do brilho, e teve uma visão maravilhosa, como havia muito não se lembrava de ter.

As paredes estavam derretidas. Os túneis eram fortes o bastante para resistir ao sangue ácido dos alienígenas, mas não foram capazes de se sustentar contra o calor da descarga de plasma. As bordas ainda estavam incandescentes, o branco se tornando lentamente amarelo, e, além do buraco na parede, havia luzes. Após a fraca iluminação das lanternas e holofotes, parecia quase tão brilhante quanto um dia de sol.

Depois de algum tempo, Manning experimentou a borda da abertura que tinha feito. Ao ficar satisfeito, passou por ela, deixando a ponta do rifle de plasma tomar a dianteira. Decker fechou os olhos por um momento, tentando perceber se havia ou não alguma daquelas coisas lá fora. Por enquanto, pareciam estar a salvo, e ele avançou, seguido rapidamente por Adams.

Logo estavam reunidos num poço de mina cavernoso.

Havia lâmpadas. Muitas delas. Havia espaço, o que era uma bênção. O ar era seco e reciclado, e ainda lembrava uma brisa fresca que deixava um sabor doce na língua. Decker respirou fundo algumas vezes, e os outros fizeram o mesmo. Uma sensação de alívio intenso irradiou de todas as pessoas ao redor, misturando-se ao seu próprio conforto.

Adams fez vários agachamentos e esticou o corpo. Depois de hesitar por um momento, Decker se juntou a ela, assim como vários dos outros. Manning, não. Ele manteve o olhar em movimento, o rosto quase inexpressivo enquanto esquadrinhava a área e avaliava a localização como podia.

— Cho — chamou ele pelo comunicador. — Saímos dos malditos túneis e entramos num poço de mina.

— Alguma ideia do nível em que estão?

Manning balançou a cabeça.

— Não, mas acho que estamos acima de vocês. Ainda está no console? Quero saber se já consegue pegar nossos sinais.

— Espere aí. — Houve alguns segundos de silêncio. — Estou aqui, mas ainda não captamos nenhuma leitura.

— Ok. Tem alguma coisa errada aqui. Não ligo para o que tem no solo ou naquela nave. Uma radiação de baixo grau não causaria tanto problema nos nossos sistemas.

— Entendo. — A voz de Cho era firme e profissional. — Mandei Dwadji testar frequências diferentes, mas até agora não encontramos nenhuma que ultrapasse seja lá o que esteja causando a interferência.

— Bom, continue tentando. Quero saber o que está nos dando todo esse problema.

— Pode deixar — disse Cho. — Talvez a radiação tenha aumentado ao longo dos anos, porque a nave ficou enterrada por muito tempo?

Adams balançou a cabeça.

— Essa não cola — retrucou ela, e olhou para Decker em busca de confirmação.

Ele deu de ombros.

— Já vi muitos desastres de terraformação, e esse nível de radiação pode causar uma grande infiltração, mas tenho minhas dúvidas quanto à nave. Qualquer nível de radiação que pudesse chegar a mais de cem metros do acidente teria que ser muito mais forte, provavelmente um risco à vida.

Manning ouviu, estreitando os olhos.

— Mesmo assim, Willis garantiu que era seguro — declarou ele. — E nós confiamos na palavra dele. Tem algo podre aqui, e quero saber o que é.

— Estamos cuidando disso, chefe — garantiu Cho. — Mas o processo é lento, e também aconteceram umas merdas aqui embaixo.

— O que me lembra de perguntar se seus sensores de movimento estão funcionando. — Quando ele disse isso, Adams tentou usar o dela mais uma vez, porém continuou sem sorte.

— Não verifiquei. Do jeito que Willis falava, não pareceu necessário.

— Bom, verifique. Se funcionarem, vão ajudar você a saber se tem mais daquelas coisas se aproximando.

Por um momento, houve silêncio. Depois Cho voltou a falar.

— Escuta, quanto a isso... Silas, o cara que liderou a expedição às ruínas da cidade, acha que temos aqui um caso sério de infestação. Se ele estiver certo, estamos ferrados até a décima geração.

— Como assim?

— Pelo que entendi, ele acha que os insetos que encontramos talvez estivessem hibernando naquela cidade. — Outra pausa. — Ele acha que essas criaturas podem estar acordando. Se estiver certo, não estamos falando de meia dúzia dessas coisas. Silas acha que pode haver centenas delas, quem sabe até mais. Ele acha que, no passado, elas podem ter infestado a cidade inteira.

Decker olhou para os outros mercenários ao redor, que pararam para relaxar um pouco, mas voltaram a ficar alertas outra vez. Armas em punho, vigiando a escavação da mina de um lado a outro.

Olhou para o buraco do qual vieram. Lá dentro estava escuro. *Muito escuro.* Qualquer coisa poderia estar a poucos passos de distância, esperando a hora de atacar.

Então olhou para a esquerda e não viu nada além de uma longa estrada de terra. À direita a imagem se espelhava. Não havia nenhuma referência, nenhuma indicação de para que lado deveriam ir.

Olhou novamente para dentro de si e tentou se concentrar num ponto além dos ruídos de fundo.

Ali... Eles estavam perto. Sabia que estavam, pois podia senti-los. A dificuldade era tentar descobrir onde estavam antes que começassem um novo ataque.

Centenas deles? Seu pulso acelerou. Tirou o rifle de plasma do suporte às costas, verificou a carga e memorizou exatamente onde ficava a trava de segurança.

Em algum ponto ao longe, alguma coisa fez um ruído alto o bastante para ecoar pelo túnel. Decker não conseguia saber de onde vinha, mas pretendia descobrir.

Centenas daquelas coisas. Só precisavam de uma. E depois precisavam cair fora de Nova Galveston, de uma vez por todas. *De olho no prêmio*, disse a si mesmo. *E continue vivo.*

— Decker!

Quase deu um pulo ao escutar seu nome. Era Manning.

— O que foi?

— Está tendo uma das suas sensações estranhas?

Ele assentiu e revirou os olhos sem querer. Esperava que Manning não tivesse visto. O mercenário parecia distraído.

— De que lado? — perguntou Adams.

— Não sei ao certo. Eles não estão perto, mas acho que agora estão mais determinados a me encontrar.

Era como se o ódio estivesse se concentrando. Não sabia de fato como as criaturas agiam, mas era como se estivessem apontando para ele, assim como o ponteiro de uma bússola aponta para o polo magnético de um planeta.

Decker passou a língua pelo lábio superior e sentiu gosto de sal. Estava suando de novo. Mas estava decidido a não entrar em pânico, especialmente porque isso poderia levá-lo à morte.

— Ok — disse Manning. — De que lado você... *sente*... que está a nossa melhor chance de evitar aquelas coisas? — Perdeu um pouco do autocontrole. — Me dá alguma informação útil!

Decker fechou os olhos, e aquela sensação inquieta, singular subiu até sua nuca outra vez. Depois de um instante, apontou para a esquerda.

— Então vamos por ali primeiro para ver se conseguimos descobrir onde diabo estamos. — Para o restante disse: — Fiquem atentos. Mantenham o foco e não deixem nada que não esteja usando um uniforme da empresa chegar perto de nós.

Decker respirou fundo e disse o que pensava:

— Escute, não pense que fiquei louco, porque não fiquei. Mas talvez a gente deva ir *na direção* deles. — Alguns mercenários começaram a protestar, mas Manning pediu que se calassem, e Decker continuou: — Se pudermos encontrá-los antes que eles nos encontrem, talvez tenhamos uma vantagem sobre os filhos da puta.

Manning o olhou nos olhos e deu um breve sorriso.

— Olha só para você, virando macho. — Decker poderia ter se ofendido, mas percebeu a admiração na voz do homem; chegou a *senti-la*. Manning sempre o achou um covarde. — Eu concordaria com você, mas não conhecemos o bastante o território. Se eles estiverem escondidos num desses túneis, podemos passar horas procurando por eles sem nunca os encontrar. E agora estamos em menor número. Precisamos ficar de olhos abertos e voltar para a base.

Eles começaram a andar, com cuidado e observando tudo o que fosse fora do comum. A única boa notícia era que não havia muitos lugares onde aqueles malditos pudessem se esconder.

Manning voltou a falar com Cho pelo comunicador.

— Chame Willis.

Alguns minutos se passaram e o burocrata surgiu na linha.

— O que você quer, Manning? — Alguma coisa na voz dele incomodou Decker, mas não pareceu afetar Manning. — Mas onde é que você se meteu?

— Acho que estamos um nível acima de vocês, então deve ter um elevador secundário. Sem chance de os mineradores esperarem dias e dias só para pegar uma carona. — Ele parou e olhou ao redor antes de continuar. — Alguma ideia de onde ele fica? O que devemos procurar?

Willis tentou lhe explicar o caminho, mas Manning o interrompeu.

— Não sabemos onde *nós* estamos, por isso explicar o caminho não vai dar em nada. O que os mineradores fazem quando precisam sair rápido?

Antes que Willis pudesse responder, sentiram um leve tremor no chão. De repente, ficou mais intenso, e aumentou depressa, até que eles foram derrubados. Ao longe, algo rugiu alto o bastante para sacudir as paredes. Para se proteger dos escombros que caíam, Decker se encolheu em posição fetal no chão. Fragmentos de rocha despencaram neles, levantando poeira no longo corredor, uma nuvem agitada que soprou por um tempo antes de começar a baixar.

— Que porra foi essa? — Manning estava de pé, olhando para o lugar de onde tinham vindo.

— Não sei, chefe — respondeu Adams. — Mas foi bem longe daqui, e veio do lugar para onde estamos indo. — Ela foi ver Decker, depois cada um dos mercenários, para verificar se alguém havia se machucado.

— Cho! — berrou Manning ao comunicador. — Qual é a situação aí embaixo?

Não houve resposta.

— Merda. Bom, é melhor descobrirmos que diabos foi isso.

Ao comando de Manning, continuaram seguindo na mesma direção, protegendo o nariz e a boca da poeira que começava a baixar. Decker se pegou observando as paredes e o teto. O que quer que fosse aquilo poderia muito bem ter causado dano estrutural. Imaginou se corriam o risco de a mina inteira desabar neles.

Por mais que isso o preocupasse, havia uma coisa ainda mais urgente. Podia sentir os alienígenas se movimentando, aquela sensação pavorosa da perversidade rastejando pelo crânio. Seja lá o que tivesse causado o tremor, parecia ter abalado também o ninho das vespas.

A pulsação continuava acelerada demais, ele estava ofegante, então se concentrou. Se qualquer coisa viesse para cima dele, pretendia lidar com ela o mais rápido possível. Verificou mais uma vez o rifle de plasma e se lembrou de uma antiga máxima.

Não é paranoia se tiver mesmo alguma coisa tentando te matar.

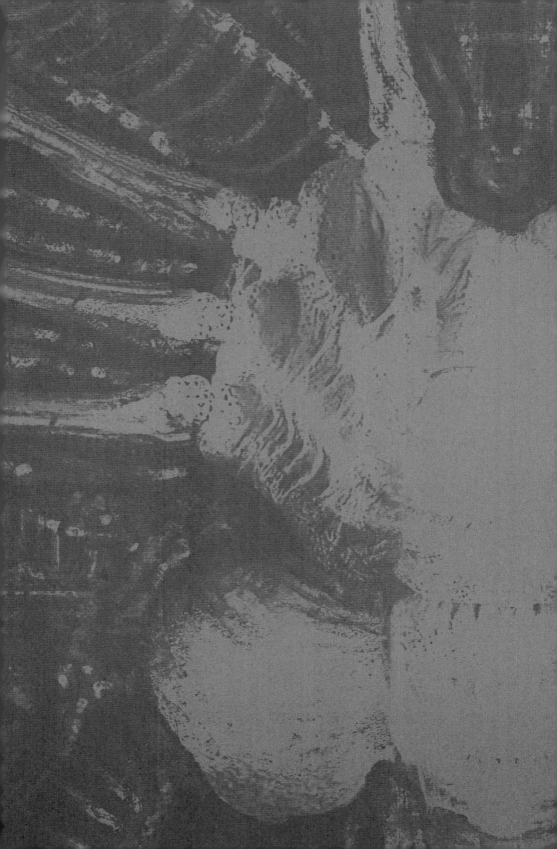

35
EXPLOSÃO

Perkins olhou para os corpos. Precisava voltar ao comunicador. E rápido, já que o seu descanso estava quase no fim. *Descanso*. Que piada triste.

Umas poucas criaturas geraram caos no grupo todo, e uma delas nem era completamente adulta. Estavam todos assustados, e ninguém seguia o protocolo. Cho mal conseguia acompanhar as notícias de Manning e sua equipe, e eles pareciam ter perdido muitos soldados.

Agora, todo mundo andava de um lado para o outro como baratas tontas, sem propósito. Droga, ela estava fazendo o mesmo.

Cho devia ter soltado os cachorros em mim, pensou. Mas ele não fizera isso, e as coisas estavam piorando.

Seu olhar se voltou para a coisa aracnoide no chão. O que aquilo havia feito com Colleen fora monstruoso, e a criatura que a matara de dentro para fora tinha crescido numa velocidade inacreditável. Nem estava completamente desenvolvida e havia arrancado a mão de Lutz, deixando-o fora de combate — se é que ele ia sobreviver.

E, se Silas estivesse certo — e ela esperava com todas as forças que não —, havia centenas, talvez *milhares* daquelas coisas por aí. Despertando. Porra, elas tinham destruído uma *cidade inteira* e matado todos os habitantes.

Fazia algum tempo que ela não via Silas. Willis também estava sumido.

Talvez estejam juntos em algum lugar, tramando alguma coisa, refletiu ela. Porém, logo descartou essa ideia. Não parecia algo que Silas faria naquele momento, não depois de tudo pelo que havia passado.

Anderson estava em cima de algumas das pilhas mais altas de suprimentos, fazendo o melhor que podia para vigiar o perímetro. Perkins subiu numa das pilhas mais baixas para falar com ele.

— Você viu Willis ou Silas?

Anderson deu um meio sorriso. Ela nunca seria o que alguém chamaria de modelo, mas era bastante atraente. Não havia nada sério entre as duas, mas haviam passado algumas noites juntas durante os meses em que trabalharam na mesma equipe.

— Silas foi para o elevador. Willis foi naquela direção.

Ela apontou para mais uma série de materiais de construção, estantes cheias de peças de iluminação e, *ah, aleluia,* banheiros químicos.

Apreciando a ótima ideia que Willis tivera, Perkins agradeceu e se dirigiu às latrinas. A natureza chamava.

Na metade do caminho, avistou Willis. Ele estava fechando uma porta na parede da caverna. Não uma latrina, e sim uma porta de verdade. Parecia antiga — tão antiga que se misturava à superfície rochosa, tornando-se quase invisível.

Mas aonde essa porta leva?, perguntou-se ela. Se não estivesse indo naquela direção, nunca o teria visto.

Começou a se aproximar dele, mas, antes que pudesse ir longe, o chão tremeu sob seus pés, derrubando-a.

Foi impossível ignorar o som. Um trovão trepidou pelo caminho que levava ao elevador, seguido de uma nuvem de poeira. Um instante depois, o som se repetiu; depois, mais uma vez. Os estrondos foram absurdamente altos e lançaram pontadas de dor em seu crânio. Na mesma hora a audição desapareceu, substituída por um zumbido agudo que invadia seus sentidos.

Ela conseguiu se levantar e se dirigiu ao restante do grupo. Cho estava em movimento, assim como Piotrowicz, e logo todos os mercenários e exploradores estavam correndo para o caminhão. Enquanto subiam desajeitados na cabine e na plataforma, alguém ligou o motor. Embora sentisse a vibração, não conseguia ouvir nada. Percebeu que alguém tentava falar pelo comunicador, mas não conseguia distinguir nenhuma das palavras.

A mensagem teria que esperar.

Quando o caminhão parou com um tranco diante do poço do elevador, a maior parte da poeira havia baixado.

Silas estava lá, o sangue escorrendo num filete por seu braço, com o rosto e o alto da cabeça — onde o cabelo era mais ralo — esfolados. Sangrava de um ferimento acima da orelha, mas o corte parecia superficial. O impacto também o havia derrubado. Uma fina camada de poeira cobria o corpo do homem, que empunhava um rifle de pulsos.

Por instinto, Perkins levou a mão à própria arma. Logo percebeu que a dele apontava para o chão. Silas olhou para eles e disse algo, mas ela não conseguiu ouvir.

Cho saltou do caminhão e saiu correndo na direção do cientista com um olhar assassino.

Atrás de Silas, detritos obstruíam completamente o poço do elevador. Três das pesadas vigas de sustentação estavam estilhaçadas. Não havia sinal de que tivessem derretido, mas Perkins ligou os pontos. Havia quatro pontos de encaixe no rifle de pulsos projetados para granadas. Mesmo de longe, ela conseguia ver que três deles estavam vazios.

Cho o alcançou primeiro e o agarrou pela camisa. Tomou impulso para desferir um soco, mas Silas não se mexeu. O técnico parou, o punho ainda no ar, mas logo o baixou.

— O que você fez? — exigiu saber Perkins ao chegar perto deles. Conseguiu ouvir a própria voz, apesar de abafada.

Silas a encarou e falou numa voz lenta, nítida e alta.

— Não podemos sair daqui — declarou, como quem diz o óbvio. — A contaminação precisa parar. Há um planeta cheio de pessoas acima de nós, e não podemos deixar que sejam massacradas por essas coisas.

Ela o encarou, mas não conseguiu dizer nada. De modo muito eficaz, ele tinha acabado de matar todos eles.

Perkins olhou para o elevador, que havia desabado quando Silas destruíra os suportes. Equipamentos de mineração, minério bruto de trimonita e máquinas pesadas agora bloqueavam a única saída disponível para eles. Viu uma poça escura num canto e torceu para que fosse óleo. Em outro ponto, pensou ter visto um braço, projetado para fora dos escombros.

O pensamento a fez estremecer.

Toneladas de material bruto e equipamentos arruinados atravancavam toda a entrada do poço do elevador. Mesmo que pudessem se esgueirar e passar por ali, não dava para saber até que altura o poço estava obstruído com detritos e entulhos. Não havia como as pessoas lá em cima chegarem a eles antes que estivessem mortos.

— Eu tive que fazer isso! — gritava Silas, mas até seus berros indignados soavam aos ouvidos de Perkins como se estivessem abafados por chumaços densos de algodão. — Vocês iam sair daqui! Podem estar contaminados!

Cho sacou a pistola. Silas olhou nos olhos dele quando o mercenário se mexeu, e Perkins percebeu o movimento pelo canto do olho. Ainda estava tentando juntar todas as peças quando Cho atirou. O disparo único espalhou o cérebro de Silas por cima dos escombros que bloqueavam a saída da tumba que o cientista havia erigido.

— Seu idiota de merda — disse ele ao cadáver que desabou aos seus pés.

— Você não salvou ninguém, porra.

Cuspiu no corpo.

Perkins sentiu os lábios se comprimirem numa linha fina. Deveria ter ficado indignada. Deveria ter sentido medo do desatino de Cho. Talvez ele tivesse enlouquecido. Mas na verdade estava irritada, principalmente porque o desgraçado havia sido mais rápido do que ela.

Se ia morrer ali embaixo, queria a satisfação de matar o filho da puta que havia garantido sua morte.

— Esse babaca roubou meu rifle! — Piotrowicz olhou para as ruínas e apontou para o cientista morto.

Cho o encarou intensamente por um momento, depois lhe deu as costas. Ninguém mais se atreveu a falar, sobretudo os antigos colegas do doutor.

— Temos que achar outro jeito de sair daqui. — Perkins se voltou para o restante do grupo. — Alguma sugestão?

Rosemont olhou para a escavação.

— Poderíamos tentar pelos tubos. Algumas pessoas subiram por ali.

Ela não pareceu nem um pouco feliz com a ideia. Perkins franziu a testa.

— O túnel pelo qual nossa equipe subiu está bloqueado agora. Alguém já subiu por aquelas coisas e voltou para contar a história?

A mulher balançou a cabeça.

— Na verdade, não. — Ficou em silêncio por um instante, depois sugeriu: — Também há um túnel de acesso, mas é estreito, e a subida é muito, muito longa. Não sei nem se está desimpedido ou se tem aquelas... coisas lá.

Perkins se lembrou de algo.

— A entrada do túnel fica naquele canto depois dos banheiros? — perguntou.

A confirmação que recebeu foi tudo de que precisava. Assentiu em resposta e foi falar com Cho.

Tinha acabado de alcançá-lo quando um estrondo a sobressaltou. O som saiu do poço do elevador e foi alto o bastante para penetrar a surdez que diminuía lentamente. Não havia nada para ver, mas, o que quer que fosse, era muito pesado.

Então as luzes no teto piscaram e ficaram um pouco mais fracas.

— Que diabos foi isso? — Piotrowicz olhou ao redor, procurando a fonte de energia das lâmpadas. — Algo lá dentro deve ter atingido os cabos. Vou dar uma olhada e ver se consigo descobrir o que foi. — Balançou a cabeça e começou a andar. — Preciso mesmo pegar a porcaria do meu rifle.

Anderson tinha abandonado o posto no topo da pilha de materiais de construção e estava de pé em cima da cabine do caminhão. Era o melhor lugar para se ter uma vista das redondezas, por mais escuras que fossem.

— Está vendo alguma coisa? — perguntou Perkins.

— Ainda não. Mas logo vou ver.

— Por que diz isso?

— Já viu alguém ouvir um barulho alto e não tentar descobrir o que é? A gente veio correndo, não foi?

— Você acha que os insetos vão aparecer?

Os olhos de Anderson continuavam esquadrinhando a área, olhando de tempos em tempos para o poço do elevador arruinado.

— Eu apostaria que sim — respondeu ela.

Perkins assentiu. Infelizmente, concordava.

— No que você acha que isso vai dar?

— Se aquele babaca morto estava certo, não vamos sair dessa com vida. Tem mais de dois mil metros de escadas para subir e escapar dessa merda.

Acima delas, as luzes falharam uma segunda vez, lançando toda a área no crepúsculo.

Perkins gostava menos da situação a cada minuto que passava.

3 6
SOMBRAS

O sol se pôs, e a escuridão caiu sobre o Mar de Angústia.

Nenhum dos trabalhadores na escavação prestou muita atenção, a não ser para acender as poucas luzes que não se acendiam automaticamente. Parecia sempre haver algumas, apesar das muitas medidas de segurança instaladas no sistema.

Luke Rand acomodou seu volume considerável numa cadeira no refeitório. Havia mais gente no recinto, mas não muita. Herschel e Markowitz estavam perto do barracão, esperando enquanto os engenheiros faziam o que podiam para consertar sabe-se lá que merda tinha acontecido lá embaixo. O elevador havia desabado, as equipes na maioria dos níveis já tinham subido, boa parte delas abalada, mas sem ferimentos.

Rand ainda tentava reduzir os níveis de toxicidade do Mar de Angústia. Os planos para construir o município de Laramie haviam sido descartados, mas, com a descoberta da trimonita, o lugar continuava a ser prioridade. Na verdade, até mais do que antes. A Weyland-Yutani gostava de chegar na frente a qualquer lugar onde houvesse algo para lucrar.

Luke cutucou a comida por um tempo e concluiu que não estava com muita fome.

Ver Decker o deixara daquela forma. Gostava de Alan. Sempre havia gostado. Era um sujeito honesto, e isso era uma raridade. Quando gostava de alguém, dava para saber. E, se não gostasse, deixava isso claro também. Era inteligente e tinha a mente aberta.

Então por que tinha ferrado com o cara? Não conseguia tirar isso da cabeça. E, para piorar, Decker não parecia se importar. Ou talvez não soubesse.

De qualquer forma, Luke estava sem apetite. Claro que isso não era exatamente ruim. Tinha ganhado alguns quilos, mais ou menos o bastante para fazer uma pessoa extra.

O caos lá embaixo também o deixava desconfortável. Parecia demais com carma, e ele não gostava nem um pouco dessa ideia. Todos os que trabalhavam no local sabiam da nave alienígena — esse não era o tipo de coisa que se podia manter em segredo. Não por muito tempo. Ele a tinha visto. Não pessoalmente, só as fotos que as primeiras equipes levaram para cima, mas tinha visto.

E quanto às regras de quarentena? Às vezes, as piores coisas aconteciam durante a terraformação de um planeta. Como em DeLancy. Não tinha sido nada bonito o que acontecera às pessoas quando um esporo congelado no *permafrost* derretera durante a terraformação. Rand teve que usar equipamento de proteção completo para ajudar a recolher os restos. Tinha sido nessa ocasião que decidira sair do ramo e se aposentar.

E agora tinha a chance de fazer isso.

O único preço havia sido a amizade de Decker. E talvez um pedaço da própria alma. Talvez Decker não soubesse, mas Luke sabia. Mal suportava ficar perto do desgraçado. Sabia o que a empresa havia feito. Tinha atendido a ligação do escritório central, garantindo que ele se ateria à versão "oficial".

Mesmo assim, depois de DeLancy, perder a camaradagem com Decker era um preço baixo. Ele o pagaria dez vezes mais, sem problema, se fosse para sair daquela merda de uma vez por todas.

Olhou para o prato por mais um minuto e desistiu. A comida parecia lixo e provavelmente tinha o mesmo sabor.

🕷 🕷 🕷

Depois de limpar a bandeja, comprou umas cervejas — agora ele conseguia pagar aquele preço exorbitante — e saiu do prédio para ir aos alojamentos. Um filme ou dois; depois, dormir.

Lá fora, na semiescuridão da noite, viu alguma coisa passar pela areia. Estreitou os olhos para tentar ver melhor. Algo saiu rastejando, depois desapareceu. A saúde de Luke não andava lá essas coisas — mesmo num planeta de gravidade mais baixa, esse lance do peso causava problemas —, mas não havia nada de errado com seus olhos.

Colocou as cervejas no chão. Queria as mãos livres. Com uma delas, tocou o comunicador no quadril, enquanto buscava o bastão de choque com a outra. Luke era um sujeito grande e com certeza sabia se virar numa briga, mas, ultimamente, falava-se muito em falhas de segurança, e havia muito dinheiro seu em jogo.

Olhou para o mar, verificando os montes, as dunas e o terreno quase todo aplainado. O céu estava ficando mais escuro, não pelo pôr do sol, mas porque as nuvens de chuva se aproximavam, e ele dedicou mais tempo à tarefa, tentando ter certeza de que não estava só sendo paranoico.

Droga. *Havia* alguma coisa lá. A uns quarenta e cinco metros, enxergou duas silhuetas. Tentavam passar despercebidas, mas ele as avistou.

— Ei, Bentley! Está de serviço hoje?

Seu comunicador chiou em resposta.

— Estou. É você, Rand?

— Sou eu. Ei, parece que temos um problema aqui fora. Acho que estou vendo alguém na areia.

— Onde? Perto do barracão?

— Não, bem mais distante. Talvez uns cem metros depois.

— Não deve ser a equipe de resgate, então — disse Bentley. — Mas pode ser alguém que conseguiu sair de lá.

— Bom, quer que eu verifique?

— É, neste momento estou sozinho aqui. Não posso sair da cabine. Você faria isso?

Luke suspirou. Preferia beber uma cerveja. Por outro lado, se alguém tinha conseguido sair da escavação, talvez ele devesse verificar mesmo.

— É. Pode deixar. — Luke começou a andar, de olho no ponto onde tinha percebido os movimentos. — Tem notícias lá de baixo?

— Sim, e nenhuma delas é boa. Até onde sei, eles não conseguem descer além do terceiro nível. Se tiver alguém mais abaixo, não ouvimos nem um pio. Estão presos, e provavelmente mortos.

Merda, isso não é nada bom, pensou ele. Já é difícil ter sinal lá embaixo num dia bom.

— Bom, eu aviso se souber de mais alguma coisa — disse para Bentley.

— Faça o mesmo, ok? Tenho amigos lá embaixo.

— Eu também, camarada.

Continuou andando, e, ao chegar mais perto, as silhuetas escuras ficaram visíveis outra vez, e mais definidas. Com certeza eram pessoas, mas parecia haver algo errado com elas. Estavam usando máscaras de gás ou coisa assim? Não podia ter certeza.

Percorreu mais dez metros e parou de repente. A escuridão da noite havia se aprofundado, mas não o bastante para esconder o que ele via. Não eram humanos. Não sabia o que eram, mas humanos não tinham cauda nem aquelas esquisitices saindo das costas. E a cabeça deles era muito longa.

Acessou o comunicador.

— Bent? — murmurou, baixando a voz sem perceber. Não houve resposta, e ele falou mais alto. — Bentley? Acho que temos *mesmo* um problema aqui fora.

— Como é? Repita, Rand.

Então as duas silhuetas se voltaram para ele.

— Ah, puta merda.

Começaram a vir em sua direção.

— Como é que é?

— Bentley! Vem para cá agora! — Estava gritando. — Traz uma arma. É sério!

As coisas se aproximavam rápido e se movimentavam de um jeito esquisito. Como cães ou algo assim. Eram velozes *demais*.

Rand pegou o bastão de choque, uma alternativa não letal às armas de fogo e a outras medidas de segurança. A descarga elétrica estava ajustada para deixar uma pessoa desacordada por um tempo.

Ele conseguiu dar um choque na primeira criatura, que não se afetou nem um pouco. Em seguida, a outra criatura partiu para cima de Rand, que deu um grito.

37
AREIA RUBRA

Como não teve resposta de Rand, Brett Bentley tentou falar com ele pelo comunicador três vezes enquanto se armava. Começou a chamar reforços, depois lembrou que quase todo mundo no local estava no barracão, tentando resgatar as pessoas presas na mina.

É melhor que não seja alarme falso, pensou, sombrio. *E que a besta quadrada não tenha ficado bêbada de novo e desmaiado na areia.*

Rand até que parecia um cara legal, mas tinha começado a beber cada vez mais desde que havia sido realocado. Bentley resolveu que, se visse o cretino largado na areia dormindo, o deixaria lá mesmo.

Talvez um bom banho de chuva o deixe sóbrio.

Pegou uma lanterna e, para reforçar, acendeu as luzes de segurança do perímetro. Depois de dar menos de vinte passos, viu algumas pegadas recentes, que seguiu por mais uns noventa metros. Parou num ponto escuro e úmido na areia negra — de início, não conseguiu distinguir qual era a fonte da umidade.

Talvez ele tenha parado para mijar, pensou. Em seguida apontou a lanterna para a área e viu o tom vermelho que tingia alguns dos grãos pretos. A não ser que o homem estivesse urinando sangue, algo ruim havia acontecido ali.

Olhando ao redor, encontrou sinais de luta, depois rastros que sugeriam que alguma coisa, provavelmente Rand, havia sido arrastada para longe. O esquisito era que não havia outras pegadas de botas, nem de nada parecido.

Bentley sacou a pistola. Os nervos estavam à flor da pele. Fazia catorze anos que trabalhava para a empresa. Em todo esse tempo, nunca precisara sacar a arma. Havia sido treinado e era um bom atirador, mas não tinha experiência em combate.

Preferia continuar assim.

No entanto, tinha um trabalho a fazer. Chamou pelo comunicador e não reconheceu a voz da pessoa que respondeu.

— Fale comigo — disse a voz.

— Estou com um problema aqui fora — relatou Bentley. — Tem um cara desaparecido, um dos subcontratados, e tem sangue na areia. Há sinais de um ataque. Pode mandar alguém para me ajudar?

— Negativo. Precisamos de todo mundo aqui, e mesmo assim não é o bastante. Você vai ter que cuidar disso sozinho.

— Entendido — respondeu Bentley, acrescentando, em silêncio: *Obrigado por nada, babaca.*

Começou a seguir os sinais de luta. A areia estava seca e fofa, e era impressionante como todos os detalhes ainda estavam marcados. Ele conseguia ver uma ranhura nítida onde Rand tinha sido arrastado, e havia marcas indistintas de ambos os lados. Deviam ter sido dois agressores. Ele seguiu o rastro por cerca de vinte metros.

— Droga.

O rastro meio que se apagava. A luz da lanterna passeou pela areia fofa. Não havia nada depois daquele ponto. Nenhum indício de que Rand se libertara ou de que seus agressores tivessem ido para outro lugar.

Bentley se virou para voltar. Não podia se afastar mais do seu posto sem violar as normas. Depois de alguns passos, contudo, ouviu algo atrás de si.

Virou-se e apontou a lanterna para a escuridão.

Deu uma boa olhada nos dentes do monstro.

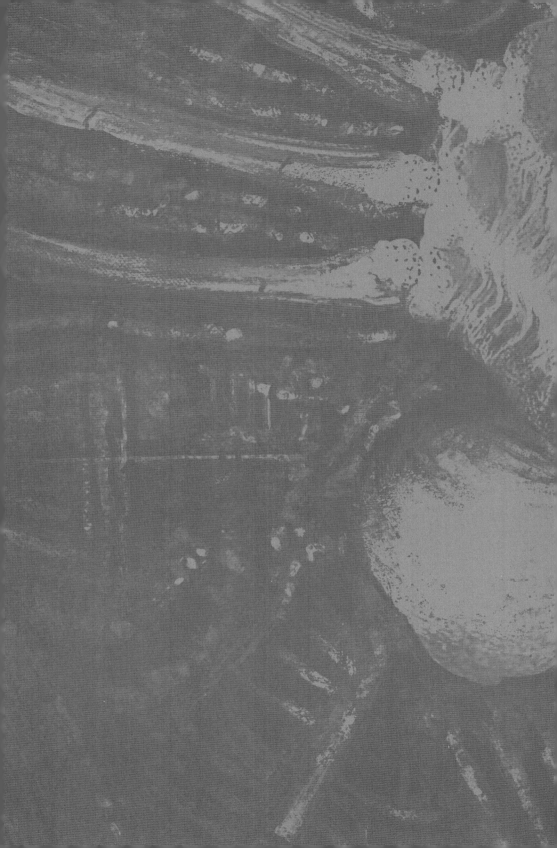

38
ESCOMBROS

Lado a lado, Manning e Decker observavam as ruínas derretidas do elevador no fundo do poço e as várias toneladas de equipamento avariado. O mercenário expressou o que sentia ao dar uma cusparada nos escombros.

Decker olhou para as paredes do poço e balançou a cabeça. A coisa toda tinha sido esculpida nas rochas do local, e as paredes eram muito duras. Apesar disso, viu longas rachaduras nas pedras.

— Puta merda. — Adams olhava para cima. — Estamos no *quinto* nível. — Ela apontou com o cano do rifle para as marcas na borda superior do ponto onde o túnel se encontrava com o poço. — Agora, só precisamos achar os outros elevadores, aí talvez possamos sair daqui.

A voz de Cho chegou pelo comunicador, e Manning se afastou, falando no headset. O técnico havia matado o homem responsável pela destruição. Tinha sido um cientista da escavação — ele se convencera de que precisavam se sacrificar para impedir que as criaturas se libertassem.

Ele tinha certa razão, pensou Decker, mas não disse nada. *Só não sei se alguma coisa é capaz de detê-los. Já a nossa chance de sobreviver...* Não. Para o inferno com aquilo. Pretendia voltar para casa inteiro. Tinha uma vida à qual retornar e nenhuma intenção de entregá-la à Weyland-Yutani, nem a qualquer monstro esquisito que pudessem encontrar.

As luzes piscaram mais uma vez. Se a energia acabasse, estariam com sérios problemas. Então teve uma ideia.

Olhou para Adams, que observava o caminho que tinham percorrido com uma expressão grave.

— Ei, Adams — chamou ele. — Vocês têm alguma coisa que faça ver melhor no escuro? Um equipamento padrão ou algo do tipo.

Ela fez que não.

— Não tem essa de equipamento padrão. Cada um compra o próprio material. Então, sim, alguns de nós têm óculos de visão noturna. Não funcionam em lugares apertados, como os túneis, especialmente se todo mundo estiver junto lá dentro. E com eles é ruim de mirar. Mas num lugar aberto eles podem ser úteis. — Ela sorriu. — Tenho um na mochila.

— Sério?

— Sério. Os óculos funcionam, mas não são tão bons quanto o olho nu, a não ser que você esteja na escuridão total. Perde-se muito da visão periférica.

— É, entendo o que você quer dizer.

Já usara esse tipo de óculos em mais de uma missão. Havia modelos mais compactos e menos intrusivos no mercado, mas custavam os olhos da cara — mais do que um soldado, ou um burocrata feito ele, poderia pagar.

Não se deu ao trabalho de perguntar se ela tinha um par de óculos extra.

Algo fez seu couro cabeludo se arrepiar, e o ruído de fundo aumentou um pouco... depois mais um pouco. Decker se voltou para o seu interior e tentou expandir os sentidos.

— Manning? — A voz saiu baixa, e ele a manteve firme. Como o mercenário não respondeu, tentou outra vez, mais alto: — *Manning!*

— O quê?

— Eles estão chegando!

Manning foi até ele na mesma hora.

— Onde estão?

Os ângulos do rosto do mercenário ficaram ainda mais marcados. Decker levou um minuto para responder.

— Estão vindo de várias direções. E não vão levar muito tempo para chegar aqui.

— Então vamos nos equipar, encontrar os malditos elevadores e dar o fora daqui — disse Adams, o tremor da voz quase imperceptível.

Manning concordou.

— Vamos. Mantenham as armas prontas e verifiquem as armaduras. Vamos seguir pelos caminhos mais usados.

Tomou a dianteira de novo, empunhando o rifle. Dessa vez, Decker estava no meio do grupo, com três pessoas na frente e quatro atrás.

Andar se tornava cada vez mais difícil para ele. *Qualquer* tarefa se tornara difícil. Enquanto se aproximavam do buraco que Manning havia queimado na lateral do túnel, a sensação de proximidade das criaturas ficava tão intensa que o esgotava fisicamente.

Merda, pensou com súbita lucidez. Tudo o que pôde dizer foi:

— Estão aqui!

Os primeiros vieram pelo buraco, enquanto outros surgiram da frente deles, e alguns, por trás, provavelmente do próprio poço do elevador. Não dava para contar quantos eram. Nem queria. Tudo o que podia fazer era mirar e torcer para não explodir a própria perna ao disparar.

Os freelancers agiram antes dele. Eram treinados para o combate. Ele só era treinado para preencher formulários. Pensar nisso quase o fez rir enquanto tentava encontrar um alvo. Mas os mercenários estavam no caminho.

Quatro das silhuetas negras avançaram velozmente, mal fazendo ruídos, exceto pelo deslizar das unhas no solo de terra batida e nas pedras. Adams abriu fogo quando ainda estavam a dez metros de distância, grunhindo cada vez que puxava o gatilho. Quatro sons baixos vindos dela, quatro estrondos fortes da arma, e duas das criaturas explodiram.

As outras duas se abaixaram.

Uma delas saltou, quicou na parede e mergulhou sobre um homem de cabelo escuro que já atirava em outra fera que ia em sua direção. O mercenário só teve tempo de perceber que estava ferrado antes que o monstro o jogasse no chão, arranhando e mordendo o tempo todo. Ninguém pôde ajudá-lo. Se atirassem na criatura maldita, o sangue simplesmente queimaria o pobre coitado.

Ele acertou o rosto da criatura com a pistola, tentando empurrá-la para o lado, mas ela não se mexeu. A boca da coisa se abriu e babou um líquido pegajoso enquanto a boca secundária se cravava no rosto do homem, rasgando a bochecha dele.

Decker desviou o olhar quando outra daquelas criaturas pulou por cima de Adams. Ela tentou mirar, mas falhou. Antes que a mercenária pudesse compensar a velocidade do alienígena, ele ultrapassou a linha de tiro.

Decker não pensou. Só apontou, puxou o gatilho e teve uma sorte absurda. O plasma do rifle não atingiu Adams e acertou as costas do demônio veloz, queimando duas saliências que brotavam dos ombros como asas congeladas. A criatura guinchou e corcoveou, tentando escapar à dor.

Ela se virou. Mesmo em meio à agonia, Decker sentiu que ela se concentrava nele, percebendo-o pelo que era, por quem era, e a sensação de ódio aumentou dez vezes.

Ferida, possivelmente morrendo, a criatura maldita ainda avançou para ele, arranhando o solo ao mudar de direção. Não havia tempo para um novo disparo, mas ele tentou mesmo assim, e lançou uma bola de fogo líquido na parede.

Naquele instante, a morte era certa.

Manning deu uma coronhada no crânio longo da criatura, jogando o monstro no chão. O golpe foi forte, mas não bastou. Num instante a coisa já estava de pé e tentando atacar Decker outra vez. Ele recuou e esbarrou em outra pessoa, mas não se atreveu a se virar para ver quem estava atrás dele.

A criatura continuou investindo, avançando enquanto cambaleava sem se preocupar com mais nada. Sentir os pensamentos dela, o ódio primitivo, o desejo de matá-lo já teria sido ruim o bastante, mas a mente por trás dessas emoções era tão exótica que os sentimentos brutos pareciam ainda piores. Sentiu a ira obsessiva enquanto seu próprio medo crescia.

Manning deu um chute de lado na coisa, atordoando-a. Antes que ela conseguisse se recuperar, ele disparou, o cano da arma soltando um clarão cada vez que puxava o gatilho. Quatro projéteis se cravaram no monstro, cada impacto jogando-o para trás.

Ele caiu e não voltou a se erguer.

Não havia tempo para comemorar, pois o bando seguinte apareceu. Contudo, os seis mercenários estavam prontos e tinham espaço suficiente para trabalhar em conjunto. Dois abriram fogo com os projéteis explosivos que estilhaçaram o ar e os inimigos. Os jorros de sangue ácido atingiram seus trajes e seus corpos, mas os espirros foram reduzidos pela distância.

Enquanto o primeiro alienígena caía, os que estavam atrás dele se separaram e atacaram. Eram velozes e selvagens, estreitavam a distância entre eles num instante, tornando as armas de longo alcance inúteis. Manning comandou seus homens e eles obedeceram, mas nem todas as ordens do mundo poderiam mudar a brutalidade do ataque. Os freelancers foram forçados a recuar, e Decker os acompanhou.

Aquelas coisas ganhavam vantagem sem parar.

Adams e Manning e vários outros logo passaram a usar as armas como porretes. Manning golpeou uma das feras e a jogou para trás, grunhindo com o esforço, e, quando ela caiu, outra mercenária a atingiu com o disparo rápido de uma calibre 44. Ela gemeu quando o sangue da criatura queimou seu corpo, mas logo se recompôs e voltou ao combate.

Um dos demônios de casco negro pulou por cima de Manning enquanto ele repelia outro. Atravessou a distância sem esforço e caiu sobre outro mercenário, que se estatelou e teria morrido na hora se a coisa não parecesse mais determinada a alcançar Decker. Tão rápida quanto ao pousar, ela pulou de novo e avançou na direção dele.

Decker lutou para se livrar da pressão dos corpos e xingou, girando o rifle de plasma num pequeno arco que acabou salvando-o de ser despedaçado. Em vez de se cravarem nele, as garras da criatura arrancaram a arma de suas mãos. Decker não teve tempo para pensar, atacou a criatura e a derrubou de novo por cima do homem que ela havia jogado no chão.

Dessa vez, o mercenário estava mais preparado e ergueu os dois pinos da arma de choque, eletrocutando a coisa e causando um solavanco que deveria tê-la matado. Enfiou os pinos no peito dela e acionou a voltagem uma segunda vez. E depois uma terceira, até a criatura parar. A couraça negra e lustrosa estava rachada, sangrando.

Decker pegou a arma novamente e tentou recuperar o fôlego.

Elas estavam por toda parte.

— Recuar! — berrou Manning, e seu pessoal obedeceu.

Adams empurrou Decker para que os acompanhasse.

De repente, uma onda de força o levantou e o jogou para trás. Os ouvidos latejaram e um clarão o cegou. Manning havia jogado uma granada no meio dos inimigos.

Tentou se recuperar e olhou ao redor. Vários dos freelancers se levantavam com dificuldade, livrando-se dos efeitos da onda de choque e continuando a retirada estratégica. Manning jogou uma pequena bola de metal num arco suave e baixo em direção a mais daquelas coisas, que vinham da área do elevador. Decker estava um pouco mais afastado e conseguiu cobrir mais alguns metros antes da detonação.

Permaneceu de pé, assim como a maioria dos combatentes, e logo todos estavam correndo. Seguiam com obstinação e rapidez, afastando-se das silhuetas negras espalhadas pelo chão.

Decker não conseguiu ver quantas delas havia. Não se atreveu a parar para descobrir. As sobreviventes se recuperariam, e outras se juntariam a elas.

Eles correram. Ah, como correram.

E foram seguidos pelos monstros.

***

O pânico estava vencendo, e Decker precisava detê-lo.

Esforçou-se para respirar e prestar atenção em para onde estava indo, ou sem dúvida morreria. As coisas que vinham atrás deles sibilavam baixo e guinchavam alto, estridentes, e o ruído rígido dos corpos em movimento contrastava bruscamente com o som das criaturas. Tentou olhar para trás, mas só conseguiu ver os mercenários, e vários deles disparavam as armas enquanto corriam.

Adams tinha dito que o rifle nas mãos dele podia ser colocado em modo automático. Ele virou a arma e procurou o controle, mas, antes que pudesse fazer qualquer outra coisa, o terreno mudou. O corredor que parecia infinito começou a fazer uma curva, e ele teve que prestar atenção ao que acontecia à sua frente.

Então chegaram a uma bifurcação.

— Para que lado, Decker?

Ele não reconheceu a voz.

Duas opções: esquerda ou direita.

O caminho da esquerda parecia ser o mais usado, e ele apontou nessa direção, guiado pela intuição. O grupo foi para lá, e Decker rezou para ter escolhido o caminho certo.

Enquanto rezava, parou e mudou o ajuste do rifle de plasma. Os mercenários continuaram a correr. Com o coração batendo tão forte que não ouvia nem o som da própria respiração, Decker apontou para o lugar de onde tinham vindo e esperou.

O último dos mercenários, Llewellyn, passou correndo por ele — haveria menos do que lembrava? Parecia mesmo que sim.

A primeira daquelas coisas chegou deslizando pela curva.

O ódio que sentiam era quase algo vivo, uma presença real se deslocando em meio à onda de corpos quitinosos. Movimentavam-se mais rápido que antes, e Decker baixou o cano do rifle em direção ao centro da massa fervilhante. Então, puxou o gatilho.

E ficou cego.

Adams tinha avisado. O ar ao redor dele pareceu pegar fogo. Um pequeno tiro daquela coisa bastava para derreter a carne dos alienígenas. Quando soltou o gatilho, já havia disparado quase cem vezes mais. O calor fez seu cabelo ondular, e o clarão eliminou todo e qualquer traço das silhuetas negras diante dele. Elas gritaram, não só com as vozes pavorosas, mas com a mente. O ódio que se impunha a ele desapareceu numa conflagração de plasma e medo.

As paredes onde elas tinham estado brilhavam. Em alguns pontos a pedra escorria, e as faixas escuras, que deviam ser a trimonita, cintilavam, incandescentes.

— O que há de errado com você, porra? — berrou Manning, tão perto que chegou a assustar.

Ele apertou o ombro de Decker com a mão e começou a arrastá-lo para trás.

Decker não conseguiu responder, só se deixou arrastar. A mente estava dominada pela luz brilhante e explosiva e pelo absoluto *silêncio* da horda de coisas que tentavam matá-lo.

Manning arrancou a arma das mãos de Decker, girou-o e o empurrou para a frente.

— Anda!

Decker obedeceu, tentando respirar um ar que parecia rarefeito demais e muitíssimo quente. Avançou cambaleando e seguiu as pessoas à sua frente. Atrás dele só restava Manning. Os alienígenas haviam sumido.

Simplesmente sumido.

Mais adiante, o grupo reduziu o passo ao chegar à grade das portas do elevador secundário. Adams se virou para trás, olhos arregalados, e Decker sentiu o choque dela.

Ele próprio estava um tanto chocado.

Atrás deles, o calor estava ficando pior.

— Ferguson! — A voz de Manning interrompeu os pensamentos. — As portas estão funcionando?

Um homem esguio, sujo de sangue, fez que sim.

— Sim, senhor!

— Então abra e tire a gente deste inferno.

A cólera dos alienígenas foi substituída pelo medo e pela descrença dos mercenários. Estavam em choque, e ele não sabia se a causa eram os insetos ou sua própria estupidez. *Provavelmente os dois.* Entraram no elevador, e Ferguson fechou as portas enquanto o fulgor das paredes em chamas atrás deles iluminava o corredor.

— Vão! — rosnou Manning, e logo depois toda a plataforma na qual estavam deu um tranco e começou a subir.

O líder não disse mais nada, porém olhou para Decker como se quisesse matá-lo.

— Eu os detive, não foi? — perguntou Decker. Não tinha planejado falar, mas pronto, ali estava.

— Você praticamente botou um sol em miniatura num corredor feito de pedra e terra! Porra, isso tudo só não vai desabar se a gente tiver muita sorte, seu idiota desgraçado!

Não podia dizer que não sabia disso. Ele sabia. Só não tinha pensado direito na hora.

Não, isso não era verdade. Ele *tinha pensado*, sim. Tinha pensado em fugir das coisas que queriam assassiná-lo.

— Eu não devia ter dado um rifle de plasma para ele — disse Adams, e isso o magoou.

Manning se virou para ela na mesma hora.

— Ah, jura?

Decker balançou a cabeça.

— Não. Isso é comigo. Ela me disse para não deixar no automático. Foi tudo por minha causa.

Ele não queria que Adams levasse a culpa pela manobra estúpida. Manning respirou fundo, devagar, e se acalmou.

— Para sua informação, rifles de plasma tendem a esquentar as coisas — disse ele.

O elevador continuou a subir com a velocidade de uma tartaruga.

39
COMUNICAÇÕES

Rollins se sentou à mesa e verificou se novas mensagens do escritório central tinham chegado. Não havia nenhuma.

Que bom, pensou ela. Seus superiores só mandavam respostas quando ela enviava uma indagação. Já que não havia feito isso, o silêncio era uma boa notícia.

Começou a revisar os vários relatórios da situação, e Willis a chamou pelo comunicador. Ela não atendeu de imediato, fazendo-o esperar um pouco.

— Diga.

— Precisamos que o seu piloto volte para cá o mais rápido possível — disse ele, parecendo sem fôlego. — Acho que as coisas estão dando errado muito rápido.

— O que o senhor quer dizer?

Ela verificou as informações que haviam chegado, e a única falha que conseguiu encontrar foi que uma das sondas não estava mais funcionando. Isso era intrigante, já que tinham sido construídas para suportar condições planetárias extremas. Seria difícil causar pane numa delas.

— O elevador foi avariado — continuou ele. — Houve algum tipo de explosão.

— Onde você está agora?

— Entrei num túnel de acesso. Estou subindo. É uma longa escalada até o próximo nível, mas vou chegar lá.

Ele parecia bastante confiante. Ela optou por deixar que continuasse assim naquele momento. Considerando a situação, essa confiança não duraria muito.

— Muito bom. Quando estiver em segurança, me avise. Até lá, boa sorte.

— Espere! E a dropship?

— Vou mandá-la em breve. Conseguiu todas as informações que eu lhe pedi, senhor Willis?

— Todas as informações que eles coletaram sobre a cidade estão comigo agora. Também tenho imagens daquelas coisas.

— O senhor foi muito prestativo — comentou ela, com calma. — Agradeço por isso. Estou ansiosa para ver o que o senhor me trará.

— Mas...

Rollins desligou e convocou Pritchett ao seu escritório. O piloto chegou depressa.

— Preciso que você desça — informou ela. — Acredito que conseguiremos o que queremos desta operação muito em breve.

— Então eles pegaram os seus aliens?

— Houve alguns percalços, mas creio que eles se resolverão. Enquanto isso, porém, a equipe precisará ser resgatada, e isso deve acontecer o quanto antes.

Pritchett assentiu e saiu.

Rollins olhou para o computador e começou a digitar.

Para: L.Bannister@Weyland-Yutani.com
De: A.Rollins@Weyland-Yutani.com

Assunto: Aquisições em Nova Galveston

Lorne,

Parece provável que tenhamos êxito em atingir nossos objetivos em relação aos dados biomecânicos que buscamos há algum tempo.

Quanto ao local de escavação, talvez só consigamos resgatar alguns dados. Extrair a trimonita e qualquer outro recurso ali localizado provavelmente terá um custo proibitivo, sob vários aspectos.

Por favor, examine as informações criptografadas no arquivo anexado. Por causa do volume de dados, a taxa de compressão foi multiplicada por dez. Espere ruído branco.

Atenciosamente,
Andrea

Enviou a mensagem, levantou-se e saiu do escritório. Queria pensar, e as paredes do recinto não proporcionavam uma vista favorável ao entusiasmo mental.

Em algum lugar abaixo dela, os objetivos da companhia estavam cada vez mais próximos — como não ficavam havia muito tempo. Estava ao seu alcance salvar as pessoas envolvidas, mas isso poderia ameaçar o sucesso da missão.

Não era um risco aceitável.

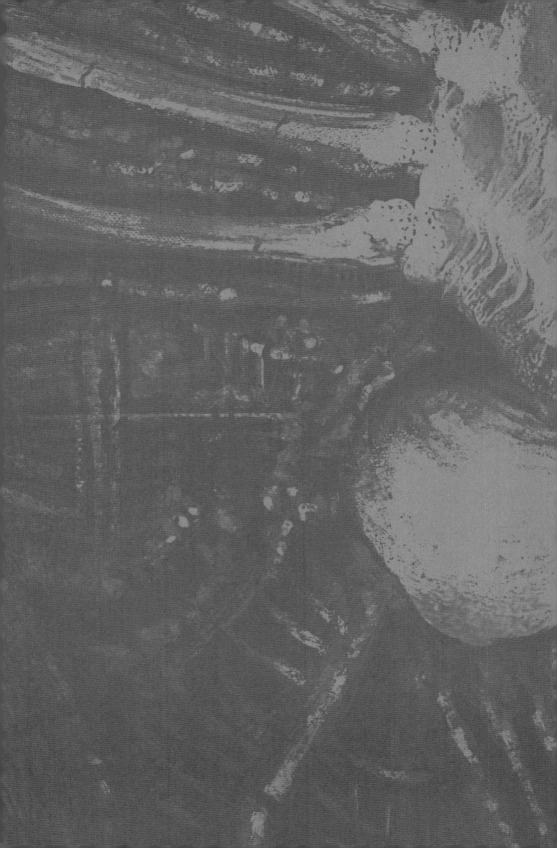

40
BUSCA E RESGATE

O barracão Quonset estava em plena atividade, com mais de vinte pessoas trabalhando. Ninguém conseguia entender que diabos tinha acontecido.

O túnel que levava ao subterrâneo estava escancarado, e todos tomavam o cuidado de não ficar perto demais dele. Seria uma bela queda se alguém bancasse o idiota ou o desastrado. Alguns dos trabalhadores mais atrevidos já haviam tentado descer com cordas pela lateral do poço profundo para ver o que encontrariam. Em seguida, tentariam manobrar um dos equipamentos lá embaixo e descer uma plataforma. Presumindo que encontrassem alguém capaz de manobrá-lo.

A equipe que deveria fazer isso estava ferida ou muito provavelmente morta no fundo do poço. Transportavam máquinas de volta ao quinto nível quando toda a estrutura havia desabado.

Lightfoot e Moretti estavam cuidando das plataformas menores, de uso individual, da equipe de resgate, tentando baixá-las o suficiente para verificar o nível seguinte da mina. Estavam lá para garantir que qualquer corda que ficasse presa em algum ponto fosse desenganchada o mais rápido possível.

Ninguém esperava que as cordas se retesassem e em seguida ficassem completamente frouxas, mas foi o que aconteceu. Havia quatro cordas separadas descendo. Eram independentes, e cada uma seguia seu próprio ritmo. Vinham operando depressa, mas não tão rápido a ponto de colocar a equipe em risco.

De acordo com os informes da primeira corda, que pertencia a Kirby, ele havia descido pouco mais que cento e cinquenta metros quando a corda ficou tensa e despencou de repente, soltando dez metros extras de seda de alta qualidade antes de se desprender. Moretti viu tudo acontecer e deu um grito de alarme. Quando se voltou para Lightfoot para dizer algo, a mesmíssima coisa estava acontecendo à segunda corda.

Quase de imediato, as últimas duas cordas repetiram o processo. Lightfoot apertou os retratores automáticos para puxá-las de volta. Se algum integrante da equipe de resgate estivesse ferido, seria trazido para cima num ritmo estável e em no máximo dois minutos.

As cordas voltaram rápido.

No entanto, voltaram rápido *demais*, e nenhum membro da equipe de resgate retornou: as cordas haviam se rompido.

Várias pessoas apontaram lanternas para o poço e chamaram por eles aos gritos.

Mas não houve resposta. Nenhum ruído inesperado, nenhum sinal de que algo tinha dado errado; simplesmente não houve resposta alguma. Moretti ficou tão alucinado que começou a andar de um lado para o outro, roendo as unhas. E Lightfoot, também perturbado, mandou mais quatro sondas.

No entanto, aquilo se provou inútil. Todas as sondas que eles tentaram baixar falharam em transmitir dados em meio à interferência causada pelo Mar de Angústia. Ninguém sabia o motivo — não havia nenhum fenômeno natural que explicasse isso.

Mesmo assim, Lightfoot pegou as sondas — precisavam tentar. Vinculou a telemetria delas ao console principal. Assim tão próximas, elas funcionavam perfeitamente. Então baixou as sondas no poço, e os quatro sensores esféricos foram trabalhar, correlacionando informações enquanto desciam.

Quinze metros depois, os informes cessaram.

Lightfoot soltou uma série de palavrões, e muitos fizeram o mesmo. Se antes havia uma breve esperança, não restava mais nada.

Moretti saiu do barracão para fumar um cigarro. Estava estressado e irritado, e, por mais que detestasse ceder à tentação, a alternativa era ficar resmungando tanto quanto Lightfoot.

Deixando a porta aberta, lutou contra o vento por um instante para acender o cigarro. Quando o fogo estava quase pegando, alguma coisa o agarrou e o jogou com força na parede de aço corrugado. O agressor usava algum tipo de armadura preta, e era impossível distingui-lo na penumbra. Moretti grunhiu e começou a gritar, mas a mão poderosa agarrou sua garganta e o deteve com um som gorgolejante e estrangulado.

E, enquanto se debatia e lutava, deixando cair o cigarro, outras silhuetas vieram do deserto e entraram na barraca, passando sem se preocupar se alguém as ouviria ou avistaria.

※ ※ ※

Fonseca foi a primeira a vê-las. Respirou fundo e deu um berro estridente. Enquanto as pessoas ao redor levavam o maior susto de sua vida ao escutar o som inesperado, os monstros atacaram.

Havia sete deles, todos negros e lustrosos, com longas garras, cauda serrilhada, rosto sem feições e fileiras de dentes afiados. Avançaram numa velocidade sobrenatural, alguns usando as duas pernas, outros rastejando de quatro. Moviam-se de um jeito estranho e emitiam sibilos perturbadores.

Poucos ali estavam usando comunicadores e um número ainda menor portava armas. A maior parte das pessoas que participava da ação de busca e resgate estava tecnicamente de folga. Só estavam ali porque era preciso.

Uma das criaturas bizarras tentou agarrar Lightfoot, e ele reagiu por reflexo. Segurou os pulsos da coisa quando ela o atacou, e, girando o quadril, lançou o monstro para longe, no profundo abismo do túnel do elevador. A criatura guinchou e se debateu ao cair na escuridão.

Conseguiu resistir ao segundo atacante, bloqueando vários golpes enquanto o monstro continuava tentando ultrapassar suas defesas, que não eram perfeitas — não levavam em conta que o monstro tinha uma couraça, nem que a cauda serrilhada poderia fisgar uma pessoa. Nem aqueles malditos *dentes*. Logo tinha diversos ferimentos sangrando, enquanto as pessoas à sua volta eram abatidas.

Várias dos trabalhadores lutavam, fazendo o melhor que podiam, mas a maioria estava tão aterrorizada que buscava fugir em vez de tentar se defender. Lightfoot teve a vaga noção de que havia uma debandada em direção à porta enquanto o inseto continuava a atacar, levando-o ao limite das suas habilidades.

E, enquanto Lightfoot se concentrava na coisa diante de si, aquela que ele tinha derrubado no poço escalou a lateral do túnel e se jogou sobre as costas dele. Lightfoot nem havia considerado essa possibilidade.

Um por um, os trabalhadores, os salvadores, todos caíram. Os gritos e brados diminuíram até pararem por completo. Em seguida, todos foram levados, carregados para fora do barracão rumo à chuva leve que começava a cair do céu noturno. As formas inconscientes e feridas foram arrastadas através do Mar de Angústia.

Então o mar se abriu e os consumiu, até que não restasse nada a se ver senão as areias enegrecidas, lisas e contínuas.

41
BOAS NOTÍCIAS

Quatro novos fluxos de dados percorriam a superfície de Nova Galveston e seguiam direto para a *Kiangya*, onde as informações chegavam ao computador de Andrea Rollins. As notícias eram inesperadas, mas não inoportunas. Informação era poder. Rollins sabia disso melhor do que a maioria das pessoas.

Observou os informes e balançou a cabeça. Por um breve momento, um sorriso brincou em seus lábios, antes que ela o aniquilasse.

Hora de mais um relatório.

Digitou a mensagem rapidamente.

Para: L.Bannister@Weyland-Yutani.com
De: A.Rollins@Weyland-Yutani.com

Assunto: Resultados inesperados

Lorne,

Parece que o objeto é consideravelmente mais agressivo do que havíamos imaginado, ou mesmo esperado. Além disso, os dados da superfície indicam que a infestação é ainda mais ampla do que se acreditava de início. Creio que estejamos diante de um envolvimento completo de todos os objetos de estudo e da possibilidade real de que a equipe que reunimos seja infectada antes mesmo de atingir seus objetivos.

Mandei uma dropship ao planeta numa tentativa de viabilizar o retorno dos indivíduos. Quando tivermos adquirido as amostras apropriadas, talvez devamos considerar um curso de ação diferente do planejado, ao menos para garantir que os bens permaneçam de posse exclusiva da empresa.

Acredito que a terminologia usada antes da Expansão era "aniquilação total". A não ser que você responda com outra recomendação, essa é a atitude que tomarei. Qualquer falha poderia muito bem levar a sanções e penalidades onerosas à Weyland-Yutani.

Em relação ao mesmo assunto, as informações coletadas durante o exame do local de escavação foram muito abrangentes. Embora não possamos garantir uma análise completa das fusões biotecnológicas, acredito que estejamos razoavelmente perto de uma convergência proveitosa entre biotecnologia e produção de armas, completamente baseada nas amostras cuja análise foi bem-sucedida.

A nave alienígena e as construções encontradas no local de escavação indicam um padrão similar, se não idêntico: vida sintética organicamente cultivada. Estruturas biotecnológicas geradas num ambiente protegido. As implicações são assombrosas, e farei tudo o que estiver ao meu alcance para garantir que tenhamos amostras físicas das estruturas, na esperança de que possamos encontrar material genético suficiente para fundamentar uma reorganização total de toda a divisão biotecnológica da empresa, bem como de suas metas e objetivos.

Como de costume, os arquivos anexados estão rigorosamente criptografados para garantir o sigilo. Manterei uma cópia de segurança para o caso de os dados se perderem na transmissão, mas recomendo que vocês comecem a analisá-los o mais rápido possível.

Por favor, avise-me o quanto antes caso considere necessária uma atitude diferente da que previ.

Atenciosamente,
Andrea

Enviou a mensagem e se acomodou para esperar.
Enquanto esperava, continuou a observar a crescente riqueza de detalhes com um nível de distanciamento clínico que teria deixado seus antecessores orgulhosos.
A Divisão de Tecnologia Biológica estava prestes a receber um impulso vultoso, baseado apenas nos dados brutos. Se a equipe fosse bem-sucedida em obter amostras vivas, o potencial para o progresso seria imensurável e justificaria o sacrifício.

Contudo, ela esperava que Decker voltasse vivo. O que quer que o vinculasse aos alienígenas parecia ter potencial para ser ainda mais explorado.

Em algum lugar nas profundezas, as sondas multifuncionais e independentes continuavam a coletar informações.

Diante dela, o computador prosseguia com a tarefa de distinguir e gravar esses dados.

42
VELOCIDADE DE ESCAPE

As luzes continuavam diminuindo. Perkins olhou ao redor na escuridão quase completa, tentando enxergar *qualquer coisa*, e estremeceu. Agora havia fogo no elevador, mas não bastava para ajudar, e a fumaça estava começando a se tornar um problema.

— Não podemos ficar aqui — avisou Cho. Perkins também não gostava das alternativas, mas não tinha energia para discutir.

Tudo bem, pois Piotrowicz parecia mais do que disposto a assumir a tarefa.

— Olha, você pode escalar até dar de cara com aquelas coisas, se quiser, mas acho que para nós é melhor ficar ralando aqui. Mais cedo ou mais tarde, vão mandar alguém descer até este nível.

— É, mas só vão encontrar nossos cadáveres — retrucou Cho. — Não estou dizendo que temos que subir pelos tubos. Eu também não gosto muito da ideia de passar por aquelas coisas, mas, se Willis encontrou um jeito de sair, nós também podemos achar.

Ele mantinha a calma, mas era óbvio que só com muito esforço.

Piotrowicz balançou a cabeça.

— Não é defensável.

— E isto aqui é? — Cho ergueu a voz.

Perkins suspirou e cerrou os dentes.

Estrada se pronunciou.

— Olha, não quero ficar sentado aqui coçando a bunda — disse ele. — Está ficando escuro, e acho que aquelas merdas vão vir nos pegar. A gente sobe a escada, bloqueia o acesso por baixo, e aí sobra só uma direção para elas atacarem, certo?

Anderson tinha voltado a andar em cima das pilhas de material de construção, de onde tinha a melhor vista. Vogel e Dwadji estavam com ela, garantindo que não teriam mais surpresas. Os três haviam colocado os óculos de visão noturna. Ninguém tinha certeza de que isso ajudaria, mas também não achavam que faria mal.

O problema não era exatamente a escuridão, mas o fato de ninguém saber ao certo se as criaturas emitiam calor corporal suficiente para serem avistadas. Por isso, cada um deles havia ajustado os óculos num nível diferente. Um usava ultravioleta — Vogel, pensava ela —, o que funcionava muito bem. Mas Dwadji havia experimentado o infravermelho, e isso era um problema sério. Havia fogo no elevador, e um olhar naquela direção bastaria para deixá-lo quase cego.

O fogo havia começado de repente, e não parecia ser efeito das explosões. Houvera um clarão intenso, como o de um rifle de plasma, e escombros em chamas caíram, incendiando as partes de madeira do elevador e dos equipamentos de mineração. Isso só aumentava os problemas, gerando fumaça suficiente para causar danos respiratórios se alguém não fizesse algo logo.

Perkins sentia calor, suava e tinha fome. *E estava cansada*. Muito cansada. Sentia-se mal, mas Lutz estava pior. Ele recuperava e perdia a consciência o tempo todo. E, quando estava acordado, sentia dor e quase delirava. A ferida no peito ainda vazava lentamente, e a doutora Rosemont já o havia entubado. Mesmo que ele melhorasse, achava que não seria capaz de andar. Teriam que carregá-lo. Na verdade, a equipe científica precisaria fazer isso, pois cada arma precisava estar pronta para o uso, e nenhum deles confiaria as suas aos exploradores.

Se tentassem movê-lo, principalmente subindo uma escada estreita, havia uma probabilidade alta de que Lutz não sobrevivesse ao esforço. Mas suas chances de viver não pareciam melhores caso ficassem ali.

— Escutem — pediu Cho. — O ar aqui embaixo está ficando denso. Porra, meus olhos estão ardendo por causa da fumaça, e acho que precisamos sair daqui. Até onde sei, há elevadores lá em cima. Só não chegam a este nível. Sei que é uma merda, eu entendo, e também não quero arriscar Lutz. Mas, se ficarmos aqui, estamos fodidos. Simples assim.

— Não podemos ficar aqui — concordou Rosemont. — Com o fogo, há uma chance de as baterias que ficam lá em cima, perto do elevador, explodirem. Se isso acontecer, a gente explode com elas. Se não for por causa da explosão, vai ser por causa da fumaça. — Ela olhou para Piotrowicz com uma expressão pesarosa no rosto redondo. — Sei que está preocupado com seu amigo. Eu também estou. Mas, se ficarmos aqui, vamos todos morrer. É nisso que acredito. — Gesticulou, indicando os outros membros da expedição, que pareciam exaustos e amedrontados. — Vamos ter que carregá-lo.

Piotrowicz encarou a mulher por um longo tempo. Por fim, assentiu.

— Então vamos dar o fora daqui.

❅ ❅ ❅

Não demoraram muito para ajeitar Lutz e seguir caminho.

A gravidade mais baixa ajudou. Montaram uma maca usando duas hastes e um cobertor da van. Foi um tanto cômico ver pessoas menores levantando o mercenário corpulento quando a colocaram debaixo dele.

Enquanto trabalhavam, o trio de vigias continuava atento, falando pouco.

Cho tentou se comunicar com Manning, sem sucesso.

Não restava mais nada. Precisavam seguir em frente.

Tinham que ir embora.

Pegaram tudo o que conseguiram carregar e começaram a se dirigir à porta de onde Perkins tinha visto Willis sair. As três sentinelas assumiram posições estratégicas ao redor do grupo de dez pessoas desarmadas. Perkins entregou seus óculos de visão noturna para Rosemont, para que ela pudesse guiar seu pessoal enquanto transportavam o homem ferido.

— Lá vêm eles! — bradou Vogel.

Apontou com o cano da batedora.

O túnel de silício negro, que supostamente havia sido selado, começou a lançar diversas silhuetas escuras. Ninguém mais as viu, só Vogel. Então os outros guardas notaram a chegada e se alinharam a ela.

Ainda carregando Lutz, Rosemont e sua equipe correram como podiam, acompanhados por Perkins e Cho. Piotrowicz, Vogel, Dwadji e Anderson ficaram para trás e apontaram para as criaturas vis que avançavam parede abaixo, movendo-se aos pulos, sem ficar mais do que um instante no mesmo lugar. Perkins desacelerou o passo para ver o que estava acontecendo, apesar de não querer fazer isso. Só queria correr. O medo contorceu seu estômago como um torno.

Na semiescuridão, conseguiu distinguir apenas os contornos dos alienígenas, sem detalhes. Dois deles foram alvejados enquanto desciam e caíram no chão da caverna sem mais nenhum sinal de vida. Os outros foram mais rápidos e desceram intocados. Protegeram-se atrás das pilhas de materiais sem que ninguém os atingisse.

O grupo chegou à porta.

Por favor, esteja aberta, pensou Perkins. Se, por qualquer razão, Willis tivesse trancado a porta depois de sair, estariam num barco furado num rio de merda. Mas, apesar dos seus medos, a saída se abriu. Cho passou primeiro, acendeu a lanterna e olhou rapidamente ao redor. Gesticulou para que o restante do grupo se juntasse a ele enquanto seguia na frente. Não tinha como saber o que havia acima deles, e era melhor se precaver.

— Anda, gente! — disse Perkins. — Temos companhia, e elas vêm para cá.

Era provável que não precisassem de alguém para lembrá-los desse fato, mas ela o fez mesmo assim.

Atravessou a porta e olhou para trás, desejando ter ficado com os óculos, observando os outros fazerem o melhor que podiam para combater as criaturas malditas. Não conseguia ver os insetos. Só enxergava os quatro colegas em seu posto no alto, atirando.

Viu uma das criaturas quando ela avançou em Piotrowicz. Ele estava de pé a alguns metros do chão, e a silhueta escura atacou, movendo-se entre duas pilhas. Perkins só a viu porque a cauda serrilhada se agitou rápido o bastante para chamar a atenção.

Ela viu.

Petey, não.

— Piotrowicz! — gritou a mulher, e ele se voltou para ela.

A criatura pulou, alcançando o topo com facilidade. Atingiu o homem com força suficiente para erguê-lo no ar. As garras dianteiras pousaram nos ombros dele e o puxaram. Ela viu a pistola na mão dele saltar e cair longe, e mesmo a distância achou ter ouvido o som do crânio de Piotrowicz rachando ao atingir o chão de terra batida.

Teve a impressão de estar olhando bem nos olhos dele quando a fera desceu e mordeu o rosto do mercenário. Perkins não aguentou mais. Ela apontou e atirou na coisa. Errou, mas o disparo abriu em Petey um buraco grande o bastante para passar um braço.

— Ah, porra, *não*!

Sua voz falhou ao ver o corpo do amigo balançar com o impacto. Ainda o fitava quando o monstro olhou em sua direção e avançou. A adrenalina e o instinto tomaram o controle.

Ainda teve tempo de mirar e atirar.

A criatura maldita se abaixou, desviando-se do disparo. Isso bastou para fazer Perkins se concentrar. Mirou de novo e percebeu que era tarde demais.

O demônio estava diante dela, sibilando, arranhando, e em seguida a cabeça da mulher bateu na parede do túnel de acesso e não houve mais nada.

A escuridão engoliu todo o seu mundo.

Perkins odiava o escuro.

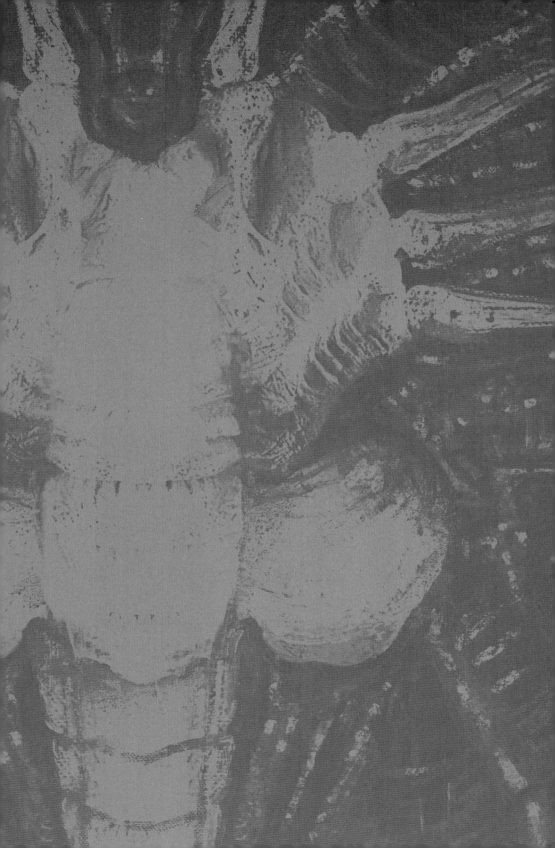

43
NINHOS

Ouviu-se um ruído alto de algo sendo triturado, depois toda a máquina balançou, estremeceu e parou. O elevador deixou de funcionar. Eles estavam subindo num ritmo bom.

Nesse momento, Decker pensou que ficariam presos no elevador para sempre. Viu-se respirando com dificuldade e rápido demais. Precisava sair.

— Você está surtando de novo. — Adams olhava para ele. — Eles estão mais perto?

Ele engoliu em seco e tentou se concentrar.

— Não consigo pensar — respondeu. — Mas acho que não são eles. — Forçou as palavras boca afora, pois elas não queriam sair. Queriam ficar trancadas na garganta.

Manning notou a conversa e sussurrou uma ordem, mandando Adams dar uma injeção nele. Ela o fez, e doze batimentos cardíacos mais tarde ele se sentiu mais calmo. As faixas em torno do peito afrouxaram e ele inspirou normalmente uma vez, e outra, e uma terceira.

— Estão muito próximos — avisou. — Também estão determinados. A única sensação que capto é de que sou o alvo.

— Quer dizer que antes não estavam determinados?

— Cala a porra dessa boca, Leibowitz — rosnou Manning.

— Estavam determinados antes, sim — respondeu Decker, mais resoluto. — Mas acho que agora estão em maior número, e esse grupo parece, não sei, concentrado. Isso não é ciência, entende? É uma intuição. Não parece haver mais muito ruído branco vindo deles.

Adams suspirou alto perto dele. Estava irritada.

Nem me fale, pensou Decker.

Manning chamou o restante do pessoal pelo comunicador, mas não teve resposta. Nenhum sinal de Cho. Ninguém respondeu em nenhum dos níveis.

Resmungando, frustrado, voltou a atenção para o elevador. Segurando-se, meteu a bota na grade e se esticou até abrir o alçapão no teto. Passou menos de um minuto olhando lá fora e desceu.

— São uns três metros e meio até a porta do próximo nível. Acho bom tentarmos. — Olhou ao redor por um instante. — Alguma objeção?

Não houve nenhuma.

Manning foi o primeiro a subir, seguido por Adams e depois pelo próprio Decker. Um por um, escalaram até o topo do elevador, e os dois mercenários sacaram um par de luvas de proteção de um bolso da calça. Assim como as luvas que Decker tinha usado muitas vezes no local de trabalho, surpreendiam por serem muito finas e eficazes, garantindo que o tato não fosse prejudicado.

O líder dos mercenários as usou para segurar o cabo, às vezes limpando um pouco da graxa das fibras de metal para se sustentar melhor. Em questão de minutos estava diante das portas lá em cima, lutando com o mecanismo da tranca. Adams observava enquanto ele subia, e Decker olhava para Adams.

Esforçou-se para voltar a atenção para os insetos. O medicamento lhe permitia lidar com a presença crescente das criaturas sem se mijar de medo. Estavam perto. Tão perto que Decker quase sentia o cheiro deles.

Decker olhou ao redor para garantir que essa última parte havia sido só imaginação, pois os insetos pareciam gostar de se esconder nos lugares mais estranhos. Poderiam até ser a razão do defeito no elevador.

Vendo o que ele fazia, Adams apontou a lanterna e começou a examinar a área, franzindo a testa.

Nada. Em seguida Manning baixou uma corda.

— Trate de usar luvas — avisou. — A corda é fina o bastante para cortar.

Decker balançou a cabeça.

— Não tenho luvas.

Pouco depois, duas luvas sujas de graxa caíram no seu rosto.

Adams abafou uma risada — embora não parecesse se esforçar muito — e começou a subir. Ele a seguiu um instante depois, içando o corpo pela corda, retesando-se com o esforço. Ficou feliz pela gravidade mais baixa.

Escalou até o piso do túnel. Esperaram os outros subirem, e Decker fez o que pôde para isolar as ondas de emoção que giravam em torno dele. Longe do elevador claustrofóbico, pôde identificar melhor os detalhes, e havia outra sensação — que não conseguiu definir com facilidade. Tentou se concentrar nela, isolá-la, mas foi em vão. Parecia mais interferência do que emoção.

— Tem alguma coisa lá embaixo, à esquerda — avisou ele. — Não parece os insetos, mas é forte o bastante para chamar minha atenção. O que significa que é algo sério.

Como no nível anterior, este corredor estava bem iluminado, embora as lâmpadas fossem mais escassas. Algumas estavam quebradas e outras pendiam do teto onde os ganchos cederam e as soltaram.

— Acha que pode descobrir o que é? — perguntou Manning, recuperando as luvas e guardando-as num compartimento da mochila. Sua expressão tinha voltado a ser neutra.

— Sim, posso. — Decker assentiu. — Como eu disse, é forte. Também tem algo de familiar, mas não consigo identificar muito bem por quê.

— Então não perca tempo. Mostre o caminho.

Manning o deixou ir à frente, mas ficou por perto.

As diferenças entre os níveis logo ficaram evidentes. Enquanto o quinto nível parecia vazio, como se tivesse sido abandonado por muito tempo, ali havia muito mais sinais de atividade. Marcas nas paredes indicavam que aquele era o segundo nível, e algumas das placas e avisos pareciam ter sido colocados pouco tempo antes.

O corredor era tão bem pavimentado quanto o anterior, mas ali havia mais câmaras de cada lado, e o grupo teve que verificar cada uma antes de prosseguir. Havia várias retroescavadeiras e caminhões estacionados nas áreas próprias para isso. Manning observou o lugar com interesse, mas não disse nada.

Uma grande abertura à direita revelou uma câmara escura. Havia lâmpadas, mas a maioria estava danificada ou queimada. As poucas que restavam eram fracas e piscavam, vacilantes.

Uma rápida olhada lhes informou que aquele era um ponto ativo de mineração. O filão de trimonita estava muito visível, escuro e brilhante nas paredes talhadas brutalmente. O teto chegava a cerca de seis metros em alguns pontos, e em outros parecia ainda mais alto. Devia ter sido ali que os mineradores encontraram um filão especialmente rico de minério bruto.

Decker espiou uma das cavidades escuras e deu de ombros.

— É claro — disse ele. — É aí que a sensação é mais forte.

— Você nunca deixa de ser engraçadinho, não é? — Manning balançou a cabeça e posicionou o rifle um pouco mais perto do peito. — Bridges! Vem aqui já.

— Mas o que foi que eu fiz agora?

O mercenário tentou ser engraçado. Manning não estava no clima.

— Faz de conta que você é o canário na mina de carvão — disse ele. Como Bridges pareceu não entender, acrescentou: — Preciso de alguém para usar como isca, e você foi escolhido.

Bridges assentiu e bateu a arma de choque na perna. Decker se encolheu por reflexo, esperando que o homem uivasse de dor. Um instante depois, ergueu a arma, e o leve zumbido se fez ouvir.

Adams se aproximou dele.

— O mesmo procedimento. — Entregou a Decker um bastão de metal. — Use a matadora primeiro. Acabou a munição, use isso. Bata neles se chegarem perto demais. Do contrário, deixe comigo.

Decker não era idiota de pedir que lhe devolvesse o rifle, mas ficou um pouco tentado a fazer isso. Ele pôde perceber que os insetos fechavam o cerco, devagar, mas de modo implacável.

Prosseguiram com cuidado, e Decker sugeria onde olhar enquanto a equipe jogava luz sobre a superfície escurecida das paredes. Não demoraram muito até começar a ver a mesma substância usada na construção dos túneis negros. Logo o material brotava de cada superfície disponível.

A sensação estranha aumentava. Então ele viu a fonte.

Ao longo das paredes, espalhadas numa confusão irregular, silhuetas se destacavam na escuridão. Nenhuma delas fazia muito sentido até ele entender que não estavam apenas *junto* da escuridão, mas tinham sido consumidas por ela.

Não, consumidas, não — confinadas dentro dela, entrelaçadas ao silício negro. Em um ponto ou outro, um membro se projetava para fora, mão ou punho fechado, osso ou parte da carne. A maior parte do que estava à mostra eram rostos, alguns petrificados em esgares de dor; outros, com a boca escancarada em desespero. Havia pessoas ali, *muitas* pessoas. Haviam sido enclausuradas no silício negro como moscas numa teia de aranha.

— Que merda é essa?

Decker não sabia quem tinha dito isso, mas as emoções de todos no grupo se ouriçaram. Horror, raiva, medo... todas em igual medida.

A maior parte das pessoas presas estava inconsciente, embora desse para ver que algumas respiravam. Enquanto as lâmpadas falhavam sobre aquelas formas, Decker só pôde pensar que aquilo era uma bênção. Várias estavam mortas. Pendiam das amarras lustrosas, e, sem exceção, tinham buracos no abdome ou no peito, com as entranhas escorrendo da abertura. Tentou contar quantas eram, mas os números não quiseram se fixar na mente. Perdeu a conta depois de quinze.

A quantidade era grande demais para que todos fossem mercenários. Com certeza havia mineradores e outros civis — ele não queria saber quantos.

— Puta merda. — Manning os olhou de cima a baixo. Não tinha mais a expressão calma. Agora, rilhava os dentes. Seu olhar se deteve num dos mortos, e ele se virou. — Adams? Cho não disse algo sobre isso?

— É, sobre uma das civis — respondeu ela. — A cientista com um buraco no peito.

Adams apontou a lanterna para a ferida profunda e a observou com atenção. Decker não queria olhar, mas percebeu que não conseguia evitar.

Então notou uma coisa.

Os mortos não eram a origem da sensação estranha, mas estavam perto dela. Os humanos inconscientes também não eram a fonte. Estavam desacordados, e isso emudecia qualquer emoção que pudessem transmitir.

— Merda. — Decker balançou a cabeça e recuou. — Está vindo de dentro deles. — A voz saiu rouca.

O corpo inteiro ficou dormente. A *presença* daquelas coisas se inflamou na mente dele até seus ouvidos começarem a zunir.

— O que foi? — perguntou Adams.

— A sensação que estou tendo — respondeu ele. — Está dentro das pessoas. É alguma coisa que está dentro delas.

Bridges olhou brevemente para trás.

— Acredite em mim, não tem nada dentro dessas pessoas.

Ao falar, indicou com o queixo uma das feridas. Decker não sabia se o homem estava tentando ser engraçado. Se sim, não tinha conseguido.

— Não, *nessas*, não — sibilou ele. — Estou falando das que estão vivas. Tem mais alguma coisa acontecendo aqui. Tem alguma coisa *dentro* delas. — Quando disse isso, os outros murmuraram palavrões até que Manning os mandasse calarem a boca.

— Que nojo! — Adams balançou a cabeça. — Mas está de acordo com o que Cho disse. Antes, eu não conseguia imaginar, mas agora faz sentido.

Manning ia dizer algo, mas, em vez disso, apontou e atirou num movimento único, rápido e certeiro.

44
BERÇÁRIO

O resultado foi um guincho de dor de um dos insetos, que foi partido ao meio.

A suspeita se tornou fato: os malditos monstros estavam lá. Tinham se escondido na cascata negra de silício, alguns perto das vítimas presas, outros mais distantes. Enquanto Decker observava, as coisas se desdobraram dos seus locais de repouso e passaram depressa a posturas agachadas, sibilando diante da invasão humana ao território.

Uma delas o olhou, e sua raiva cresceu mil vezes. No mesmo instante, a sensação se espalhou pelo recinto, enquanto todas as criaturas o reconheciam. Mas, ao contrário de antes, não atacaram. Em vez disso, hesitaram e... assumiram posições.

— Estão protegendo as pessoas — disse Bridges, com um tom de confusão genuína. — Por que fariam isso?

— Não. — A voz de Manning tinha uma calma desproposital. — Estão protegendo os filhotes. Era isso que Cho estava dizendo antes. Elas implantaram filhotes dentro das pessoas.

Vários mercenários ficaram incrédulos. Mas lá estava, à vista de todos. Nem os cadáveres, nem os hospedeiros vivos dos ovos profanos se juntaram à discussão. Não podiam. Foram poupados da agonia da consciência.

Em meio ao ruído, Decker reconheceu algo. As *coisas* dentro dos corpos mantinham os hospedeiros sedados. Era por isso que não emanavam medo. Não amorteceram a dor, mas anestesiaram as emoções. Sedativo para o espírito, não para a carne. A simples ideia o horrorizou.

Manning gesticulou mais uma vez, e, com a facilidade de profissionais treinados, os freelancers entraram numa formação mais fechada. Quem carregava uma arma de longo alcance formou um par com alguém que portasse uma batedora ou outro tipo de instrumento para combate corpo a corpo. Posicionaram-se ao redor de Decker.

Sem aviso, os alienígenas atacaram. Não houve tensão de sobreaviso, e avançaram com a rapidez súbita e a eficiência brutal de predadores naturais. Outra vez, foram direto até Decker.

— Atirem!

Manning abriu fogo e explodiu uma das criaturas quando ela saltou para atacar. Outros fizeram o mesmo, inclusive Adams, que atirou naquela que escalava a parede mais próxima e quase ficava de cabeça para baixo ao vir do alto na direção deles. O fedor do sangue alienígena se misturou à podridão dos mortos e aos odores industriais da própria mina.

Decker tentava prestar atenção em tudo ao mesmo tempo. Apesar de se concentrarem nele, daquela vez as criaturas pareciam mais cuidadosas, movidas por um propósito maior. Algumas pareciam estar se sacrificando, mas mesmo nesse gesto parecia haver um padrão...

Então ele entendeu.

— Estão tentando nos afastar dos filhotes!

Manning parou por um momento, depois atirou num dos humanos presos à teia negra. O mercenário ou teve muita sorte ou mirou muito bem, pois acertou o ombro do alvo sem chegar a matar o pobre-diabo.

A reação foi imediata. Os insetos voltaram toda a atenção a Manning e se deslocaram para bloqueá-lo e impedir que tivesse uma área livre para mirar.

— E você tinha razão de novo. — Manning atirou no inseto mais próximo, que recuou, por pouco não se tornando outra vítima. — Agora, me diga como isso nos ajuda.

— Você é o estrategista, porra. Você me diz! — Decker sentia que eles se aproximavam vindo de diferentes direções. — Tem mais dessas coisas vindo do corredor principal — acrescentou ele. — Vão nos cercar aqui dentro.

— Então vamos abrir caminho — berrou Manning. — Às doze horas, gente... Mandem ver com tudo.

O líder abriu fogo, e o restante da equipe fez o mesmo, concentrando-se nos que estavam diante deles, tentando abrir caminho. Quando os insetos chegavam perto demais, Manning atirava em outra vítima pendurada na parede. Na mesma hora, as criaturas iam naquela direção, como se levadas somente por instinto.

Usando esse método, os mercenários começaram a andar.

— Não estou gostando disso. Tem cheiro de cilada — comentou Bridges, sacando a pistola com a mão livre. A arma de choque eletrocutava criaturas à sua direita, e a pistola abria caminho à esquerda. Outro inseto morreu.

Antes que pudesse dizer mais alguma coisa, um dos monstros estava sobre ele. Veio de cima e pousou nos ombros do grandalhão, mordendo a parte de trás do pescoço e cravando as garras ao longo do seu corpo. O mercenário caiu e não se levantou mais.

O inseto passou por cima dele e avançou na direção de Decker, mantendo-se abaixado rente ao chão. Adams atirou e errou, depois se esquivou do caminho da criatura quando a coisa avançou. Decker deu um berro e brandiu o bastão, atingindo o rosto negro e lustroso da criatura. A haste de metal duro rachou a cabeça, mas isso não bastou. Ela continuou avançando, com todos os dentes à mostra enquanto se lançava nele.

Alguém puxou um gatilho e a coisa explodiu, espirrando uma nuvem de sangue ácido sobre a mão esquerda e o peito de Decker. Ele tirou as vísceras ardentes da mão, depois puxou o colete freneticamente. A dor bastou para anular o entorpecimento do que quer que Adams tivesse injetado nele.

Ninguém o ajudou. Não podiam. Manning seguiu em frente, e as coisas saíram do caminho, deixando-o partir. Todos os que foram capazes o seguiram, um por um, passando por cima do corpo de Bridges ao avançar.

De trás, vieram novos sons, os ruídos de mais daquelas coisas vindo em sua direção. Não havia aonde ir senão em frente.

Decker passou pelo mercenário morto e pela teia de mineradores vivos e mortos. Não era o único à beira do pânico. Agora, podia senti-lo vindo de várias fontes, e, por mais que quisesse ignorar, não conseguia.

A dor na mão piorou, e ele a esfregou várias vezes na calça, tentando se livrar da queimação. Mas, mesmo retirando o ácido, isso não fazia diferença para as terminações nervosas já afetadas.

As criaturas na frente deles recuavam, e Manning atirou numa que não foi rápida o bastante. Diversos mercenários estavam de costas para o grupo agora, mantendo a atenção no caminho do qual vieram para o caso de alguma das criaturas malditas aparecer. Elas logo fariam isso. Ninguém duvidava.

Uma das mineradoras penduradas na parede se arqueou, depois se retesou, e um instante depois havia sangue escorrendo pelo peito. Enquanto olhavam, algo se contorceu ali, e viram a forma vaga de uma das criaturas, o rosto pressionando a pele e a roupa.

Adams empurrou Decker para o lado enquanto ele fitava a cena e disparou uma única cápsula de plasma no peito da mineradora. A hospedeira humana não reagiu. O parasita no peito soltou um ganido de dor fraco, e Decker soube que naquele instante havia sido morta.

A reação dos insetos foi imediata. Atacaram em peso, os do corredor entrando rapidamente e se preparando para matar até a última pessoa. Um dos mercenários gritou um aviso e jogou algo na onda fervilhante de quitina negra. Um instante depois, uma explosão despedaçou os monstros.

Muitos perseguidores foram retalhados pelo impacto, mas alguns saíram quase intatos e continuaram atacando.

Um por um, os freelancers acabavam com eles.

Adiante, o corredor estreito dentro do salão de silício se abria numa área maior, e, ao chegar lá, Manning estacou.

— Todos vocês! — gritou ele, uma nova aspereza na voz. — Venham aqui agora! E tragam o plasma!

Mesmo antes de chegar lá, Decker também ficou paralisado. Os outros vieram depressa, passando por ele. Mas Decker não conseguia, *não podia* dar nem mais um passo. Ainda não via o que tinha detido Manning, mas *sentia*. Sentia a raiva, muito mais inflamada que qualquer coisa que já tivesse sentido antes, nitidamente definida. Não a via, mas a conhecia. Decker a tinha visto no pior dos pesadelos, nos lugares escuros dos quais não queria se lembrar.

Os insetos eram ruins, mas isso?

Isso era bem pior.

Um som veio daquela câmara, e era repulsivo. Um sibilo profundo e gutural mesclado a um guincho agudo que gritava *fique longe!*. O som invadiu os sentidos e penetrou o cérebro e foi muito mais que um simples barulho. Havia naquele guincho algo que ultrapassava os cinco sentidos.

Mas então o som mudou, e a nova nota soou quase como o rosnado de um predador.

A criatura sabia que ele estava próximo e o queria. Queria muito.

Atrás dele, vinham mais insetos, rastejando pelo chão e passando por cima dos próprios irmãos mortos. Deslizando pelas paredes e pelo teto, esguios e famintos. Por um breve momento, ele bloqueou a obscenidade que aguardava depois da próxima parede. Deixou o instinto de sobrevivência guiá-lo em direção a Manning e ao restante dos mercenários com suas armas.

Assim que atravessou aquela última barreira, os perseguidores pareceram *parar*, como se não estivessem dispostos a prosseguir na luta. E ele viu por quê.

Viu cada um dos seus pesadelos ganharem vida.

45
MÃE DE ARANHAS

Grandes massas ovais se erguiam do chão, amortalhadas numa neblina baixa que não podia existir numa mina. Ele não sabia se a névoa era criada por aquelas formas ou se vinha da abominação atrás delas.

Era tão grande, tão ampla, que Decker quase pensou que só podia ser uma construção — a catedral na qual os demônios realizavam o culto. Em seus pesadelos, os seres eram aranhas, mas isso se devia ao fato de que sua imaginação só ia até o limite da experiência humana. Aquela coisa tinha, sim, características aracnoides, mas era alienígena além da compreensão. Membros imensos mantinham o corpo ereto. Pernas enormes brotavam acima do que seria o tronco do corpo, espalhando-se amplamente, sustentando a criatura no ar.

Se o corpo era a catedral, então com certeza a enorme cabeça da fera era o altar. Havia uma simetria vulgar na visão, uma silhueta mortífera e graciosa que atraía o olhar à boca, onde os lábios se arreganharam e desnudaram dentes cristalinos que cintilavam.

A grande cabeça se virou para ele quando entrou no espaço cavernoso e, embora não pudesse ver nada semelhante a olhos, sentiu que a coisa o observava, sentiu a mente dela sondando-o. Se a raiva dos insetos era um fogo lento, o ódio que emanava dessa grande fera era um incêndio furioso ardendo em sua mente.

Decker tinha consciência do movimento ao seu redor, mas era incapaz de compreender o que percebia pelo canto dos olhos. Estava absorto demais na coisa que se aproximava lentamente para olhá-lo melhor. Ela não pôde avançar muito. O corpo enorme estava preso por um imenso abdome que se contorcia, arfava, pulsava por vontade própria e vomitava mais uma sementinha reluzente no chão.

Sementinha. Ele se viu prestes a dar uma risada histérica. Sementinha. Essa era boa. Era impagável!

Decker conseguiu desviar o olhar do monstro por um instante, pois precisava compartilhar a piada.

— É a mãe deles — disse a Manning, Adams e os outros. — Está botando ovos. Ao redor de nós. Essas merdas são *ovos*.

E o pior de tudo? Achava que ela não era a única. Não podia ver as outras, mas captou um vislumbre distante, um eco daquilo que emanava dela em pontos diferentes sob o Mar de Angústia. Havia mais de um desses monstros.

Nenhum dos mercenários prestou a menor atenção a ele. Estavam paralisados pela visão do monstro. Então Decker desviou o olhar de Adams, de Manning e do restante e fitou os ovos em si. Havia *coisas* se mexendo dentro deles, e alguns se agitavam enquanto seu topo se abria.

Monstros saíram dos ovos.

Não eram como os insetos nem como a grande mãe de todos eles. Eram um tipo de demônio totalmente diferente. Não o odiavam, não se importavam com ele. Tinham uma única missão, um desejo intenso, frio e aterrador.

"Abraçadores" era como os arquivos da Weyland-Yutani os chamavam. A mente de Decker gritava que eram aranhas, a fonte de sua recente aracnofobia. Sabia o que eles queriam. Sabia o que faziam, e isso tornava a visão muito pior.

Decker recuou e encostou as costas na parede. Tentou empurrar a superfície imóvel e não foi recompensado pelo esforço.

— Ah, puta merda — murmurou.

Uma das coisas correu pelo chão e saltou, *saltou*, e ao mesmo tempo o grande monstro atrás do imenso conjunto de ovos deu um rugido que fez humanos e rochas tremerem. Sem exceção, todos olharam — de fato, não havia escolha.

Pernas longas e brancas como dedos monstruosos saíram do corpo aracnoide, e uma cauda longa e grossa chicoteou com precisão letal. Decker tentou alcançar Adams a tempo, mas falhou. Saltou na mesma hora em que a coisa agarrou o rosto da mercenária com os membros e aquela cauda que parecia um açoite se enrolou no pescoço dela, como uma forca.

Adams soltou o rifle, tentando arrancar a coisa do rosto, arranhando-a.

Ao mesmo tempo, outra criatura maldita pulou na direção de Manning. Ele disparou e o corpo explodiu, se espalhando pelo chão e atingindo as pernas dele.

O mercenário começou a queimar. Ele sacou a faca do cinto e cortou rapidamente a calça, serrando o tecido grosso. Mas Decker mal notou.

Adams!

Olhou para a mulher no chão, lutando para se libertar da coisa que envolvia seu rosto. Estranhas vesículas nas laterais da criatura estremeceram e se agitaram, e Adams resistiu, mas suas mãos não estavam conseguindo fazer muita coisa.

Ele sentiu o horror dela perfurando seus sentidos. Uma repulsa imensa e sufocante fluía de Adams, uma completa incapacidade de respirar carregada pela onda de medo e violação.

A grande mãe de todos os pesadelos rugiu mais uma vez.

Os mercenários não socorreram Adams. Nem ajudaram Manning. Em vez disso, abriram fogo contra a coisa enorme que gritava, exigindo a morte deles. Cápsulas explosivas e rajadas de projéteis atingiram o corpo, rachando o couro grosso e estilhaçando a carapaça quitinosa. A fera-mãe-das-aranhas se empinou, quase chocada pela audácia daquelas criaturas inferiores que se atreviam a atacá-la. Decker sentiu a surpresa do monstro. Ela devia ser idolatrada. Devia ser rainha, deusa e mãe de todos.

Ele sentiu tudo isso naquela mente, se é que poderia chamá-la assim.

A demônia pedante guinchou e rugiu, e atrás dela os insetos reagiram. Não houve hesitação. Não houve demora. Ela ordenou e eles obedeceram, inteiramente dispostos a se lançar entre ela e os inimigos. Avançaram rumo a Decker e aos mercenários, e ele agiu do único jeito que conseguiu pensar. Pegou o rifle de plasma no chão diante de Adams e atirou na primeira coisa que chegou perto demais.

Um pequeno sol incendiou o ar e errou o alvo pretendido. Em vez disso, a luz rompeu a superfície de um dos ovos e acendeu o interior, enquanto a criatura com aspecto de caranguejo pegava fogo e fervia dentro da casca.

A rainha se lançou para a frente, e seu rosto avançou na direção de Decker. Ela o fitou, e o calor do seu ódio se projetou com força.

※ ※ ※

Imagens o trespassaram, e Decker soube que foram enviadas pela coisa que assomava diante dele. O rosto de Ellen Ripley surgiu em sua mente, distorcido pelos sentidos inumanos do xenomorfo. A criatura enxergava, mas não com olhos, concluiu Decker. Ela sentia o sabor e o tato, e ouvia, mas nenhuma dessas palavras expressavam bem o que acontecia de fato.

Nos sonhos, ele havia tentado interpretar a mente dos xenomorfos. Ali, tão perto da rainha das coisas infernais, as imagens vinham sem filtro, cruas e dolorosas.

Decker viu e, até onde pôde, entendeu. As criaturas estavam conectadas de um modo que os seres humanos muitas vezes buscaram, mas falharam. Eram uma colônia, uma colmeia. Compartilhavam os pensamentos em níveis que as pessoas não podiam alcançar, e agora ele era parte disso. Haviam tocado sua psique e o marcado pela sua linhagem.

Ellen Ripley estava gravada na mente deles. Era a Destruidora e, por causa da ascendência, Decker também era um Destruidor.

Ele fechou seus pensamentos à coisa alienígena, aterrorizado pela ideia de que, de alguma forma, ela soubesse de seus filhos.

※ ※ ※

A grande demônia guinchou, e ele sentiu a respiração dela em seu rosto. Decker apontou, atirou e errou.

À sua volta, os mercenários faziam um trabalho melhor. A maior parte cuidava das coisas que os cercavam, mas alguns atacavam as criaturas maiores que avançavam. Manning era um deles, apesar das queimaduras agora visíveis na pele nua.

Decker atirou repetidamente e encontrou um método. Fachos de luz saíram da ponta do rifle e se enterraram nos alvos. Três ovos explodiram. Mudou de alvo depressa quando a mãe gritou e tentou mordê-lo. Mas não disparou nela. Não conseguia se forçar a olhá-la, pois vê-la fazia com que se tornasse real demais, e a mente de Decker só queria fugir dali.

Olhou para o corpo dela, para a bolsa cheia de ovos que carregava dentro de si. E foi lá que concentrou os disparos.

A raiva da grande fera transbordou quando ela percebeu a intenção de Decker. Ela se libertou e se lançou na direção dele, atravessando a câmara, passando por sobre os próprios ovos para poder detê-lo.

Manning e os quatro mercenários restantes continuaram atirando, atingindo-a com rajadas destruidoras. O corpo dela se rompeu. O rosto se estilhaçou. A enorme crista acima da boca se partiu em dois pontos e sangrou mais ácidos que queimaram o solo, mas nada fizeram com os ovos que tocaram.

Ela rugiu e avançou mais uma vez, na direção de Decker. Mas ele não recuou, só se preparou para morrer. Não precisava ter se dado ao trabalho. A forma imensa se contorceu e desabou no chão. Mesmo assim, Manning não parou. Descarregou cada projétil que tinha na forma inerte, depois recarregou com a eficiência de um atirador experiente.

Por um momento, os insetos ficaram imóveis, enquanto a rainha-mãe desmoronava. Em seguida, enlouqueceram.

Decker tomou a única atitude possível: apontou e atirou. Ao seu redor, os mercenários fizeram o mesmo enquanto a onda de monstros avançava. Eles atacavam. Lutavam. E, um por um, morriam. Não havia aonde ir, não havia como escapar.

Não havia nada além do combate, no qual os horrores dos seus pesadelos vinham afogá-los.

46

Sua ira não podia arder com mais intensidade, mas seu sofrimento era infinito.

O inimigo havia matado a rainha e precisava ser detido, mas o instinto e o ódio nem sempre se misturavam. O sentimento queimava com mais calor e luz, e, por mais que quisessem vingança, precisavam pensar nos procriadores. Sem eles, a colônia morreria, e isso era inaceitável.

Vários deles lutavam contra o instinto e se defendiam dos invasores, atacando o inimigo e aqueles que tentavam protegê-lo. Como se para provar que tal instinto estava certo, os que tentavam atacar eram mortos. A morte deles não importava. A única morte que importava era a da rainha. A única sobrevivência que contava era a da colônia.

Os procriadores deviam ser salvos, por isso trabalharam depressa, erguendo os ovos, arrancando-os do chão e saindo com os fardos pesados, procurando um lugar longe das chamas do inimigo.

A rainha estava morta.

A colônia viveria.

47
QUEDA

Várias vezes Pritchett pediu permissão para aterrissar, mas foi em vão.

A não ser em situação de combate, não estava acostumado a aterrissar sem permissão. Não gostava de não receber a confirmação, pois esse tipo de merda complicava a vida. Contudo, sabia aonde ir. Desceu do céu e, com muito cuidado, pousou na superfície dura da pista de pouso. As areias negras haviam coberto a maior parte da sinalização, que apareceu novamente quando os propulsores estabilizaram a nave e depois desaceleraram a descida até ele sentir o grande veículo parar.

Fez questão de fazer tudo conforme as regras, desde verificar a atmosfera e as condições climáticas até desligar tudo, deixando em modo de espera. De jeito nenhum daria a Rollins uma razão para se irritar com ele.

O motor entrou em modo de suspensão, e as luzes o acompanharam, escurecendo.

Ninguém veio recebê-lo quando tocou o chão. Isso era estranho. O maldito lugar era grande demais para não haver ninguém em horário de trabalho, e a esta hora já deviam ter consertado o que quer que houvesse de errado com o sistema de comunicação.

Viu a chuva caindo pela janela e imaginou que aquilo podia ser parte do motivo, mas também não chegava a ser nenhum furacão. Ainda assim, ninguém apareceu. Então ele se acomodou no assento. Por enquanto, tinha que esperar enquanto as pessoas lá fora realizavam sua missão.

Tentou usar diversas frequências para falar com os outros, mas não teve retorno. Como isso não deu certo, Pritchett chamou a chefe, por mais que detestasse a ideia.

— Aterrissei com segurança — anunciou ele pelo comunicador. — Agora, é só esperar.

No começo ela ficou em silêncio, e ele se perguntou se ela teria ouvido. Em seguida Rollins respondeu.

— Fique preparado, senhor Pritchett. A situação se tornou consideravelmente mais séria.

Que diabos isso quer dizer? Ele não perguntou como ela sabia o que estava acontecendo na superfície do planeta e *abaixo* dela. Na verdade, não queria saber. Só queria terminar com aquilo.

Era uma pessoa cética, mas tinha um péssimo pressentimento sobre toda a situação.

🦑 🦑 🦑

Depois de uns minutos, seu olhar captou algo. Havia movimento lá fora, na areia. Pelo menos, era alguma coisa. Não se sentia mais tão abandonado.

Não que estivesse planejando sair ou entrar qualquer um entrar na nave. Por sua experiência, todo cuidado é pouco.

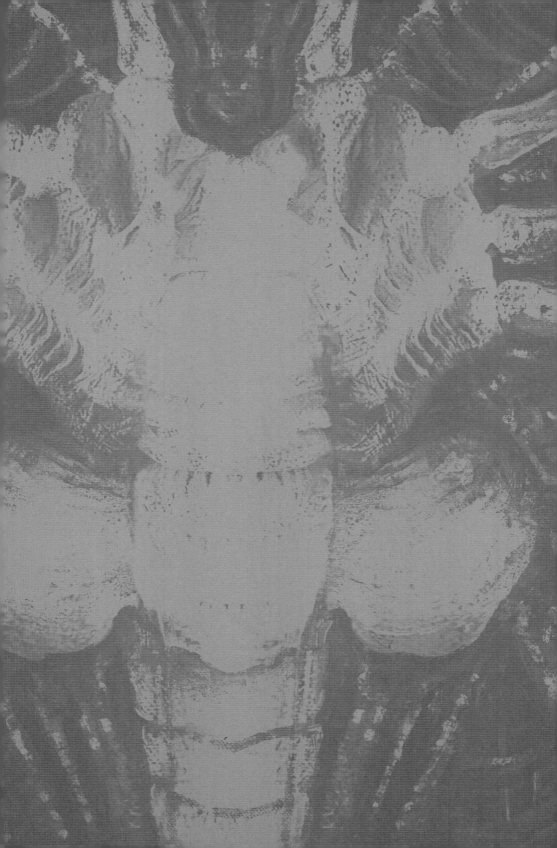

48
AMOR

A mandíbula de Perkins parecia pronta para cair. Os lábios estavam inchados e sensíveis. O pescoço doía. Na verdade, tudo doía.

De algum lugar distante, ouviu gritos e disparos de armas. Também reconheceu o tipo de guincho que os insetos davam, só que mais alto.

A escuridão não era total — essa foi a primeira coisa que percebeu. Abriu os olhos devagar e sentiu a dor na lateral da cabeça, onde o capacete tinha sido arrancado pela coisa que a havia atacado. Tentou tocar a cabeça e percebeu que estava de mãos atadas.

Então observou a escuridão.

O material escuro dos túneis estava por toda parte à sua volta. Pôde senti-lo contra o pescoço, o rosto. Conseguiu mexer alguns dedos da mão esquerda, que tocaram em algo quente, mas a direita estava inutilizada, e a tentativa de fazer os dedos se mexerem resultou apenas numa nova onda de agonia.

O monstro havia mordido sua mão. Lembrava-se de como ele tinha sido veloz e da explosão súbita de dor que correra do pulso até a ponta do dedo médio. Tinha certeza de que os dedos ainda estavam todos ali, mas a dor era *infernal*.

O calor junto à mão esquerda se mexeu um pouco, e ela virou a cabeça o máximo que pôde.

A voz de Piotrowicz soou por perto, com um toque desagradável e úmido.

— Fiquei pensando se você acordaria.

— Petey? O que está acontecendo?

Ele riu. Foi um som chiado e baixo que se tornou um pequeno acesso de tosse.

— Provavelmente não dá para você ver, mas as coisas que parecem aranhas estão por toda parte. Agora há pouco tinha uma na sua cara. Na minha também. Tem uma cobrindo a cara de Cho agora mesmo.

— O quê?

Falar doía. Ela passou a língua nos lábios sensíveis e sentiu um gosto que não era de sangue. Não tinha certeza se queria saber o que era, mas o sabor era amargo, quase metálico.

— A gente já era — continuou ele. — Já morremos, Perkins. Só temos que esperar um pouco até o resto acontecer.

— Do que você está falando? — A voz dela falhou. Sentiu o ardor das lágrimas e tentou refreá-las.

— Aquela civil de antes, Colleen alguma coisa. Um desses bichos a atacou. Colocou algo dentro dela. Eu senti. Senti aquela coisa desgraçada na minha boca, na minha garganta. — A voz dele estava áspera, e Piotrowicz suspirou longamente, trêmulo. — Acho que estou sentindo a coisa se mexendo dentro de mim. Nós vamos morrer. E vai ser ruim.

— Porra, Petey.

— Eu sei. — Ele sentiu o calor roçar seus dedos. — Consegue alcançar?

— Alcançar o quê?

Perkins sentiu um tecido. A roupa estava molhada e quente, o tipo de calor que ela sentia ao tocar uma criança com febre. Seu sobrinho Joe sempre tinha febre. O menino ficava doente o tempo todo. Então sentiu uma linha de metal deslizar pela ponta do dedo. — Espera. Acho que consegui. — Mexeu os dedos e se esforçou muito, e sentiu o metal fino preso entre os dedos. — Peguei, acho.

— Legal. Isso é bom. — Piotrowicz tossiu. — Estava imaginando o quanto esses bichos são espertos, sabe? Quero dizer, são bons caçadores. Trabalham em equipe. Já vi nos fuzileiros unidades inteiras que não trabalhavam tão bem em grupo. E você se lembra do Phillips, não é? O cara não sabia nem soletrar "trabalho em equipe".

— É. Eu me lembro dele.

Perkins não gostava muito de Phillips. Era um homem amargo e rude. Também tinha um mau hálito dos diabos.

— Bom, eu acho que eles têm uma inteligência animal, não humana. Sabe por quê?

Ela não queria brincar de adivinhação, mas, na verdade, não havia muito mais o que fazer.

— Me conte.

Antes que ele pudesse responder, a voz de outro homem os interrompeu. Perkins não a reconheceu — não era um dos mercenários.

— Alguém está me ouvindo? — Ele tossiu, uma tosse feia e carregada. — Tem alguma coisa errada comigo. Muito errada. Não enxergo nada e meu peito está ardendo.

Ele parou de falar por um instante, e Perkins pôde ouvi-lo arfando ao longe. Quando recomeçou, estava rezando. Depois de uns poucos instantes tentando recitar o que ela pensou ser o Papai-Nosso, o homem começou a gritar. Foi horrível. O tom foi ficando mais agudo e mais alto, depois desabou em ganidos.

Piotrowicz voltou a falar.

— Não vai durar muito. Acho que a coisa está saindo dele. Então, acho que eles não são muito inteligentes, porque não tiraram meu cinto. Já faz um tempo que estou me esforçando, tentando chegar a ele. No fim das contas, eu só devia ter esperado você.

Ela quase riu.

— Petey, não dou a mínima se é o fim da porra do universo, eu não vou tirar sua calça.

Em resposta, quem riu foi ele. Foi um riso fraco, mas sincero, que foi interrompido porque o outro homem começou a gritar de novo, anunciando a dor na escuridão ao redor deles.

De algum lugar perto dali, Perkins ouviu o som de uma daquelas coisas se mexendo. Davam estalos suaves quando suas partes se roçavam. Como plástico ou vidro.

Quando conseguiu falar de novo, Piotrowicz o fez com um toque de humor na voz.

— Eu te amo mesmo, Perkins. Mas, sinceramente, sempre pensei em você meio que como uma irmã mais velha. — Parou por um momento. — Não significa que eu não ia querer, sabe, se a gente estivesse em outra situação. Mas não. Estou dizendo que eles não tiraram meu cinto, e não tiraram a granada que eu estava tentando pegar. A que você alcançou agora.

Perto dali, o outro homem desabou em soluços.

— Ah — foi só o que ela conseguiu dizer.

— Acho que, se eu mexer o quadril e você puxar ao mesmo tempo, é provável que a gente consiga tirar o pino. Depois disso, só preciso me torcer um pouco para acionar o percussor.

— Você está falando sério?

Piotrowicz não respondeu. Deixou os gritos do homem responderem por ele.

Quando parou, ficaram em silêncio por um tempo.

— Ok, Petey.

— Legal. Acho que podemos acabar com isso muito mais rápido para todo mundo.

— A carga é grande o bastante?

— Perkins, querida. Já ouviu alguém me acusar de usar pouca força?

O homem começou a gritar outra vez, então parou com um estranho gorgolejo, acompanhado do som de algo se rasgando que parecia não vir apenas de um tecido.

— Vamos nessa — disse ela. — Petey?

— Hein?

— Diz mais uma vez que me ama.

Perkins puxou o pino com força. Seus dedos ficaram tensos e a argola quase escapou, mas ela a pegou a tempo e, depois dos cinco segundos mais longos da sua vida, conseguiu tirar o pino de segurança.

— Eu te amo, Perkins.

O calor do corpo dele se apertou contra os dedos dela, e Perkins soltou o pino.

49
DIFERENÇAS

Em algum lugar ao longe houve um som, quase como uma detonação, mas abafado pela imensidão das paredes de rocha.

Depois, silêncio.

Decker olhou à sua volta e viu os insetos mortos, a mãe de todos os monstros morta, os mercenários mortos, e se perguntou como exatamente ele ainda estava vivo.

Era principalmente por causa de Manning. O mercenário ainda estava de pé, e a poucos passos de distância. Já tivera uma aparência muito melhor, mas estava vivo. Quatro deles ainda estavam de pé, e todos sangravam.

— Adams — chamou Decker.

O esforço excessivo e a adrenalina fizeram seu corpo tremer, mas se aproximou mesmo assim. Adams estava onde havia caído, aquela coisa abjeta envolvendo o rosto dela. Estava viva. Respirando. Como as pessoas grudadas às paredes, ela emanava uma ressonância emocional diferente. Estar perto dela chegava a acalmar a mente.

— Tem uma dessas coisas no Elway também — comentou Manning.

Ele olhou. Elway era um cara mais velho que não falava muito. Decker não se lembrava de uma única palavra que ele já tivesse dito.

— São diferentes.

— O quê?

— As coisas na cara deles. São diferentes.

E eram mesmo. A de Elway era menor. A de Adams era maior e parecia mais elaborada. Tinha membranas entre as patas frontais e traseiras.

— Tanto faz — disse Manning.

Olhou para os mortos e feridos ao redor. Em seguida sacou a faca e olhou para a criatura de Elway.

— Não — interveio Muller. — Sangue ácido. Você vai queimar a cara dele.

Manning fitou a coisa e por fim assentiu.

— Temos que sair daqui — declarou ele. — Precisamos chegar à superfície.

Decker olhou para Adams por um tempo.

— Então vamos — respondeu.

Suas mãos a pegaram pelos ombros e pelos joelhos, e ele içou o corpo do homem, colocando-o por cima dos ombros. Adams não pesava quase nada, mas Decker sabia que isso não duraria. Tinham um longo caminho pela frente, e muito antes de chegarem ao destino ela se tornaria um fardo muito pesado.

Manning pegou Elway e o apoiou no ombro, pendurando-o como uma bolsa. Para isso, teve que deixar a maior parte do seu equipamento, ficando apenas com o rifle e o cinto de facas e ferramentas diversas na cintura.

— Vá na frente — disse o líder dos mercenários.

Decker tentou não pensar nas pessoas que estavam deixando para trás. Ele não as conhecia. Não eram seus amigos nem parentes. Objetivamente, eram seus sequestradores. Ainda assim, não parecia certo. Mas não havia escolha.

Andaram depressa, voltando por onde tinham vindo. Ao passarem pelos corpos presos às paredes, Decker desviou o olhar. Manning, não. Estudou cada rosto enquanto passava. Decker não podia ter certeza, mas parecia estar memorizando todos.

Muller — pelo menos Decker achava que esse fosse o nome dele — olhou para onde Manning olhava e sussurrou:

— Quer deixá-los vivos?

Manning continuou olhando, mas balançou a cabeça. Não houve palavras.

Muller ficou para trás. Pouco depois, Decker ouviu uma série de detonações atrás de si. Não sabia o que Muller tinha usado nem se importava.

Por fim, o homem os alcançou.

— Onde as criaturas estão? — perguntou ao entrar no ritmo deles. — Morreram todas, Decker?

— Não. — Procurou mentalmente. — Não mesmo.

— Existem quantos dessas desgraçadas?

— Muitas. Muitas mesmo. Mais do que eu jamais poderia ter imaginado. Mas neste momento elas parecem estar ocupadas com alguma outra coisa. — Fechou os olhos e se concentrou. — Vão vir atrás de mim mais uma vez.

— Por quê? — perguntou Manning. A curiosidade surpreendeu Decker.

— Acho que o ódio é a única coisa que conhecem. E eles me odeiam. Talvez por causa do que a tal Ellen Ripley fez com eles. Talvez só porque eles acham meu cheiro esquisito. Não tenho certeza. Só sei que querem me matar.

— Bom, eu também não gosto muito de você. Mas gosto ainda menos deles. Vamos dar o fora daqui.

O elevador estava danificado, e nenhum deles queria escalar aquele cabo inteiro. Levaram quase vinte minutos para achar uma escada de acesso. A porcaria da escada não estava escondida, mas não tinha sinalização e quase se perdia nas sombras.

A porta estava emperrada, mas Manning resolveu isso bem depressa. Após entrarem, ele observou as dobradiças por um momento, depois enfiou a faca no vão entre a porta e o batente. Um mero calço, mas seria necessário muito esforço para abrir a porta pelo outro lado. Para garantir, olhou para o último membro do grupo e mandou:

— Dave, cole essa desgraça.

O homem que Decker pensava que fosse Llewellyn assentiu e revirou o interior da mochila. A gosma que passou no metal fez tanto a porta quanto o batente chiarem por alguns instantes, depois se colarem uma à outra.

— Merda. A quantos metros de profundidade estamos? — A voz de Muller estava compreensivelmente irritada.

— Um a menos a cada três degraus, meu raio de sol.

O tom de Manning não foi tão encorajador quanto as palavras. Mesmo assim, Muller entendeu a deixa e começou a subir.

Um metro a menos a cada três degraus. Talvez não fosse uma conta precisa, mas era verdadeira o bastante para Decker. Ele caminhou, fazendo o melhor que podia para não reclamar toda vez que o peso de Adams se deslocava sobre os ombros. Manning estava andando à sua frente, e fazia com que carregar Elway parecesse fácil. Por isso, detestava um pouquinho mais o desgraçado.

50
A ESTRADA LONGA E SINUOSA

Willis estava suando em bicas.

As pernas tremiam e os braços pendiam frouxos, inúteis ao lado do corpo, exceto quando tentava usá-los para se impulsionar por mais um lance de degraus.

De olho no prêmio. Era isso o que seu avô sempre dizia. *Fique de olho no prêmio e vai conseguir o que quiser.*

O que queria? No momento, tinha que chegar ao topo da porra da escadaria sem fim. Quem tinha pensado em cavar um túnel de acesso até o fundo das minas, sem energia?

Ele supunha que deveria estar grato, mas, na verdade, não dava a mínima.

Primeiro, Willis havia subido até o oitavo nível, planejando pegar um elevador lá. Não o principal, mas um dos elevadores de apoio secundários ou terciários. No começo, parecia uma boa ideia. Deveria ter funcionado. Mas a porta não abria. Tentou empurrá-la com o ombro, mas tudo o que conseguiu foi um ombro machucado.

Entendeu que deveria ter previsto que isso fosse acontecer. Tinha passado boa parte das últimas horas tentando forçar a abertura de uma porta no nível inferior. O poço era parte do complexo original, e até as escadas estavam caindo aos pedaços em alguns pontos. Precisava tomar cuidado para não cair e quebrar o pescoço.

Tinha chegado apenas ao sexto nível antes de ser forçado a desistir do "caminho fácil". Nenhuma das portas se abria, e tudo que podia fazer era rezar para que a do topo funcionasse.

Tentou contatar Rollins e não conseguiu. Isso não fazia sentido, já que ela tinha lhe dado um comunicador que supostamente atravessaria qualquer barreira. Ainda assim só obteve silêncio.

Já havia parado duas vezes para sucumbir à ânsia de vômito, pois, por mais que detestasse admitir, a vida atrás de uma mesa o tinha deixado numa péssima forma física. A cintura era mais larga que os ombros e dava para contar mais de um queixo ali. Era fácil não admitir isso ao se olhar no espelho, especialmente quando encontrava uma companhia para passar a noite, mas, naquele momento, subindo um lance de escadas mais alto que muitos arranha-céus, estava achando um pouco mais difícil contestar os fatos.

De olho no prêmio. Quando isso terminasse, seria rico. Não bem de vida, não confortável, mas podre de rico. Era um homem de carreira e gostava de trabalhar para a Weyland-Yutani. Mas, depois daquela missão absurda e insana, se aposentaria.

No entanto, prometeu a si mesmo uma boa e longa sessão numa clínica de remodelamento corporal. A ciência moderna consertaria o que uma dieta ruim e um emprego sentado num escritório fizeram a ele. Teria dinheiro para garantir isso.

Tudo o que precisava fazer era chegar ao topo da escada.

Quase chorou quando chegou à porta do segundo nível. Alguém havia fundido a porta ao batente; por que razão, não conseguia imaginar. Talvez para manter os monstros longe. Não gostou nem um pouco dessa ideia.

Levou um tempo para descansar, recuperar o fôlego e tentar contatar Rollins, relatando o progresso. Foi tomado pelo entusiasmo quando ela respondeu depois de poucos instantes.

— Estava começando a ficar preocupada, senhor Willis. Não tenho notícias suas há horas.

— Estive subindo muitos degraus — explicou ele. — *Tentei* contatar a senhora, mas o maldito comunicador não funcionava. — Não pronunciou as palavras; ele as arquejou. — Estou quase no topo. Há uma nave a caminho?

— Não. Ela já está esperando o senhor e o restante da equipe na pista.

— Talvez não haja um restante da equipe.

— Vários deles parecem estar vivos. Logo saberemos.

— Onde estão? A senhora sabe?

— Na verdade, não. Eles não têm acesso aos mesmos aparelhos comunicadores que o senhor. Estão passando por... complicações técnicas.

Ele assentiu com a cabeça como se ela pudesse vê-lo.

— Escute, as coisas vão mal aqui. Não encontrei muitos deles, mas, com tudo o que está acontecendo, creio que a esterilização possa vir a ser necessária.

— Já avaliamos essa alternativa, senhor Willis.

Ele ergueu a cabeça, surpreso. Na verdade, não deveria estar chocado. Entendia muito bem como a empresa operava. É claro que isso só tornava as informações que levava ainda mais valiosas. Rollins podia ter algumas das imagens, mas ele tinha as que vinham do local de escavação, e de forma alguma ela poderia ter recebido o mesmo nível de detalhe que ele.

De jeito nenhum. Continuou repetindo isso a si mesmo. Com um grunhido, levantou-se nas pernas bambas e recomeçou a subida. *Mais um nível.* Não poderia ser tão ruim.

— Senhor Willis?

A voz de Rollins chegou a assustá-lo. Pensou que ela tivesse interrompido a comunicação.

— Sim — respondeu ele. — Ainda estou aqui.

— O senhor deve estar ciente de que esta operação custou muito para a empresa.

— Ah, sim. — Parou para recuperar o fôlego mais uma vez. — Imagino que sim. Mas os benefícios, senhora Rollins. Devem ser deslumbrantes, não? Só os aspectos biomecânicos da nave devem se equiparar aos nossos custos. Se pudermos obter as informações das amostras...

— Ainda tem as amostras da nave, senhor Willis?

— É claro. Estão no meu escritório. No cofre.

— Excelente. Por favor, lembre-se de pegá-las antes de ir para a dropship.

— Ah. — Ele parou de andar e prendeu a respiração por um momento. — Sabe, eu teria me esquecido delas. Obrigado pelo lembrete.

— É claro. Faça uma boa viagem, senhor Willis. Estou ansiosa para encontrá-lo pessoalmente.

Desta vez, ouviu o clique nítido que indicava o encerramento da conexão.

Sua respiração era mais um ganido que um suspiro. Voltou a subir. Um passo. Mais um passo. Mais outro. Parou.

Só mais um pouco.

51
EXCURSÃO

— Senhor Pritchett? — A voz de Rollins chegou clara e nítida.
— Sim. Estou aqui.
Ele endireitou as costas no assento. Estivera cochilando. Não havia nada para fazer além de ouvir a chuva.
— Senhor Pritchett, o senhor tem acesso a um painel de vídeo?
Levou meio segundo para localizá-lo.
— Aham. Bem aqui.
— Ótimo. Vou lhe mandar um arquivo compactado. Nesse arquivo o senhor encontrará um diagrama dos escritórios. Estão localizados no maior edifício, diante dos alojamentos. Quando estiver com o arquivo, preciso que localize o escritório de Tom Willis. Ele está ocupado no momento, e preciso que o senhor recolha as amostras que encontrará no cofre desse escritório.
— No cofre? Não vai estar trancado?
— Ora, vamos, senhor Pritchett. Estou plenamente informada sobre seu histórico. Mesmo que não estivesse, também vou passar a combinação para o senhor. Tomei a liberdade de anular o reconhecimento de retina e DNA. Afinal, é um assunto da empresa.
— Pode deixar.
Um monte de mentira de merda, isso sim. Rollins não estava nem aí para obter autorização de alguma coisa. Ele tinha certeza de que Willis não dera a combinação para ela. A boa notícia é que não ligava. Ela queria algo daquele cofre, e ele queria seu dinheiro.
— Senhor Pritchett?
— Sim?
— Vá armado. É possível que as formas de vida que buscamos estejam em maior número do que pensávamos. Caso o senhor encontre alguma, devo sugerir que atire primeiro e se preocupe com as intenções dela depois.
— Você é que manda.
Levou o tempo que foi preciso para se armar. Também levou o tempo que foi preciso para verificar a armadura.
Deixou a nave em modo de espera e a trancou antes de sair. Ninguém iria a lugar nenhum sem ele.

5 2

A rainha estava morta.

※ ※ ※

Decker balançou a cabeça, tentando afastar os pensamentos e as imagens. Ainda assim, eles chegavam, sem serem convidados e contra a sua vontade. As vozes sibilavam e estalavam em seus pensamentos alienígenas, e a mente as interpretava mesmo quando ele tentava fugir.

※ ※ ※

O inimigo continuava vivo e a rainha estava morta. A fúria era imensurável. Se pudessem, teriam perseguido o inimigo, mas não podiam.

※ ※ ※

Não! Eu não sou seu inimigo! Me deixem em paz! Se ouviram suas tentativas de responder, de se comunicar, não reagiram de nenhum modo que ele pudesse compreender.

※ ※ ※

Os recém-nascidos estavam eclodindo e precisavam ser protegidos. O inimigo havia provado ser tão perigoso quanto as lembranças genéticas indicaram, e por isso os recém-nascidos precisavam ser escondidos.

※ ※ ※

Não teriam piedade. A piedade era tão alienígena para eles quanto os sentidos inumanos eram para Decker.

Já haviam perdido demais.

Passaram por entre os ninhos e olharam para os hospedeiros. Alguns estavam conscientes, outros não, e isso pouco importava. Alguns já estavam dando à luz, e outros, apenas à espera.

Restavam sete ninhos. O passado os havia ensinado a ter cuidado. Eles aprenderam. Eles se adaptaram. Eles sobreviveram.

O mais recente dos novos ninhos não era mais necessário. Os hospedeiros haviam servido ao propósito, então os corpos tinham se tornado apenas alimento.

Uma nova rainha já crescia, cuidadosamente protegida e resguardada contra o inimigo. Foi levada ao nível mais profundo da colmeia, às grandes câmaras onde haviam dormido por tanto tempo, e permaneceu intocada pelo mundo ao redor deles enquanto este mudava.

O medo invadiu seu estômago e Decker tentou ignorá-lo. Se pensasse em quantos daqueles monstros havia, ficaria realmente louco.

※ ※ ※

Dois ninhos estavam arruinados, destruídos. O inimigo ainda vivia. A coisa perversa tinha se afastado da colmeia, e isso era bom. Eles o encontrariam e o matariam.

Tiveram cuidado com a nova rainha. Era tão jovem, tão frágil. Cresceria e se tornaria forte, é claro, mas, como ocorre com todas as coisas, isso exigiria tempo.

Assim que foi deixada a salvo, aqueles que haviam sido sua escolta voltaram a atenção outra vez ao inimigo. Agora, estava perto da superfície, podia senti-lo rastejando pelos túneis que os hospedeiros tinham aberto na terra.

Iam segui-lo.

A rainha estava morta. A rainha havia renascido. A rainha seria protegida, não importava a que custo.

53
O TROCO

O carma era uma merda.

Luke Rand acordou pouco depois que os monstros chegaram e o derrubaram no chão. Tentara lutar, mas fora derrotado. Três costelas quebradas e uma fratura na mandíbula. Não conseguia fechar a boca, e cada vez que respirava ardia logo acima do estômago, como se o local estivesse pegando fogo.

Estava no subterrâneo, numa escuridão quase total. E, quando achou que não poderia piorar, provaram a ele que não fazia ideia de como as coisas podiam ir mal.

A área para a qual o arrastaram era quente e úmida, e coberta daqueles sedimentos negros e lustrosos que eles vinham encontrando por todo o Mar de Angústia desde que chegaram. Nunca imaginou o que eram. Nunca teria imaginado, mesmo que tivesse a vida inteira para descobrir.

As coisas o seguraram no chão e, quando tentou lutar, quebraram seu braço direito em três pontos sem o menor esforço. Isso acabou com qualquer tentativa. Mas isso não bastou para as criaturas. Duas delas se debruçaram sobre ele e vomitaram uma gosma cinza-escura sobre seu corpo. A coisa começou a endurecer assim que tocou o ar, e elas a espalharam com as garras e o envolveram até estar preso numa camisa de força de silício.

Mesmo que ainda tivesse forças para lutar, a teia vítrea logo se tornou sólida demais para que seu corpo maltratado resistisse a ela.

Havia outras pessoas ao redor, algumas conscientes e outras, não. Teve inveja das inconscientes.

A coisa que parecia um caranguejo veio rastejando e subiu até sua cabeça. Ele tentou gritar, por mais doloroso que fosse, mas logo os gritos foram abafados, quando a criatura abraçou seu rosto. Era um estupro. Era a única descrição que encontrava para a situação, e sentiu lágrimas de humilhação só de pensar. A mandíbula já estava quebrada, mas a coisa não se importou. Tentou se debater, mas estava colado, e a criatura maldita simplesmente não parou.

Depois de um tempo, tudo se transformou numa dor fraca mas constante, que acabou desaparecendo por completo. Pensou que deveria se perguntar o motivo disso, mas não julgou que fosse necessário.

Naquele lugar escuro, todas as coisas ruins que havia feito na vida voltaram. Tinha roubado um dólar aos cinco anos. Tinha roubado muito mais que isso depois, na escola. Havia feito algumas coisas boas, como defender Aneki quando os outros meninos tentavam implicar com ele por estar preso numa cadeira de rodas. Mas também tinha implicado o suficiente com garotos mais fracos.

Havia pessoas a quem havia feito mal, mas nunca imaginou que tais ações fossem o bastante para ele terminar daquela forma.

As coisas observavam. Ele as via se mexerem aqui e ali, e algumas estavam aninhadas na escuridão, perdidas nos padrões que quase pareciam parte das paredes da caverna. Precisava olhar com atenção para conseguir vê-las, mas teve tempo para isso preso no lugar, pensando em todas as coisas ruins que tinha feito na vida.

Sentia-se péssimo por Decker. O cara sabia quem ele era, mas ainda havia ficado ao seu lado.

Sentia-se péssimo por muitas coisas.

Achava que não podia se sentir pior.

A dor voltou às costelas quebradas. Uma dor lancinante nas entranhas que contornou o coração e, ah, merda, a dor era um ser vivo. Rasgava seu peito e as laterais do corpo. As costelas quebradas bastaram para arrancar um grito da mandíbula quebrada e dos lábios sangrentos.

A dor piorou, e piorou ainda mais. Muito mais.

No fim, não conseguiu pensar em nada que tivesse feito para merecer tanta dor.

No fim, não importava.

O carma era uma merda, e não dava a mínima para o que ele pensava.

54
FARDOS

O comunicado do escritório central foi curto e objetivo. Também foi exatamente o que ela esperava.

Andrea Rollins se levantou da cadeira e se alongou. Tinha coisas a fazer.

Chamou a ponte de comando.

— Capitão Cherbourg?

— Sim, senhora Rollins?

— É melhor preparar a nave para partir. Não vamos passar muito mais tempo aqui.

— Sim, senhora.

— E... capitão?

— Sim, senhora Rollins?

— Esteja preparado para entregar sua carga.

Cherbourg hesitou antes de responder, mas só por um momento.

— Sim, senhora.

✳ ✳ ✳

Decker colocou Adams no chão com o máximo de cuidado que pôde, depois se sentou por um instante.

Como temia, ela parecia dez vezes mais pesada do que realmente era — pelo menos, era o que os ombros dele diziam. Em comparação, Elway parecia ter ganhado apenas alguns quilos. Decker ainda odiava Manning um pouquinho mais por causa disso.

— Quando chegarmos ao primeiro nível, vamos tentar outro elevador ou continuar andando? — questionou Muller. Era uma boa pergunta.

Manning olhou para o chão e balançou a cabeça.

— Se esta fosse uma operação padrão, pegaríamos um caminhão para voltar à superfície. Geralmente há rampas. Mas esta não é. Ainda estavam reconstruindo esta coisa, e acho que não fizeram uma estrada de acesso

levando até a superfície. Até agora, não tivemos nenhum problema nesta escada, o que é bom, mas não é uma garantia. — Parou e olhou ao redor.
— Também não aguento mais espaços fechados. Quando chegarmos ao primeiro nível, não saberemos o que fazer. Não conhecemos a planta do lugar. Não sabemos como sair daqui.

Ele se calou, parecendo pesar as opções.

Muller ergueu a mão e levou um dedo aos lábios, pedindo silêncio. Em seguida apontou para a escada.

Havia um som vindo de baixo.

Manning pigarreou.

— Acho que precisamos considerar qual é o melhor jeito, mas voto por explorar o primeiro nível. Isso vai nos dar mais espaço para nos defendermos, se for preciso.

Enquanto falava, fazia uma série de gestos rápidos. Muller assentiu com a cabeça e se moveu, deslizando até a beira da escada e apontando a pistola com cuidado. Ficou tenso, e Decker viu o nervosismo se esvair do pescoço grosso e dos ombros do homem, pouco a pouco.

— Acho que estamos seguros aqui.

Ficou exatamente onde estava e baixou a pistola devagar.

Pouco depois, todos ouviram as palavras ofegantes.

— Ah, graças a Deus — disse alguém.

Manning reconheceu a voz.

— Willis?

O burocrata estava banhado em suor. As roupas estavam encharcadas e coladas ao corpo, o cabelo escorrido, além do rosto extremamente corado, que mostrava que sua saúde também não estava nada bem.

— Ah, obrigado, meu Deus.

Ele subia engatinhando. Ao que parecia, tinha desistido do conceito de caminhar.

Manning olhou para Adams, deitada no chão. Seu olhar passou rapidamente por Decker. A mochila que ela antes carregava não estava mais lá. A que continha os suprimentos médicos.

— Alguém tem um pouco de água para esse homem?

Dave Calado veio ao resgate e jogou para ele uma pequena garrafa de uma bebida carregada de eletrólitos e açúcar. Eram parte da ração padrão da maioria dos postos avançados. As mãos de Willis tremiam tanto que ele não conseguia segurar o frasco. Quando se acalmou, Manning abriu a garrafa e a entregou ao burocrata.

— Beba devagar.

Ele nem precisava ter dado esse conselho. O homem mal conseguia tomar um gole. Mesmo assim, depois de um tempo já havia bebido metade da garrafa, e respirava com mais facilidade.

— Estamos ferrados. Precisamos chegar à superfície. — Manning olhou atentamente para Willis, que devolveu o olhar com uma expressão séria. — Qual é o caminho mais rápido?

— Tem os elevadores — respondeu ele, devagar. — O principal está arruinado, mas talvez um dos outros.

— E você sabe onde eles ficam?

— É claro.

— Então por que você veio pela escada?

— Você acha que eu teria passado por este inferno se tivesse conseguindo abrir alguma das portas? — retrucou Willis, rabugento. Isso pareceu tranquilizar Manning.

— Bom, termine de recuperar o fôlego — disse o mercenário. — Não podemos mais ficar aqui, e, se o que você diz for verdade, o primeiro nível é nossa melhor aposta.

— A senhora Rollins disse que enviou uma dropship.

As palavras saíram quase balbuciadas. Assim que deixaram os lábios de Willis, ele piscou como se tivesse levado um tapa e se calou.

Decker sentiu a mudança repentina nas emoções do homem.

Manning não precisou sentir nada. Inclinou-se para a frente até estar perto o bastante de rosto de Willis e disse suavemente:

— Mais tarde, quando isso tiver acabado, nós dois vamos conversar sobre há quanto tempo você anda conversando com Rollins. Mas, por enquanto, vê se levanta. Vamos *em frente.*

— Espere. O que aconteceu com os outros da sua equipe? — perguntou Willis enquanto se levantava devagar.

Manning arreganhou os dentes. Ninguém em seu juízo perfeito teria chamado aquilo de sorriso.

— Sabe, eu não tinha como entrar em contato com Rollins, então tudo deu errado. — Baixou os olhos para o chão por um momento, depois voltou a encarar Willis. — O que aconteceu com o restante do meu pessoal? Os que estavam com você no nono nível?

Willis desviou o olhar.

— Não sei — respondeu. Sua voz subiu um tom. — Entrei em pânico, ok? Corri para a escada assim que o fogo começou.

Ele estava mentindo. Era um babaca bajulador e um péssimo mentiroso. Pelo menos, do ponto de vista único de Decker.

Então aquela sensação arrepiante perpassou a mente do engenheiro com suavidade.

— Acho que estão vindo de novo — avisou ele. — Mas, se estiverem, não estão perto.

Os outros se prepararam para continuar a jornada. Decker apoiou Adams com cuidado sobre os ombros, feliz porque não teria que fazer isso por todo o caminho até a superfície, enquanto Manning punha Elway por cima do ombro e verificava o carregador da pistola.

— Sabe dizer de onde eles estão vindo? — perguntou ele.

— Não. Não está claro. — Decker balançou a cabeça. — Pelo menos, ainda não. E, como você disse antes, eu não conheço a planta do lugar. Se conhecesse, talvez isso me ajudasse a localizá-los melhor.

A mão de Manning apertou o ombro de Willis com força, e ele exibiu os dentes mais uma vez.

— Uma boa notícia. Temos nosso próprio guia turístico.

Willis não pareceu feliz com a ideia, mas ficou um pouco mais agitado enquanto o energético percorria seu organismo. Agitado, não. Alerta. Provavelmente, estava começando a sair do estado de choque. O que quer que fosse, fez com que conseguisse andar aprumado enquanto subiam o último lance de escada, chegando ao primeiro nível. Tudo o que restava acima deles era o térreo.

A porta para o primeiro nível se abriu com facilidade.

Dessa vez, Muller foi na frente, olhando para os lados, depois chamando o restante do grupo até o corredor. A área estava destruída. Independentemente do que tivesse acontecido, não tinha sido fácil. Havia lâmpadas quebradas, sinais de luta e alguns pedaços humanos.

Os olhos de Willis saltaram das órbitas, mas ele continuou em silêncio.

Manning o obrigou a focar na missão.

— Para que lado? — perguntou.

— Tem elevadores ali... — Willis apontou — ... e outros daquele lado.

Foram na direção do primeiro conjunto de portas e encontraram os mesmos elevadores que o grupo havia tentado usar antes. Ele se virou e os guiou na direção oposta. Depois de cerca de trinta metros, encontraram um corredor que não existia nos níveis inferiores.

— Aonde diabos isso leva? — perguntou Manning.

— A uma nova operação mineradora. Tem muito lixo no caminho, mas tem um elevador próprio, e nós o usávamos para tirar muita terra e pedra do caminho. O escritório e o complexo também ficam naquela direção... subindo.

— Até onde o elevador *desce*?

— Até aqui. Ele só desce até aqui. Encontramos a antiga área de mineração pouco depois de começarmos a trabalhar aqui.

Manning lançou um olhar a Decker, que fez que sim com a cabeça. Era muito conveniente que tivessem encontrado a mina original com tanta facilidade.

Conveniente demais.

— Vamos lá — disse o mercenário.

E voltaram a andar.

※ ※ ※

Muller foi na frente, e eles andaram depressa. Decker fez o que pôde para se concentrar na mente dos insetos e ignorar a indiferença fria que emanava dos parasitas agarrados a Adams e Elway.

Queria baixar Adams desesperadamente, mas não faria isso. *Não podia* fazer isso. Ela era uma boa pessoa. E suspeitava que a mercenária teria dado um jeito de arrastar a carcaça miserável dele aonde quer que fosse necessário. Em silêncio, prometeu a ela que sairia dessa viva. Pretendia manter a promessa. E faria o que fosse preciso.

Apesar dos sinais de danos e luta que encontraram antes, havia pouco para ver enquanto seguiam em frente. Nenhum corpo, nenhum sinal de confronto. Na verdade, para Decker, parecia que o poço não era usado havia muito tempo. Isso não batia com o que Willis chamava de "nova" operação.

— Ninguém cava aqui há muito tempo — comentou Decker. — Por que abandonaram o lugar?

— Não encontramos trimonita suficiente para valer o esforço — explicou Willis. — Era muito fora de mão para servir como local de armazenamento, por isso simplesmente deixamos a área para lá.

Em dez minutos de caminhada, chegaram ao elevador.

Manning olhou para Decker.

— Alguma coisa?

— Não. Nada. — Ultrapassou o ruído de fundo. — Nada por perto, pelo menos.

O líder dos mercenários apertou o botão para chamar o elevador e verificou a pistola mais uma vez. Seguindo o exemplo, Decker verificou o carregador e a trava de segurança da matadora.

Willis olhou para as armas com uma leve cobiça.

Quando a campainha do elevador soou, esperaram que as portas se abrissem, e Decker se viu apontando a arma na direção delas. Qualquer coisa que saísse dali teria uma recepção desagradável.

Não havia ocupantes. Muller e Willis entraram primeiro e o restante se acomodou rapidamente. O interior estava danificado e era grande o bastante para permitir que tanto Decker quanto Manning depositassem seus fardos no chão. Decker girou os ombros e sentiu os músculos rangerem em gratidão.

Continuou olhando para o corredor rústico, já esperando ver mais daqueles insetos vindo em sua direção. Não os sentia, porém esperava mesmo assim.

Manning parecia sentir o mesmo.

— Esses bichos malditos são que nem baratas — resmungou ele. — Aparecem do nada.

Dave se pronunciou.

— Que venham, então. Tenho três carregadores cheios e muita vontade de atirar em alguma coisa.

O rifle que ele brandia tinha um cano grande e parecia ter sido projetado para caçar espaçonaves de pequeno porte.

— É disso que gosto em você, Dave — comentou Manning. — Seu otimismo.

As portas se fecharam, e o elevador subiu suavemente. A jornada continuou sem problemas e parou com um leve tranco no nível superior.

As portas se abriram diante de um corredor abandonado.

Muller verificou o local. Sinalizou que era seguro passar.

— Vamos dar o fora daqui, cavalheiros — disse Manning. — Precisamos encontrar uma área defensável e chamar a nave.

Willis o olhou com um sorriso fraco.

— Acho que a nave já está aqui.

Manning pareceu intrigado.

— Ah, é?

— Posso estar enganado, mas acredito que esse era o plano. Ela já deve estar aqui.

Manning assentiu, não sem abandonar a expressão cética.

— Se você estiver certo, ótimo.

Decker se agachou e observou a forma inerte de Adams. Então, com muito cuidado, voltou a erguê-la.

— Vamos nessa.

Willis pigarreou.

— Preciso passar no meu escritório. Tenho arquivos que preciso recuperar. — Apontou para o corredor. — Peguem as próximas duas entradas à esquerda e chegarão à porta principal. A pista de pouso fica em frente aos alojamentos.

Manning levantou Elway.

— Não demore. Se for para escolher entre você e o meu pessoal, vai ser o meu pessoal. Entendido?

— É claro. — Willis ainda estava um pouco trêmulo, mas foi em direção ao escritório.

E voltaram a andar, Muller à frente e Dave dando cobertura atrás, enquanto Alan e Manning carregavam seus fardos. Depois de tudo pelo que passaram, o silêncio parecia ensurdecedor, mas Decker sentiu. A sensação cada vez mais forte de que as criaturas malditas estavam indo atrás dele novamente.

— Estão chegando mais perto.

— Onde? — perguntou Muller.

— Não sei. Só sei que estão chegando. Como eu odeio isso.

O coração estava acelerado, apesar da estranha sensação calmante que emanava de Adams e Elway.

— Vamos continuar — disse Manning. — Precisamos chegar à porcaria da nave *o quanto antes*.

O líder dos mercenários estava fazendo o melhor que podia para ficar de olho em tudo. O corpo de Elway estava começando a pesar, e aumentava o mal-estar de Decker. Pelo que aprendera, quando Manning parecia estressado, era um mau sinal.

Viraram à esquerda duas vezes, parando para ver se havia insetos. Nada. Absolutamente nada. Porém, em vez de relaxar, isso deixou Decker ainda mais apreensivo. Sabia que estavam chegando, mas não havia nem sinal deles.

— Cadê todo mundo? — resmungou Muller, provavelmente consigo mesmo, mas Decker ouviu.

Não respondeu, porém pensava a mesma coisa. Não havia nenhum sinal de distúrbio. A violência do nível anterior não havia acontecido ali. Não havia destroços nem corpos.

Chegaram a uma porta e ouviram o som de água caindo do outro lado. Abriram-na e, pela primeira vez, viram o exterior do complexo. Estava escuro, e caía a chuva mais pesada que Decker já tinha visto.

As luzes externas estavam acesas, lançando fachos reluzentes na escuridão e mergulhando toda a área num crepúsculo sombrio realçado pelo rastro cintilante das gotas de chuva iluminadas. O ar era fresco e, em comparação ao fedor de queimado dos túneis alienígenas, cheirava a paraíso. O frescor era o bastante para revigorar.

Mas Decker sabia que isso não ia durar. Os insetos estavam chegando. Não havia tempo para apreciar nem as pequenas coisas, pois as criaturas estavam em algum lugar próximo, e ele precisava avistá-las antes que aquelas coisas malditas estivessem perto o bastante para matá-los.

— Cadê eles, Decker? — perguntou Dave. Definitivamente estava virando um tagarela.

Decker olhou ao redor e viu a pista de pouso onde a nave de transporte esperava por eles.

É claro.

— Estão naquela direção.

Manning não se deu ao trabalho de esperar. Começou a andar e presumiu que os outros o acompanhariam. Foi o que fizeram — até Decker, que não tinha nenhuma vontade de se dirigir às coisas que queriam rasgá-lo em pedaços.

Quanto mais o grupo se aproximava, mais tensos ficavam os músculos dele. As criaturas estavam por ali. Tinham que estar.

Mas não conseguia enxergá-las.

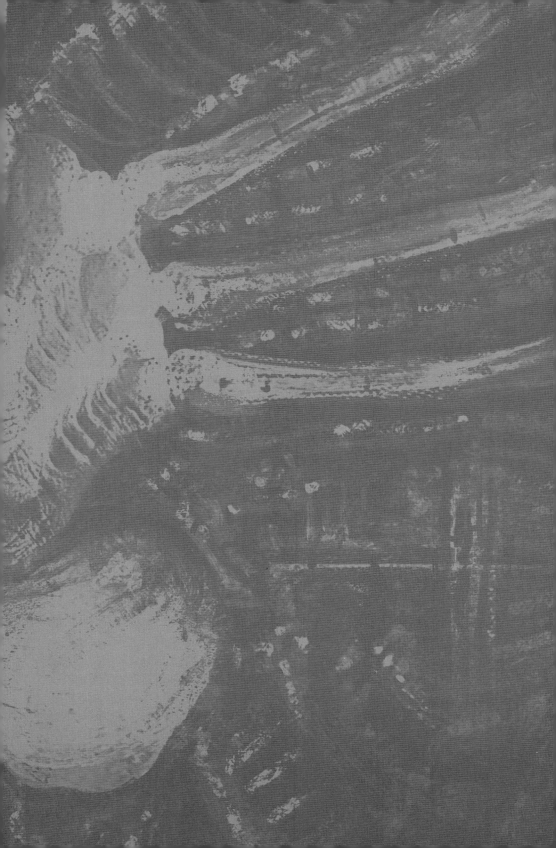

55
AMOSTRAS

O cofre estava exatamente onde ela disse que estaria, cravado no chão, abaixo de uma mesinha que tentava passar a impressão de que era melhor do que realmente era.

Quando Pritchett o abriu, encontrou um pequeno recipiente com um símbolo de risco biológico. Abriu o selo e viu diversos frascos de amostras de tecido cinza e prateadas. Era isso. Guardou o pacote no bolso da calça e aproveitou para pegar alguns documentos que pareciam interessantes. Não havia dinheiro nem outros objetos de valor.

Quando ficou de pé, a porta se abriu.

O homem parado à entrada pareceu chocado com a presença dele.

Era justo. Sentia o mesmo.

— O que você está fazendo no meu escritório?

Pritchett olhou o homem de cima a baixo. Era atarracado e estava imundo. Parecia ter rastejado por todo o complexo de túneis. Realmente não devia ser uma ameaça.

— Tenho ordens superiores para obter algumas amostras do seu cofre. — Não tinha por que mentir para o homem.

O Senhor Burocrata o olhou de cima a baixo e franziu a testa.

— Bom, você já cumpriu seu dever, pode me entregar as amostras.

Ele chegou a estender a mão, como se esperasse que Pritchett fosse lhe dar o pacote.

— É, acho que isso não vai acontecer.

Deu um passo na direção do homem e colocou a mão no coldre da pistola, só para o caso de os ânimos se exaltaram.

— Agora, escute aqui. Meu nome é Tom Willis e estou no comando desta instalação. O senhor precisa entregar o que pegou antes que as coisas fiquem feias.

Sério? Mais uma vez, olhou o homem de cima a baixo.

— Certo, olha só. Sua instalação já era. Estou seguindo ordens. Também sou o piloto que vai tirar você daqui, a não ser que continue a me encher o saco. Fica criando caso, que eu te largo aqui.

É, Pritchett não estava para brincadeiras. O sujeito ficou pálido.

— Você não faria isso.

— Experimenta — respondeu ele. — Hora de ir. Estou só esperando Manning e a equipe dele, depois vamos meter o pé.

— Tem outras naves chegando para levar mais pessoas?

Aquela coragem cheia de pose estava sumindo depressa, e o homem parecia menos um chefe e mais um vassalo. Pritchett gostou da mudança.

— Não sei e não quero saber. É hora de ir.

— Mas...

— Escuta, pode ficar se quiser. Não ligo. Eu vou embora.

O homem olhou para a mesa, fitando os documentos e o material de escritório como se fossem provas de que ele deveria estar no comando. Pritchett passou por ele. O cretino que ficasse ali, se quisesse.

O babaca filho da puta deu um soco em Pritchett. Tomou impulso e enfiou o punho na lateral da cabeça do piloto. Foi um bom soco, mas não excelente. Pritchett cambaleou para o lado e recuperou o equilíbrio, apoiando-se no batente da porta por um instante.

Enquanto o homem pegava algo na mesa, Pritchett girou a perna e lhe deu um chute na coxa com força suficiente para fazê-lo gritar. O que quer que estivesse pegando caiu da mão.

Pritchett deu um golpe forte com a palma da mão na mandíbula do burocrata, jogando a cabeça dele para trás.

Willis soltou um grunhido e tentou atacar de novo. Pritchett não perdeu tempo. Teria sido divertido quebrar o pescoço do desgraçado, mas tinha um prazo a cumprir. Então apenas sacou a pistola e mirou no rosto de Willis.

— Não!

Na mesma hora a vontade de lutar se esvaiu do burocrata.

— Acabou. Vai andando antes que eu atire em você.

Ele empurrou Willis para a frente e deixou o homem mancar. Tudo bem se caísse de cara no chão.

Willis deu quatro passos cambaleantes no corredor antes de ser atingido por alguma coisa grande e preta. Também era rápida, e rasgou um pedaço das entranhas do homem num único golpe. Willis caiu para trás, um lamento agudo escapando dos lábios. Ele bateu na parede, jamais afastando o olhar da coisa que avançava em sua direção mais uma vez.

Pritchett abriu fogo.

Nada aconteceu. A trava de segurança ainda estava acionada.

Xingou a si mesmo ao virar a trava. A coisa mudou de rota e saltou nele, fazendo alguns ruídos.

Dessa vez, quando puxou o gatilho, a pistola funcionou direito. A coisa cambaleou, recuando um pouco, enquanto ele atirava quatro vezes, abrindo múltiplos buracos no tronco e nas entranhas da fera. Ela caiu, chutou, se debateu e morreu.

As entranhas se espalharam sobre Willis, que deu um grito lancinante. Suas mãos tremiam, o corpo fumegava e ardia — ele não parecia saber o que fazer para aliviar a dor. Devia ser avassaladora. Formaram-se bolhas na pele do rosto e do pescoço, dos braços e das mãos, e ele gritou de novo, encarando Pritchett com olhos que pareciam culpá-lo.

Pritchett ficou boquiaberto, atônito.

Willis gritou de novo quando um buraco rompeu seus lábios e metade do nariz.

Pritchett reagiu por instinto. Disparou um único tiro na cabeça de Willis, depois foi em direção à porta.

A nave não estava tão longe assim. Chegaria lá em poucos minutos, mas de repente pareceu muito mais distante do que isso. A ideia de que poderia esbarrar em mais daquelas coisas acrescentava quilômetros ao trajeto. Manteve a arma na mão, olhando para todos os lados enquanto andava.

56
À VISTA DE TODOS

Decker ficou feliz em descobrir que Willis estava certo. A nave esperava por eles na pista de pouso, e essa visão foi como uma dose de adrenalina direto no coração. De repente, Adams passou a não pesar mais tanto, e Decker sentiu como se pudesse cobrir a curta distância correndo.

Os mercenários pareceram sentir o mesmo. Eles ficaram mais rápidos e mais alertas.

— Cadê eles? — perguntou Manning, e a euforia de Decker se conteve.

— Bem ali. — Apontou na direção da nave e ergueu a voz. — Estão bem na nossa frente, e chegando mais perto. Mas não consigo vê-los!

— Talvez vocês possam parar de gritar e contar para eles onde estamos, caras — sugeriu Dave. — Será que não é uma boa ideia?

Muller concordou e se manteve em silêncio, mas continuou alerta, empunhando o rifle. Quando olhou para a areia, murmurou:

— Fala sério.

Decker olhou. Gostaria de ter conseguido não olhar. No começo, havia dois deles, erguendo-se. Não fazia ideia de onde surgiram até o próximo se levantar.

O maldito silício.

No início pensou que fossem apenas sedimentos, pedaços de areia endurecida, talvez causados por relâmpagos quando as piores tempestades ainda assolavam o planeta diariamente. Depois, tinha imaginado que poderiam ser restos dos túneis que os alienígenas faziam. Mas, quando as areias se elevaram, entendeu a verdade.

Os insetos eram mais astutos do que tinha imaginado. Os tubos de silício que ele havia encontrado eram só um indício dos alçapões. Vários deles brotaram de uma só vez, e os alienígenas surgiram rapidamente dos túneis que construíram.

Doze daquelas coisas saíram ao mesmo tempo, rastejando pela areia, andando de quatro para distribuir melhor o peso e evitar afundar na superfície fofa.

E elas o *viram*. Quando fizeram isso, Decker sentiu a raiva delas aumentar, e vieram mais rápido. Atrás delas, outras se erguiam dos túneis ocultos e avançavam na sua direção, na dos mercenários e na da única esperança de escaparem do planeta.

Muller ergueu a pistola, mirou e atirou, e um dos insetos explodiu. Os outros continuaram avançando. Estavam concentrados em Decker a ponto de excluir todo o resto. Queriam matar o Destruidor.

Decker colocou Adams no chão com todo o cuidado possível naquelas circunstâncias e apontou a pistola. Manning largou Elway sem nenhuma cerimônia, deixando o homem cair de qualquer jeito enquanto abria fogo.

Dave Não Tão Calado ergueu o cano largo da arma e disparou. O som foi alto, um rugido grave de uma detonação, e no Mar de Angústia se acendeu um clarão brilhante enquanto vários metros de areia e alienígenas em movimento irrompiam numa onda de chamas.

Dave deu um grito de guerra e atirou de novo, mudando um pouco o alvo e arrebentando mais três metros de qualquer coisa que estivesse ao alcance.

Ainda assim, eles avançavam. Eram ainda mais velozes a céu aberto, quando não precisavam desviar de obstáculos. Decker apontou, atirou, errou. Apontou, atirou, errou. Esvaziou o carregador da matadora sem jamais ter certeza de que havia atingido algo.

Manning exterminou uma das coisas que tinha se aproximado demais, e o monstro rolou pelo chão, deixando um rastro de sangue ácido. Decker olhou para a coisa, de repente incapaz de se mexer.

Estava morta, mas as partes espasmódicas ainda pareciam tentar pegá-lo.

Outro homem surgiu por detrás deles, e Decker girou, apontou e atirou. Se restasse alguma munição na matadora, teria matado o estranho, mas o destino foi mais bondoso que isso.

Era Pritchett, o piloto. O mercenário arrancou a arma da mão dele, empurrou-o para o lado e abriu fogo contra os alienígenas.

Decker tentou pegar o rifle de plasma que trazia pendurado ao ombro, mas só conseguiu derrubar a arma.

Dave atirou um total de dez projéteis explosivos, depois trocou o carregador com mãos tão rápidas que mal se viam. O carregador vazio foi ao chão e quicou, e, quando terminou sua curta queda, o mercenário já havia voltado a abrir buracos no deserto e nos alienígenas. Ele teve o cuidado de não se aproximar demais da nave.

A munição do rifle de Muller acabou. Ele o largou e imediatamente estendeu a mão para o rifle de plasma que Decker havia derrubado. Pegou a arma, com o rosto contorcido numa expressão de fúria ardente.

Como Decker tinha feito antes, ele colocou a arma no automático e despejou todas as cápsulas de plasma na horda que se aproximava. Como Dave, tomou cuidado na hora de atirar, para não correr o risco de atirar na nave. A noite se tornou dia, e a luz revelou os monstros pegando fogo e ardendo, gritando e morrendo numa súbita conflagração.

Manning continuou atirando, apontando para as silhuetas que conseguiam escapar ao incêndio e chegavam perto demais da nave.

Enquanto os freelancers dizimavam as criaturas, o pânico que tentava devorar a mente de Decker se abrandou, diminuindo a cada morte. O calor dos disparos de plasma quase bastava para aquecer a frieza que o percorria.

Manning apanhou Elway.

Quando Decker tentou pegar Adams, Pritchett lhe deu um soco no estômago, forte o suficiente para derrubá-lo. Enquanto tentava se levantar, o estranho apontou a pistola para seu rosto.

— Você ficou maluco, porra? — gritou ele. — Tentou atirar em mim!

Manning se aproximou e pôs a mão na pistola, desviando-a lentamente de Decker.

— Calor do momento — disse ele. — Supere isso. Precisamos ir embora.

— Ele tentou me matar, porra!

— Mandei deixar pra lá, Pritchett! Deixa. Pra. Lá.

O piloto ainda passou alguns segundos olhando com ódio para Decker, depois guardou a arma no coldre.

— Cadê o Willis? — Manning não se deu ao trabalho de olhar ao redor para procurá-lo. — Precisamos ir. Agora.

— Ele não sobreviveu. — Pritchett não disse mais nada.

Manning assentiu e começou a andar.

Os outros o seguiram.

— Que merda são essas coisas?

O piloto olhou atentamente à sua volta, evitando pisar nos restos queimados dos alienígenas. Em seguida abriu o estojo protetor no pulso e apertou algumas teclas num controle remoto. As luzes da dropship se acenderam instantaneamente, e a porta traseira se abriu e desceu, se transformando em uma rampa de acesso.

— São as coisas que a gente veio encontrar — rosnou Manning. — Não são sensacionais?

Pritchett subiu a bordo e os outros o seguiram. A porta começou a se fechar com um zumbido mecânico. A exaustão marcava cada movimento de Decker. Ele carregou Adams até a área dos passageiros e a deixou com cuidado num banco, prendendo o cinto de segurança. A coisa no rosto dela se mexeu só um pouco. As pernas se agitaram, a cauda deslizou alguns milímetros. Ele precisou de toda a força que lhe restava para não gritar.

A sensação fria ainda emanava da criatura. Uma calma que parecia prometer que tudo ficaria bem. O sentimento se esgueirou por sua mente, vindo de ambas as coisas aracnoides, e ele estremeceu. Mentira. Tinha que ser mentira. Nada voltaria a ficar bem. Não num universo que havia permitido que essas coisas existissem.

Como se para provar que ele tinha razão, outro inseto passou pela porta enquanto ela se elevava para voltar ao lugar, entrando na nave com uma velocidade perturbadora. Pritchett emitiu um ruído baixo quando as garras do monstro abriram seu estômago e vararam a coxa. O jorro de sangue foi imediato e abundante.

Quando percebeu que estava ferido, já morria.

Dave agarrou o corrimão acima do corredor e girou o corpo. Os dois pés pousaram no corpo do agressor e o jogaram para trás. Enquanto a criatura se recuperava, Muller olhou à sua volta à procura de uma arma, *qualquer uma* que pudesse ajudá-lo a combater a coisa.

Ela o ignorou e avançou na direção de Decker, silenciosa e veloz.

Muller pegou uma pistola e bateu com ela no topo do crânio do alienígena, que vacilou, mas não caiu. Não havia espaço para disparar uma arma de fogo dentro da nave — não sem o risco de atingir o alvo errado.

Manning correu para a frente da nave.

Decker procurava algo que pudesse usar contra a criatura e deu um grito. Garras duras agarraram seu tornozelo e rasgaram o tecido da calça, o couro da bota e a carne abaixo. Ele chutou o rosto sem feições da coisa no ponto onde se entrevia o crânio debaixo da superfície negra e lisa, acima dos dentes rilhados, uma, duas, três vezes, mas ela não se importou. Continuou atacando.

Muller golpeou a maldita fera repetidas vezes, e ela o ignorou também, puxando Decker para mais perto, rastejando por cima dele. A cauda chicoteou de lado e atingiu o peito de Muller com uma força que o lançou para longe.

Dave ia sacar a pistola. Decker só conseguiu pensar em como o sangue ia queimá-lo, a não ser, é claro, que o monstro o matasse primeiro. Rolou de lado o melhor que pôde com a coisa tentando escalar seu corpo. A boca se abriu no que pareceu um sorriso de triunfo e as mandíbulas se separaram, revelando uma segunda boca que babava e fumegava.

No mesmo instante em que as bocas infernais tentaram morder o rosto de Decker, Dave pegou a cauda da criatura e a puxou para trás. Muller bateu nela de novo, desta vez com uma mochila cheia de equipamentos. A força bastou para jogá-la do outro lado.

— Vão! — berrou Manning, e os mercenários saíram do caminho, subindo por cima dos bancos e mergulhando o mais longe possível da coisa.

Decker se encolheu em posição fetal, fazendo o possível para ignorar a dor lancinante no tornozelo.

A criatura recebeu um jato de espuma prateada, que respingava no chão ao redor e cobria o corpo dela. Tinha a consistência de creme de barbear, mas mesmo a alguns passos de distância Decker pôde ver como aquilo colava.

Manning manteve o fluxo de espuma densa enquanto a criatura lutava para ficar de pé. Muller jogou a mochila com toda a força que tinha e acertou o peito da coisa enquanto ela tentava se levantar. A mochila foi coberta num instante, grudando no ponto onde havia acertado.

O fluxo de espuma cessou, a lata cuspindo em vão, vazia.

O inseto guinchava e se debatia, tentando se desvencilhar da mochila. Então foi ficando mais lento. A espuma endurecia cada vez mais, grudando-se à criatura enquanto ela tentava escapar.

Ainda assim o monstro se esforçava para alcançar Decker. Contorcia-se no chão, impulsionando-se e avançando na direção dele, o ódio infinito, uma ira diabólica que só cessaria quando o engenheiro estivesse morto.

Ou a criatura.

Talvez nem assim.

Manning se aproximou da coisa, largando o grande recipiente de metal. A lata atingiu o deque com um barulho alto e rolou. O líder encostou os dois pinos do bastão de choque na parte exposta da cabeça da criatura, atingindo-a com volts suficientes para matar um homem. Ela berrou e estremeceu. Deu um solavanco e caiu — ou tentou cair. Não chegou ao chão. Manning deu uma segunda descarga elétrica e uma terceira. Depois recuou.

— Tem uma jaula no compartimento de bagagem. Vamos logo, antes que essa coisa maldita acorde.

Muller e Dave trabalharam com uma eficiência perturbadora enquanto Decker arfava e observava.

— Você vai deixar isso vivo? — Sua voz falhou ao perguntar.

O olhar de Manning examinou seu rosto. Novamente, era como pedra, insondável. Então, com uma calma intrigante falou:

— O contrato diz que vivo paga melhor. Então vamos levá-lo vivo.

— Você só pode estar brincando.

— Não. Esta é uma missão como qualquer outra.

A emoção aflorou dentro de Decker, incendiando-o com uma raiva bruta, primitiva.

— Manning, você tem que matar essas coisas! Todas elas!

Já estava de pé antes de pensar no que fazia. O tornozelo latejava de dor, mas não importava. Precisava fazer o homem entender. As coisas aracnoides de Adams e Elway, o inseto que Muller e Dave estavam colocando numa jaula pesada de aço, todos tinham que morrer.

Tinham que morrer naquele instante.

Manning balançou a cabeça.

— Não vai rolar. Hoje, não.

Decker olhou ao redor, como se procurando alguma coisa que pudesse convencer o homem de que falava muito sério. Aquela coisa o queria morto. Ela não ia parar. Será que Manning não via isso? Não *sentia*?

O coração de Decker martelava o peito e ele tinha voltado a suar. Isso nunca ia acabar, não enquanto qualquer uma das criaturas vivesse. Viriam atrás dele. Viriam atrás de Bethany, Ella e Josh! Quando os malditos monstros tivessem acabado com ele, ainda caçariam seus filhos!

Olhou para Elway e não sentiu nada, no entanto surgiu uma ponta de remorso quando olhou para Adams. Mas tinha que fazer isso. Eles tinham que morrer. Aquelas coisas sairiam deles, e todo o maldito pesadelo recomeçaria. Elas o encontrariam, não importava onde estivesse.

Ele sabia disso.

— Baixa a arma, Decker! — Era a voz de Manning. Estava gritando.

Decker percebeu que segurava algo com força. Baixou o olhar e viu a matadora no punho.

— Não posso. Eles precisam ser detidos.

Decker puxou o gatilho. Ele já imaginava Elway e a coisa no rosto dele mortos.

Um estalo numa câmara vazia. Ele não tinha recarregado a arma. Percebeu isso quase ao mesmo tempo que o punho de Manning acertou sua cabeça.

— ... ficou maluco, porra!

Tentou se livrar da dor, tentou encontrar as palavras para explicar, mas, antes que pudesse ao menos molhar os lábios secos, a bota de Manning foi de encontro ao seu estômago.

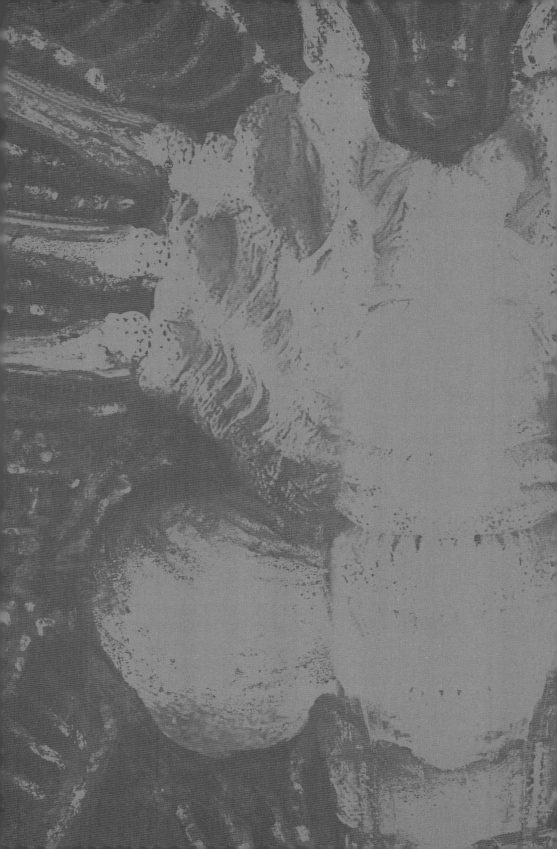

57
ENTREGAS

Acompanhada por quatro seguranças particulares, Andrea Rollins esperou pacientemente que as portas da dropship se abrissem. Dois dos mercenários desceram, parecendo esgotados. Olharam para ela e não disseram nada. Um instante depois, Manning empurrou Alan Decker pela rampa e o deixou cair. Então desapareceu novamente dentro do veículo.

Decker não conseguia se levantar sozinho, já que estava de tornozelos amarrados e com os pulsos presos às costas. Ela gesticulou para dois dos homens que a acompanhavam, e eles o levantaram. Estava ferido. Até aí, nenhuma surpresa.

Manning voltou pouco depois carregando uma mulher. Estava incapacitada, o rosto coberto por uma máscara de carne dura e longas pernas que agarravam sua cabeça.

Adams. O nome dela era Adams. Ele a colocou numa maca.

— Como ela está? — perguntou Rollins.

— Vocês têm que dar um jeito nisso. — A voz de Manning estava calma como sempre.

— É o que faremos, senhor Manning. Já preparei as câmaras para monitorar a senhora Adams e o senhor Elway. Tomaremos conta deles.

Gesticulou para os outros dois homens, e eles imediatamente entraram na nave. Sabiam o que fazer. Ela havia explicado com bastante cuidado. A dupla trouxe Elway para fora como se ele fosse feito de vidro e o colocou numa maca.

Manning observou com atenção o tempo todo. Em seguida apontou para a nave.

— Um espécime vivo. Está na gaiola que a senhora forneceu e bem preso.

— Um excelente trabalho, senhor Manning.

Ele olhou para a nave e depois para ela.

— Um trabalho caro.

— Sabíamos disso desde o começo, não é?

— É. Sabíamos.

Rollins olhou para os outros mercenários. Contando Manning e os dois hospedeiros, haviam restado cinco do grupo original. Mas isso não era nada comparado às baixas entre aqueles que haviam trabalhado na base do planeta.

— O senhor precisa descansar neste instante? — perguntou ela. — Ou posso incomodá-lo e pedir que fique mais uns minutos?

— Vou sobreviver — respondeu Manning.

Ela sorriu.

— Só preciso cuidar de alguns detalhes, depois podemos finalizar o negócio.

Ele se sentou e olhou fixamente para o chão. Se não respirasse, poderia se passar por uma estátua.

Rollins providenciou o transporte da jaula do alienígena. Ele ficaria confinado em suspensão criogênica numa câmara própria para isso. Não correriam nenhum risco. A Weyland-Yutani havia procurado essas criaturas por muito tempo, e não permitiria que nada desse errado.

Para falar a verdade, também não lhe agradava a ideia de ter algo tão violento à solta.

Quando terminou, foi até o comandante e sussurrou:

— Venha comigo, senhor Manning.

Ele se levantou e a acompanhou enquanto seguia na frente.

Quando chegaram à ponte de comando, Manning olhou para Nova Galveston e para a mancha distante, lá embaixo, onde ficava o Mar de Angústia. A tripulação estava em plena atividade, indo de um lado para o outro e se preparando para deixar a órbita. O capitão, um homem de cabelo preto, pele escura e ar sombrio, assentiu num cumprimento mecânico.

— Como está a situação no planeta, senhor Manning?

— Você não pode deixar aquelas coisas vivas. Se fizer isso, posso garantir que vão tomar o planeta dentro de um ano, talvez menos. As três cidades em que a empresa investiu tanto para construir vão virar cidades fantasmas. — respondeu ele, estoico.

— O senhor entende, agora, por que o avisamos sobre perdas sérias?

— Seu bichinho de estimação, Decker, tentou matar meu pessoal no fim. Teve medo de que as coisas grudadas na cara deles saíssem, acho. — Ele se deteve, depois acrescentou: — Não sei se ele está errado.

— Bom, em defesa dele, havia uma possibilidade. Mas seus dois soldados estão agora em câmaras de hipersono e já entraram em estase.

Manning concordou. Ficou em silêncio por um longo tempo.

Por fim, Rollins interrompeu seu devaneio.

— O senhor recomenda neutralizar a área?

— Exterminar — disse, sem hesitar. — Apagar do mapa aquela mina e tudo o que tem dentro dela.

— Cuidaremos disso.

— Quando?

Rollins olhou para o capitão da nave. O homem lhe devolveu o olhar e assentiu. Ela se voltou para Manning.

— Agora está bom para o senhor?

— Sim. Quanto antes, melhor. Aquelas coisas são mais espertas do que a senhora pensa.

Rollins sabia muito bem disso. Sabia *exatamente* como eram espertas. A julgar por tudo o que havia ocorrido no planeta, muito provavelmente eram os soldados perfeitos.

— Capitão Cherbourg, por favor, cuide dessa questão.

O homem assentiu e falou ao comunicador. A voz saiu baixa demais para ela ouvir, mas o resultado foi imediato. Quatro ogivas de plasma caíram da órbita e se dirigiram ao Mar de Angústia. Havia hora e lugar para a misericórdia. Aquela não era a hora.

A ordem de evacuar a área tinha sido dada dois dias antes, com o comunicado de que uma cepa de vírus havia sido encontrada nas minas. Ninguém em Nova Galveston questionou as instruções. O Mar de Angústia foi declarado área de risco em termos biológicos. Não foi difícil convencer os médicos do planeta dos perigos de uma pandemia. Todas as cidades do planeta estavam ligadas pelo sistema de trens. A mina não era parte do sistema, e todos ficaram gratos por isso.

As armas aniquilariam tudo naquela área até uma profundidade de cerca de seis quilômetros.

— Dentro de uma hora o Mar de Angústia deixará de existir, senhor Manning.

Manning fez que sim com a cabeça. Pareceu satisfeito com a ideia.

— Vou só ficar aqui e esperar, se concordar com isso.

Rollins sorriu.

— Imaginei que gostaria de fazer isso. Lamento por suas perdas, senhor Manning.

Ele apenas olhou para ela.

— Mantenha os outros vivos, senhora Rollins. E cumpra sua parte da barganha.

— Eu sempre cumpro, senhor Manning.

Ela o deixou ali, olhando para a pequena mancha que logo seria removida, um câncer na pele de um planeta que era, de resto, saudável. Alguns tecidos precisam ser retirados para garantir que o câncer não se espalhasse. Manning sabia disso.

58
PRAGAS

Decker tentou se livrar das amarras que o detinham, mas o esforço foi inútil.

Um dos homens que cuidavam da sua perna tinha feito a gentileza de lhe injetar um sedativo que o havia acalmado. Pelo menos isso.

Fez o que pôde para *continuar* tranquilo quando Rollins apareceu. Ela fez algumas perguntas longe demais para que ouvisse. Um dos médicos respondeu, assentiu, e depois eles saíram. Ela puxou uma cadeira para poder ficar no nível dos olhos dele.

— O senhor se comportou mal, senhor Decker.

Olhou com atenção para ela e tentou captar algo, qualquer coisa que lhe permitisse saber até que ponto tinha se ferrado. Nada. Daria no mesmo encarar a parede.

— Foi demais para mim — argumentou ele. — E aquelas coisas... estavam atrás de mim. *Estão* atrás de mim. Você entende isso? Querem que eu morra! — Sua voz estava trêmula, e Decker pensou que perderia o controle, mas se conteve.

Ela era uma filha da mãe insensível. Simplesmente fez que sim com a cabeça enquanto o olhava nos olhos e disse:

— Eu sei. Sei que estão. Saiba que toda aquela área está sendo bombardeada. Não restará nenhuma delas.

— Exceto as que você tem a bordo agora.

— Isso mesmo.

Rollins o encarou. Ele desviou o olhar primeiro e a odiou por isso. Como se precisasse de mais alguma razão.

— Você não sabe como é — continuou ele. — Não entende nem um pouco. Elas são insaciáveis.

— A *vida* é insaciável, senhor Decker. — Ela deu um leve sorriso. Decker não gostou da expressão. Fez com que pensasse em lagartos, e os lábios lembravam demais as próprias criaturas sobre as quais discutiam. — A vida luta para existir — prosseguiu ela. — O senhor não percebeu isso? Não importa o que o universo queira, a vida insiste em perseverar. Não só a vida humana. Toda vida. Encontramos doenças numa dezena de mundos diferentes, e elas foram eliminadas só para ressurgir em outros lugares. Mal de Typhen, Klerhaige arcturiana, a praga de Lansdale. Não importa o que façamos, elas voltam. E não estão sozinhas. A vida é persistente. Agradeça por isso.

Decker permaneceu em silêncio. Rollins não queria entender, e, embora não pudesse captar nem uma única emoção, conhecia muito bem o tipo dela. Nada que dissesse a faria mudar de ideia.

Por fim, ele rompeu o silêncio.

— O que acontece agora?

Rollins afagou a mão presa dele.

— Apesar de alguns percalços, o senhor cumpriu sua parte da barganha, e a empresa cumprirá a dela. O senhor recupera seu trabalho. Recupera sua vida. Recebe um belo bônus e os honorários de consultoria. Ficamos com nossos achados, e todos saem ganhando.

— Não — retrucou ele. — Enquanto essas coisas existirem, todo mundo sai perdendo.

— O senhor nunca mais as verá.

— Como pode saber?

— Porque o senhor vai voltar à Terra. Elas vão para outro lugar. — Rollins sorriu outra vez. — Não somos assim *tão* loucos, senhor Decker. Não se pega uma coisa como essa e a joga no lugar mais populoso possível. O que se faz é estudá-la com cuidado num ambiente isolado e controlado.

— E quanto a Adams e Elway?

Ela deixou de sorrir.

— Acho que já basta de perguntas. O senhor está seguro, senhor Decker. Sua família está segura. Considere sua dívida paga.

— Você está cometendo um erro — declarou ele. — Sei que acha que está fazendo a coisa certa, senhora Rollins, mas está cometendo um erro terrível.

— É melhor descansar agora, senhor Decker. Vamos sair da órbita em breve.

Ela saiu do quarto, e por um tempo Decker dormiu.

Acordou de novo quando vieram buscá-lo.

Os dois "acompanhantes" estavam armados, mas não precisavam ter se dado ao trabalho. Ele ainda estava amarrado, e continuou assim até chegarem às câmaras de hipersono.

Manning estava de roupa íntima, sentado na beira da câmara semelhante a um caixão.

— Eles queimaram — avisou ele. — Eu vi. Duvido que tenha sobrado alguma coisa lá embaixo. É difícil enxergar além do fogo do plasma, mas acho que eles já eram.

Decker ouviu sem dizer nada. Antes que pudesse pensar numa resposta, Manning continuou:

— Sei o que estava pensando. Eu entendo. Mas se você sequer *pensar* em machucar minha gente de novo, vou te enterrar em sete planetas diferentes.

Decker não queria olhar nos olhos do homem, mas se forçou a fazer isso. Poderia ter pensado em várias coisas para dizer, mas, em vez disso, só assentiu.

Adams merecia coisa melhor. Era isso que continuava a passar por sua cabeça. Talvez conseguissem salvá-la, e salvar Elway, porém, ele achava que isso não aconteceria. Manning estava irritado, e Muller e Dave, dois homens que já salvaram sua vida algumas vezes, o olhavam com sede de sangue. Estavam ressentidos. Sentiam-se traídos.

Não podia culpá-los nem um pouco. Seus atos, no fim, foram puramente egoístas. Danem-se o dinheiro e todo o resto, estava cuidando de si mesmo e dos filhos. Os mercenários nunca entenderiam isso. Não eram capazes de ter esse nível de empatia.

Um dos homens que o haviam conduzido à câmara levou um tempo para tirar as amarras.

O outro deu um tapinha na arma que trazia no quadril. Não era um bastão de choque.

— Deite-se, senhor Decker.

O homem não estava pedindo, e ele entendeu a deixa.

Pouco depois, a tampa começou a descer, e Decker respirou fundo, como sempre; não que isso fizesse alguma diferença. A câmara se fechou, e o ar frio e estéril começou a circular sobre seu corpo.

Fechou os olhos e sentiu os gases mudarem. A empresa não queria correr nenhum risco com ele. Estaria adormecido e preso muito antes de a nave sair da órbita.

Inspirou. Expirou. Inspirou.

Dormiu.

59
CARTAS PARA CASA

Rollins releu o comunicado antes de enviá-lo.

Para: L.Bannister@Weyland-Yutani.com
De: A.Rollins@Weyland-Yutani.com

Assunto: Sucesso

Lorne,

É meu prazer informá-lo do que só pode ser chamado de sucesso estrondoso.

Além de termos realizado a captura de um dos adultos vivo, também obtivemos dois parasitas, já acoplados aos hospedeiros. Embora não possamos ter certeza absoluta sobre os ciclos de maturação, parece que ambos foram bem-sucedidos em implantar embriões no interior do corpo dos hospedeiros. A julgar pelos níveis de atividade que registramos pouco antes da suspensão criogênica, eu diria que estão a poucas horas da eclosão.

Se analisar atentamente os dois arquivos que anexei (ver: Hospedeiro Um e Hospedeiro Dois), notará que os dois parasitas exibem muitas diferenças, tanto no tamanho quanto na forma. Note especialmente que o Hospedeiro Dois, a mulher, está acoplada a um parasita que parece ter mais de um embrião a administrar. O embrião que já foi implantado é consideravelmente maior que o implantado no Hospedeiro Um, além de ser estruturalmente distinto. A julgar pelos relatos do que os mercenários encontraram no planeta, este poderia muito bem ser uma "rainha".

Imagine as possibilidades.

Os arquivos adicionais incluem todas as informações coletadas por todas as sondas. Há simplesmente dados demais para correlatar daqui, e acredito que teremos muito a discutir quando eu chegar ao escritório.

Por último, apesar dos receios iniciais de que elas poderiam ter sido deixadas em Nova Galveston, as amostras da nave no local de escavação foram mantidas a salvo. Não tive tempo para averiguar se há ou não alguma atividade celular, como a doutora Tanaka afirmou originalmente, mas ela nunca pareceu ser do tipo que exagerava ou fazia alegações infundadas. Por nossa conversa prévia, as amostras foram divididas; metade delas foi colocada em estase e o restante foi guardado num ambiente seguro onde não há risco de maior degradação celular.

Gostaria de ter podido ver a nave. Não só as imagens, mas a verdadeira nave. E a cidade. Mas, a julgar pelo que Manning relatou, tudo já estava perdido. Que pena. Só temos diagramas e relatórios.

Até que eu volte ao escritório, boa sorte com a pesquisa.

Atenciosamente,
Andrea

Mandou a mensagem criptografada e guardou o computador para a viagem. A *Kiangya* já havia saído da órbita e se dirigia para casa, e Rollins ficou feliz por isso.
Por um momento, olhou para as amostras da nave alienígena e sorriu. Infinitas possibilidades. Era esta a missão da Weyland-Yutani — com lucro, é claro, mas as infinitas possibilidades eram algo belíssimo.

Ela foi até as câmaras de hipersono e olhou para as outras silhuetas, deitadas no sono forçado.
Tantas câmaras vazias, notou. *Tantos recursos perdidos.*
Ao seu redor, a nave estava em silêncio, e a maior parte das luzes havia diminuído, entrando em modo de espera para economizar energia. Algumas pessoas ficavam incomodadas com a escuridão e a quietude. Decker provavelmente era uma dessas. Talvez, para ele, isso nunca mudasse. Rollins não

se abalava em nada com os segredos que a escuridão podia conter nem com os mistérios que o silêncio guardava. Essas eram, de fato, as áreas nas quais ela prosperava. Com elas, sentia-se completa.

EPÍLOGO

As estrelas guardavam seus segredos, e a grande nave avançava entre elas, todos os tripulantes contabilizados e imersos no sono. A maioria dormia bem.

Decker, não. Nos sonhos, havia coisas que o caçavam.

Não importava o quanto corresse, com quanto cuidado se escondesse ou que arma usasse, sabia que acabariam encontrando-o. Era tão inevitável quanto a escuridão entre as estrelas.

E, em seu sono congelado, ninguém podia ouvi-lo gritar.

AGRADECIMENTOS

Todo livro tem um alicerce. *Alien: Mar de Angústia* não poderia existir sem as histórias e os filmes originais, e está ligado diretamente a *Alien: Surgido das Sombras*, de Tim Lebbon, e *Alien: River of Pain*, de Christopher Golden. Estes já seriam um alicerce poderoso, mas *Mar de Angústia* realmente não poderia existir sem as ideias desenvolvidas por Steve Asbell, da Twentieth Century Fox, e o apoio e o trabalho de Josh Izzo, Lauren Winarski e Steve Saffel. Agradeço também ao restante da equipe da Titan, incluindo Nick Landau, Vivian Cheung, Katy Wild, Natalie Laverick e Julia Lloyd. Minha gratidão a cada um deles.

Em www.leya.com.br você tem acesso a novidades e conteúdo exclusivo. Visite o site e faça seu cadastro!

A LeYa também está presente em:

facebook.com/leyabrasil

@leyabrasil

instagram.com/editoraleya

LeYa Brasil

ESTE LIVRO FOI COMPOSTO EM ELECTRA LT STD
CORPO 12PT, PARA A EDITORA LEYA.